五十分之一.4

宁航一 著

四川文艺出版社

图书在版编目（CIP）数据

五十分之一 . 4 / 宁航一著 . -- 成都：四川文艺出版社，2022.11
 ISBN 978-7-5411-6256-5

Ⅰ.①五… Ⅱ.①宁… Ⅲ.①长篇小说—中国—当代 Ⅳ.①I247.5

中国版本图书馆 CIP 数据核字（2022）第 163008 号

WUSHI FEN ZHI YI.4
五十分之一 .4
宁航一　著

出 品 人　张庆宁
责任编辑　王梓画
责任校对　段　敏

出版发行	四川文艺出版社（成都市锦江区三色路 238 号）
网　　址	www.scwys.com
电　　话	028-86361781（编辑部）
印　　刷	三河市中晟雅豪印务有限公司
成品尺寸	166mm×235mm　　开　本　16 开
印　　张	16　　　　　　　　字　数　270 千
版　　次	2022 年 11 月第一版　印　次　2022 年 11 月第一次印刷
书　　号	ISBN 978-7-5411-6256-5
定　　价	48.00 元

版权所有·侵权必究。如有质量问题，请与本公司图书销售中心联系调换。电话：010-82069336

目 录 | CONTENTS

楔子 / 001

一　　　失踪的米小路 / 007

二　　　速度 / 013

三　　　公之于众 / 018

四　　　选择 / 025

五　　　短暂的温暖 / 029

六　　　枪口 / 033

七　　　诀别 / 043

八　　　死亡预告 / 049

九　　　"三巨头"的阴谋 / 054

十　　　父亲 / 059

十一　　合作 / 067

十二　　软肋 / 072

十三　　求婚 / 078

十四　　这个世界 / 083

十五　　袭击计划 / 089

十六	搁浅的巨兽	/ 093
十七	清场	/ 100
十八	备战	/ 104
十九	新能力	/ 109
二十	钢铁之躯	/ 117
二十一	横扫千军	/ 121
二十二	新的同伴	/ 129
二十三	分组行动	/ 138
二十四	五行阵	/ 145
二十五	木阵之困	/ 151
二十六	各自为战	/ 158
二十七	海琳的危机	/ 167
二十八	告白	/ 173

二十九	前往"异空间"	/ 180
三十	谈判	/ 184
三十一	世外桃源	/ 193
三十二	化解	/ 202
三十三	"旧神"的身份	/ 206
三十四	爱恋	/ 210
三十五	祸起	/ 216
三十六	异变	/ 221
三十七	交锋	/ 227
三十八	426个数字	/ 233
三十九	末日预言	/ 242

目前结果统计　　/ 249

楔子

自13班的50个人全部成为超能力者，并卷入残酷竞争之后，聂思雨（女26号）就决定当一个"逃避派"。除了性格原因，她非常清楚，自己的能力虽然不弱，但绝对不可能是最强能力之一。

当初选择"植物"这个能力，纯粹是出于个人喜好。聂思雨从小就喜欢各种花花草草。用这个来杀人？她完全没想过。

这场竞争的一年期限，已经过去大半了，还有五个月。聂思雨想象不到五个月后，世界会发生怎样的变化。全灭？怎样个全灭法？她发现自己对这件事的好奇竟然胜过了恐惧。倒不是因为她不怕死，而是她觉得，既然这是全世界人类的共同命运，她又何必赌上性命去抗争呢？大不了一起死，这么多人一起，不亏。

由于抱有这种消极想法，聂思雨在获得超能力之后，没有跟13班的任何人接触。她在市郊租了一套不起眼的小公寓，过着离群索居的生活。

她以为自己隐蔽得很好，却没有想到，还是有人找到了她。起码找到了她的手机号码。

聂思雨接起电话的时候，立刻就听出了这是纪海超（男8号）的声音。

"聂思雨？终于找到你了，我是纪海超。"

"终于找到"是什么意思？聂思雨时刻保持着警觉，她左右四顾，仿佛这个人现在就在她家门口。片刻后，她问道："你怎么知道我的手机号？"获得超能力的第二天，她就换了新的 SIM 卡。

"问到的。"

"怎么问到的？"这个号码连她的父母都不知道。

对方沉默了一下："我们现在都是超能力者了，获悉某个人的电话号码这种事，应该不是特别困难吧？"

聂思雨深吸了一口气。"超能力者"这四个字对她来说，几乎就是"敌人"和"杀手"的同义词。她尽量沉着地问道："你找我干什么？"

对方似乎感觉到了她的疑虑和防备，叹了口气道："没什么特别的事，只是好久没跟你联系了，想问问你的近况。我们是朋友，对吗？"

朋友？聂思雨想起以前在明德补习的时候，自己跟纪海超关系确实不错，甚至有同学认为他们俩是情侣。不过，"朋友"这个词半年前就从她的词典里删除了。她知道 13 班的好些人已经死了。她现在不相信任何人。

见她没有说话，纪海超问道："你还好吧？老实话，听到你的声音我已经安心许多了。"

"嗯……还好。你呢？"她出于礼貌地问道。

"感谢上天，我还没被干掉。"虽然听起来像句玩笑话，口吻也很轻松，但聂思雨还是打了个冷噤。

纪海超继续道："咱们别隔着电话聊天了，出来见个面，喝个咖啡怎么样？思雨，我真的挺想你的，也想跟你好好聊聊。"

这是绝对不可能的。她回答道："不，我不想出来。"几乎想挂电话了。

但对方说出了令她震惊的话："思雨，老实说，我知道你住在哪里。我十分钟之内就能出现在你面前。但我不想这样做，我怕吓着你。我知道你现在对班上的每一个人都存有戒心，包括我。但我希望你知道，我没有恶意。如果我有的话，我也不会跟你说这么多。暗中下手岂不更容易？你说呢？"

聂思雨思考了一下，认为他说得有道理。而且他的语气确实很诚恳。她妥协了:"好吧,我们在哪儿见面?"

"白星路 29 号,Verona 咖啡,可以吗?你打车或者坐地铁 2 号线都不远。"他用这种方式巧妙地暗示自己确实知道聂思雨的住所所在。

"好吧,一会儿见。"

挂了电话,聂思雨沉思了一下。她拨通了 13 班另一个人的电话号码。这个人是她在 13 班补习的时候关系最好的一个女生,相对而言,是她最相信的一个人——宋琪(女 35 号)。

聂思雨把纪海超约自己在咖啡厅见面的事告诉了宋琪。宋琪问道:"他没说找你什么事?"

"没有,只说想跟我聊聊。"

"恐怕没这么简单吧?你要小心呀。"宋琪提醒道,"听说 13 班的好些人都已经丧命了。"

"嗯,我知道。我现在先跟你打一个电话,就是为了一会儿告诉他,你知道我和他见面这件事。令他有所忌惮。"

"好主意。总之谨慎一些。"

"好的,谢谢。"

聂思雨放下手机,心里稍微有底了些。她简单梳妆打扮了一下,换了身衣服。她已经很久没有外出过了。这一次,她没有选择。当然,她也很想知道纪海超找自己到底有何目的。

半个小时后,聂思雨在 Verona 咖啡厅见到了已经等候在此的纪海超。对方带着温和的笑容招呼她坐到对面。聂思雨点了一杯薄荷金银花茶,纪海超亦然。

几乎还未寒暄,聂思雨就抢占先机地说道:"我出来之前,跟宋琪打了电话。她知道我们现在在这里见面。"

纪海超愣了一下,歪着头想了片刻,似乎才明白聂思雨话中的意味。他有些悲哀地叹了口气:"唉,昔日的同学、朋友,现在怎么彼此防备成这样了?"

聂思雨略微有些惭愧,但她并不觉得自己做错了什么,说道:"我们现在所处的形势，你不是不知道。小心一点总是没错的。"

"这倒也是。"纪海超点头，"其实我也希望你能学会保护自己，这样我也放心些。"

两人沉默了片刻，聂思雨忍不住问道："你是怎么知道我的电话号码和住址的？难道你的能力……"

纪海超伸手打断了她的话："我们都不要过问对方的能力。我对你的能力不感兴趣，你也用不着关心我的能力是什么。你只要记住一点，我不会做对你不利的事。"

聂思雨微微点头："好吧。那么，我们聊什么？"

纪海超说："我不知道是你是否了解超能力者们的状况。据我所知，除了杭一、陆华他们组成的同盟，赫连柯和陆晋鹏等人也成立了联盟。但这两派的立场却是完全相悖的。一方是'保守派'，一方是'主战派'。不管双方立场如何，事实就是，已经有十多个人死亡了。"

聂思雨敏感地问道："那你是哪一派？"

"哪派都不是。非要说的话，我算是'中立派'或者'逃避派'吧。"纪海超望着聂思雨，"我知道，你也跟我一样。"

聂思雨默认了。

他继续说："但是，随着一年期限的逐渐逼近，我意识到逃避不是办法，这完全是坐以待毙。我们也得想办法保护自己才行。"

"那你加入杭一他们的同盟不就行了？"

"不行，那样死得更快。"纪海超摇头，"因为他们已经成为众矢之的了。是'主战派'的主要进攻对象。"

"那你是怎么打算的？"

纪海超盯着聂思雨的眼睛说："我们也得变强才行。如果其他人都在变强，只有我们维持现状，那几乎跟自杀没有区别。"

"你说的变强，其实就是'升级'，说穿了，不就是……"

"不，还是有一定区别的，我可不会像他们那样拉帮结派，组成同盟。这样表面上势力很大，实际上却树大招风，反而不利。我的计划是和你一起，就我们两个人，暗中'升级'。老实告诉你吧，我的能力具有隐蔽性，能杀人于无形。"

聂思雨的背后泛起一股寒意："你为什么找我？"

"我说过，因为我们是朋友。我相信你。"

聂思雨凝视着他的眼睛。那双看似温和诚恳的眼睛中折射出令她害怕的光。

这个人非常可怕。不管是他的性格还是超能力，都属于极为阴险的类型。合作？鬼才知道他在打什么算盘！说穿了还不是想利用我。跟这种人待在一起，最后连怎么死的都不知道！

不过，他倒是提醒了我一点。确实，逃避下去只能是坐以待毙。聂思雨的心脏猛抖了一下。我已经被他盯上了，与其处于被动，不如先下手为强……

关于自己的能力"植物"，聂思雨并非没有研究过。实际上，通过一个人在家的各种试验，她知道自己能用超能力改变植物的形态、种类、生长速度等。但要说用植物来杀人，似乎有些牵强。起码1级的时候，是很难做到的。

但是，她注意到了纪海超面前的那杯薄荷金银花茶，意识到现在正好是一个"杀人于无形"的绝好机会。

十分熟悉各类植物的她，知道自然界有一种叫作"断肠草"的剧毒藤本植物。传说尝遍百草的神农，就是在尝了断肠草之后，毒发身亡的。可见其毒性之大。凑巧的是，断肠草的外形，恰好跟金银花十分相似。

聂思雨的心怦怦狂跳起来。她知道，她必须下手，否则死的人可能就是她。

聂思雨盯着纪海超那杯薄荷金银花茶，暗暗启动超能力，把杯中的金银花，变成了颜色外形几乎一样的断肠草。

纪海超发现聂思雨盯着自己的杯子发呆，问道："你在想什么？"

聂思雨假装刚才只是出神："没什么，我在思考你说的话。"

他们又聊了一会儿，主要是关于这个计划怎样实施、如何配合等。其间，聂思雨亲眼看到纪海超喝下了"薄荷断肠茶"。

她知道,他必定在半个小时内毒发身亡。现在,她要找个借口先行离开,不能让纪海超死在自己面前,惹来麻烦。

凑巧的是,纪海超正好说他要去一下卫生间。聂思雨点头答应,目睹纪海超进入卫生间后,她立即起身离开。

走出咖啡厅后,聂思雨疾步朝地铁站走去,想迅速融入人流之中。然而,她还没走到地铁站,突然感觉腹痛如绞,虚汗直冒。剧痛令她跌倒在地,浑身抽搐。她的所有意识都被难以忍受的疼痛所取代,大脑一片空白,无法分辨这究竟是何种状况。在周围人群的尖叫和惊呼声中,她的意识越来越模糊。等不到路人拨打急救电话,她就死了。

纪海超走出咖啡厅,朝地铁站的方向望了一眼。很多惊慌失措的人围着一个瘫倒在地的女人。他不用凑上前去看个究竟,也知道这是怎么回事。他戴上墨镜,朝相反的方向走去。

对于聂思雨的结局,他没有感到任何意外。实际上,这本来就是他所实施的"杀人于无形"计划。

刚才聂思雨盯着他的杯子看的时候,他已然猜到,这个女人用超能力对这杯饮品做了手脚。但她永远都想不到的是,对纪海超出手,就是最大的错误。

因为她根本就没有真正理解,纪海超的能力可以"杀人于无形"的真正含义。

自作聪明想要先下手为强,恰好是自寻死路。

纪海超的身体涌起一股力量。他知道,自己升级了。

但眼下的形势让人无法松懈。纪海超想起聂思雨刚刚来的时候说的一句话,她出门之前,给宋琪打了个电话。这意味着,宋琪很快就会发现聂思雨死亡的事实。而凶手是谁,不言自明。

不行,不能让这个女人破坏我的计划。

纪海超知道下一个对象是谁了。

女 26 号,聂思雨,能力"植物"——死亡。

一　失踪的米小路

"旧神"的秘密，已经揭开了。

但杭一等人目前知晓的，仅仅是"旧神"前世的身份。他今生到底是 50 个超能力者当中的谁，仍然是个谜。而这次事件的根本解决方法，关系着能不能和真正的"天神"沟通。要做到这一点，必须在最后的五个月内，找到隐藏在 50 个人当中的"旧神"！

莫斯科之行的目的已经达到，杭一等人决定即日返回中国。

这个时候，杭一才发现，米小路不见了。

"你们谁看见小米了？"杭一问道。

"你们在地下藏书室研究《荷马史诗》的时候，米小路带着四只老虎出去了。这些老虎是无辜的，我想他应该是把它们放归山林吧。"韩枫说。

"什么，他从那个时候就已经离开了？现在已经过去十几个小时了！"杭一着急起来，"正常情况下，他早该回来了！"

"别着急，我搜寻一下他现在的位置。"舒菲启动超能力。

几分钟后，舒菲皱起眉毛，摇头道："怪了，我没法获取他的位置。完全感应不到。"

"什么意思，难道他已经……没在这个世上了？"杭一的心急剧坠落。

舒菲咬了下嘴唇："也许只是没在我们现在这个空间而已。"

"你是说他有可能在'异空间'？"雷傲问。

舒菲缄口不语，似乎不太确定。陆华说："仔细想起来完全有可能。别忘了，我们虽然解决了控制'死亡'的向北，却让另外几个跟他配合的超能力者逃走了。假设米小路出去之后，恰好撞上了他们，就有可能被他们抓去'异空间'！"

杭一呆了半晌，快步朝门外走去。季凯瑞一把拉住他："你要干吗？"

"还用问吗？我要去找小米！"

"你冷静点。如果他已经被带到'异空间'了，你上哪儿去找他？"季凯瑞说，"目前要以大局为重，杭一，如果你想救他的话，更该保持冷静，设法将'旧神''三巨头'全都揪出来，而不是意气用事！"

杭一垂下眼帘，他知道，季凯瑞说得有道理。

所有人中，只有辛娜知道米小路离开的真正原因。但她不想让大家知道她和米小路发生的"那件事"，只有保持沉默。可她也不懂，米小路为什么离开之后就踪迹全无。难道真的被带到"异空间"里了？

孙雨辰拍了杭一的肩膀一下："先回中国吧。待在这里已经没有意义了。回去之后，我们再好好商量一下下一步该怎么办。"

海琳跟着点头。杭一也知道，目前没有别的办法了，领首同意。

然而，现在又出现了跟来莫斯科之前同样的问题。他们是该选择坐飞机回中国，还是选择坐火车呢？坐飞机的话，一旦遇到空中袭击，几乎没有活命的机会。但火车要坐接近七天，实在是太漫长了（况且坐火车也遭到袭击了）。

最后大家决定，先离开特罗伊茨克，到达莫斯科市区再说。

他们跟老学者告别，感谢他帮忙翻译这本记载着重大秘密的《荷马史诗》。之后，一行人开车离开特罗伊茨克，前往莫斯科。

一路上，杭一等人暗暗担心。他们不知道"行尸危机"解除后，俄罗斯军方有没有封锁特罗伊茨克。然而，令他们感到奇怪的是，一路上既没有遇到军队，也没遇到其他车辆。这种暧昧不清的状况，反而让人不安。

车子开到接近莫斯科市区的时候，季凯瑞停下车，对雷傲说："你飞到空中去查探一下前面路口的情况。"

雷傲心领神会。他下车之后，启动超能力飞到高空，像侦察机一样进行空中侦察。

几分钟后，雷傲返回了。他对同伴们说："前面路口果然设了路障，还有坦克和军队严阵以待。"

杭一说："那我们就不能从大道通过了，否则不是被军方控制，就是发生冲突。"

雷傲说："我查探过了，除了大路，前面还有一条分岔的小路，应该也能进入莫斯科市。但那条小路太窄，车子没办法开进去。"

"那就步行。"季凯瑞解开安全带，率先跳下车来，"这样也没那么打眼。"

于是，一行九人弃车步行。雷傲说的这条小路，是一条连接郊区和市区的乡村小道，两旁是一些农庄和屋舍。也许是发生在特罗伊茨克的浩劫让居住在此的人全部逃亡了，这些农庄空无一人。

一群人步行了大约四十分钟，从小路走上一条莫斯科市郊的大道，看样子成功地绕过了驻守在路口的军队。

然而，来不及高兴，辛娜注意到，这条道路上的行人在看到他们之后，全都露出惊愕和恐惧的神情，继而慌慌张张地跑了。一辆拉达汽车甚至专门停下来，司机打开车窗仔细观察他们，然后迅速开走了。

"不对劲，这些人好像都认识我们似的。他们的眼神就像看到了通缉犯。"辛娜蹙眉道。

"也许我们现在就是通缉犯！"季凯瑞意识到了什么。前面正好有一家卖杂货的小店，摊子上摆着一些当天的报纸。他快步走上前去，抓起其中的一张报纸，看到头版上赫然印着他们一行人的照片。虽然他看不懂报纸上的俄语，但这些照片代表的显然不是好事。

这时，杂货店的女店主已经认出了他们。她失控地发出尖叫，不顾一切地从侧面打开店门，夺路而逃。

"太好了。"韩枫望了一眼报纸，又望向这女人奔逃的背影，"我们现在是大明星了。"

"你还有心思开玩笑！我们现在该怎么办？"陆华焦虑地问。

"你问我，我问谁？我只知道我们需要离开莫斯科，回到中国。但看这情形，别说到中国了，恐怕到机场都难。"韩枫说。

孙雨辰把报纸拿给海琳，问道："这上面说了些什么？"

海琳快速浏览了一下："糟透了。报纸上说，中国琼州市明德外语培训中心13班的50个人，均为超能力者，特罗伊茨克发生的事情，就跟其中几个潜入莫斯科的超能力者有关。报纸上刊登出了这几个人——就是你们——的照片，提醒市民只要看到他们，就立刻报警。"

众人都呆住了。他们没想到，封闭在特罗伊茨克的这段时间，13班超能力者的秘密，已经众所周知了。更关键的是，他们被当成了危险分子。如此看来，正如韩枫所说，要想回到中国，几乎是完全不可能的事了！

很快，杭一意识到更重要的事。能不能回国还是其次的，现在最关键的是他们能否活下来。刚才他们起码被不下二十个人目睹。这些人当中，显然有人已经拨打了报警电话。也就是说，警方或者军方，或许已经朝这里赶过来了。

杭一说："我们不能聚集在一起，目标太大了。我们这副亚洲人的面孔，已经够特别了，九个人再待在一起的话，更引人注目。必须分散开来！"

"但分散开对每个人来说都更危险。比如辛娜，她怎么跟军方对抗？"陆华说。

"辛娜可以跟我或者杭一一起。其他人分散开。"季凯瑞说。

"那我们在哪里碰头？"舒菲说，"我的能力倒是可以找到你们。但你们呢？"

"别说了，军队已经来了！"孙雨辰大叫一声，指着天空。几架米-28N武装直升机正快速飞来。而道路的一边，一辆T99主战坦克朝他们开过来。长长的炮管似乎随时准备向他们发射炮弹。

"快跑！"杭一大喝一声，"陆华、季凯瑞，如果他们开火，你们立刻用超能力保护大家！但是记住，千万不要跟军队发生武力冲突！"

一群人朝道路的另一边狂奔而去。他们尽量用房屋或行人作掩护，让武装飞机和坦克投鼠忌器，不敢轻易开火。

陆华边跑边用防御壁保护同伴，以防万一。但如此一来，他体力消耗甚巨，没跑多久就难以为继了，气喘吁吁地说："我……我不行了，跑不动了……"

杭一也意识到，这样跑下去不是办法。迟早会被空中和地面的部队彻底包围。而体能是他们抵抗军队的唯一赌注，千万不能消耗在没有意义的奔逃上面。

这时，雷傲看到前面有一栋大型建筑物，似乎是一家高档酒店。他喊道："我们先进去躲一下吧！酒店里应该有别的人，料想军队不敢贸然开火！"

一群人便加快脚步，冲进了这家酒店。里面的接待员、服务生和客人很快就认出了这些"危险分子"，发出惊呼和尖叫。孙雨辰警见前台接待员立刻拨打电话报警。他苦笑一下。还有必要报警吗？你们没看见飞机坦克都来了？

酒店里的人开始朝外面逃窜，季凯瑞突然意识到，如果酒店的人都逃出去了，军方完全有可能发动炮轰，瞬间把这家酒店夷为平地。他让辛娜把手枪交给他，对着天花板连开三枪，用英语喊道："所有人都不准离开！待在原地，双手抱头蹲下！"

酒店里的人只能就范。季凯瑞又命令一个工作人员关上酒店的玻璃大门，那个惊恐的男人战战兢兢地照做了。

陆华说："你这样做，军方会以为我们劫持了人质。会让误会越来越严重！"

季凯瑞说："你还没意识到吗？我们已经没有澄清误会的机会了。俄罗斯军方已经把特罗伊茨克的账算在了我们几个头上。他们要的不是解释，而是我们的命！"

这时，两架坦克和上百个端着狙击步枪的士兵已经堵在了酒店门口，武装直升机也盘旋在低空。所有地面和空中的战斗单位一齐对准了酒店，剑拔弩张、一触即发。直升机上的人开始用英语喊话，大致意思是军队已经把他们彻底包围了，让他们放弃抵抗，缴械投降云云。

陆华双手抱着头，脑子里一片混乱，嗡嗡作响："我们该怎么办？强行突破肯定是不可能的。难道真的像劫持了人质的恐怖分子那样，跟他们谈条件？"

"谈什么条件？要他们准备一架专机送我们回中国？"韩枫说，"这是不可能的事。俄罗斯军队的风格就是绝不姑息敌人！"

辛娜的脸白了："这么说，无论怎样，我们都是死路一条？"

海琳紧紧抓着孙雨辰的手臂，对众人说："我们这么多超能力者，难道真的没办法杀出一条血路？"

杭一悲哀地说："我之前就说过，就算我们的能力再厉害，都不可能是军方的对手。我们使用超能力总有体力耗尽的时候，但军队的力量却是源源不断的。"

"该死！"雷傲猛捶自己的大腿一下，"我们好不容易解决了这次危机，最后却还是难逃一死！"

"不会的，你们不会死。因为我来了。"背后突然响起一个中国女人的声音。

众人同时一惊，回头一看，所有人都呆住了。

站在他们身后的，是13班的另一个超能力者——宋琪（女35号）。

二　速度

"宋琪？你……怎么会在这里？"陆华惊愕万分地问道。

"我是专门来找你们的。"宋琪说。

"你知道我们会出现在这家酒店？"

"不，我才走进这家酒店。"

"这怎么可能？我们刚才关了门。"杭一诧异地说。

"但没有锁门，"宋琪说，"所以我进来了。"

"那也不可能。我们根本没看到有人进来。外面的军队也不会允许这个时候有人进入。"

"这当然跟我的超能力有关了。"宋琪并不打算卖关子，她直言道，"我的能力是'速度'。目前能用亚光速（接近于光速的速度）进行移动。所以，一般肉眼不可能看到我的移动轨迹。"

陆华的嘴一时没合拢："所以说，你从中国到俄罗斯，没有乘坐任何交通工具，是用类似'瞬移'的方式到达的？"

"没有瞬移这么夸张，但差不多是这意思吧。"

"你怎么知道我们在这个地方？"舒菲问。

宋琪看了一眼玻璃大门外蓄势待发的军队，说道："我觉得外面这些人的耐心，不会好到能容忍我们在里面聊天。详细情况等回到琼州市再说吧。我是来帮你们的。"

韩枫兴奋起来："你能用瞬移把我们全都带回中国？"

宋琪略微皱了一下眉头："理论上是可以的，但是有两个问题。第一，我没法一次性把你们这么多人同时带走。呃……这两位美女也是你们的同伴吗？"

"是的。"杭一介绍道，"这是辛娜，这是海琳。"

宋琪冲她们点了点头，继续道："我目前的能力一次最多只能带两个人离开。第二个问题是，我没法直接带你们回到中国，中间必须在某地休息一下。"

"没问题，只要能脱离军队的包围。"杭一说。

宋琪点头："好吧，那就别浪费时间了，哪两个人先跟我走？"

杭一等人商量了一下，最后决定让孙雨辰和海琳先行离开。

孙雨辰用意念把两扇玻璃大门推开。外面的军队立刻紧张起来，所有士兵都举起了枪。坦克的炮弹，就跟众人紧张的心情一样，到嗓子眼了。

宋琪分别拉着孙雨辰和海琳的手，说："我数'一二三'，你们只管跟我一起朝外面跑，其他都不用管。"

孙雨辰汗颜道："我们就这样朝着这些枪口和炮口跑过去？"

宋琪望着他："相信我，好吗？"

孙雨辰望了一眼海琳，两人默默地点了点头。宋琪数道："一、二、三，跑！"

三个人拉着手朝门外跑去。宋琪倏然启动超能力，三个人的移动速度瞬间提高到难以想象的程度，"嗖"的一下消失了。

不管是杭一他们，还是堵截在门外的士兵们，都没有看清楚这是怎么一回事。只知道有三个人消失了。

十几秒钟后，宋琪又"瞬移"到了杭一他们面前，说道："我已经把孙雨辰和那个叫海琳的姑娘安全送到乌兰巴托郊区的一片草原上了。来吧，接下来是哪两个？"

"舒菲、雷傲，你们跟宋琪走。"杭一说。

"不，我留到最后。"雷傲说，"实在不行，我还能飞到高空逃走。"

杭一凝视他几秒，点头道："好吧，韩枫，你跟舒菲先走。"

于是，用同样的"输送办法"，宋琪两人一组地把舒菲、韩枫、季凯瑞、辛娜送达了乌兰巴托的草原上。但是，她因此而往返了数次。当宋琪再一次回到酒店的时候，杭一注意到，她脸色发白，汗水淋漓，显然多次使用超能力，已经让她体力透支，无以为继了。

杭一问道："你还能坚持吗？别太勉强了，休息一会儿再说吧。"

宋琪摇了下头，指着外面的军队说："他们虽然没搞清楚发生了什么事，但应该也发现了，我们的人数在不断减少。我估计，他们按捺不住，要准备开火了。"

"但是你的体力，已经到极限了。"杭一提醒。

宋琪咬了一下嘴唇，如实说道："我最多只能再进行一次'瞬移'了。"

雷傲说："没关系，你带杭一和陆华走。我坐电梯到顶楼，然后自己飞回来。"

杭一说："莫斯科到乌兰巴托的直线距离也有几千千米，你的超能力不可能支撑你飞行这么长时间。"

"我中间可以降下来休息。总之我会注意的，你们快走！"雷傲催促。

这时，陆华突然注意到，军队中的一个将领举起手，然后猛地向下一挥。他紧张地大叫起来："喂喂喂，他们要……"

话音未落，两辆坦克炮弹齐发，盘旋在低空的武装直升机也发射出数枚导弹，包括飞机上的机炮和士兵们的机枪，同时朝酒店狂轰滥炸。还好陆华反应及时，双手向前一推，在酒店大门面前形成一道方形防御壁，将炮弹和子弹尽数隔挡。即便如此，炮弹和导弹爆炸发出的轰鸣也令整个地面摇晃颤抖，炸裂声振聋发聩。酒店内的人全都伏在地上，尖叫不止。

"妈的！他们真的开火了！"雷傲骂道。

"别说了，雷傲！你赶快乘电梯到楼顶，趁他们没注意的时候从空中飞走！我帮你吸引火力，但攻势太猛了，我坚持不了太久，快！"陆华吼道。

雷傲不敢怠慢，他喊道："你们也要注意呀！"转身朝电梯奔去。

眼前的架势，令杭一也紧张不已。虽然他遭遇过多次险情，但被世界上如此先进的军队猛攻，还是头一次。他问陆华和宋琪，也像在问自己："怎么办？"

宋琪想了想，对陆华说："你能不能推着这面防御壁朝前面跑？就算只能跑几步都行！"

陆华为了保护整个酒店的人，祭起的方形防御壁面积极大，十分消耗体力。而且他担心的还有另一个问题："我转移之后，防御壁就消失了，里面的人全都会被炸死！"

杭一想了想："那你就在出门后，把方形防御壁改成圆形防御壁，并且朝没人的方向跑，将火力吸引到不会伤害到平民的地方。"

三人打定主意，开始行动。陆华推着防御壁走出酒店，军队见这三个人迎面走来，火力更猛了。陆华慢慢改变移动方向，将火力吸引到另一边。随后，他改变防御壁的形态，用圆形防御壁将他们三人罩在其中。宋琪拉住他们两个人，大喊一声："跑！"

被透明光壁笼罩的三个人，倏然消失了。

几秒过后，杭一和陆华发现自己就像穿过时空隧道，置身在一片辽阔的大草原上。之前等候在此的同伴们一起围过来，辛娜欣喜地说："杭一、陆华，你们来了！"

孙雨辰问："雷傲呢？"

杭一把刚才发生的事情告诉了同伴们。

辛娜担忧地说："雷傲一个人没问题吧？他会不会被那些武装直升机击中？"

舒菲说："我用'追踪'查探一下雷傲现在的位置。"

一分钟后，她说道："雷傲现在正处于高速移动中，肯定是在空中飞行。他的具体位置不明，但可以肯定是在朝我们这个方向靠近。"

大家听到这个消息，都舒了一口气。虽然他们知道，雷傲没法在短时间内飞到乌兰巴托，但得知他平安逃脱，就已经足够了。

接下来的问题是如何回到中国。宋琪告诉大家，特罗伊茨克发生的行尸事件和13班50个超能力者的事情，已经成为近期最具爆炸性的国际新闻。全世界各国的谍报机构、国家安全部和国防部，都在密切关注着超能力者们的动向，高度警惕和防范。所以乌兰巴托，或者即便回到中国，也不意味着绝对的安全。他们必须低调行事，并且最好不要出入城市的繁华地段，以免再次引起恐慌和骚乱。

韩枫忍不住骂道："该死！我们只不过出国半个多月，怎么变成这种状况了？这么说我们是有家不敢回了？"

宋琪说："也不是不能回。中国官方现在还没有做出明确表态，也没把我们当成恐怖分子或通缉犯。政府对'特罗伊茨事件'的回应是，当局正在进一步调查中，会尽快查明此次事件是否跟超能力者们有关。"

"13班的事情到底是怎样成为国际新闻的？"韩枫问。

杭一看出来宋琪已经十分虚弱疲惫了。连续多次使用超能力的她，已经连说话都变得吃力起来。虽然他也非常想知道这段时间国内到底发生了些什么事情，但他知道更应该让宋琪休息。他们必须依靠她，才能回到琼州市。

于是，一群人在大草原上行走，找到了一个蒙古包。居住在这个蒙古包里的，只有一对以放牧为生的父女。由于大草原里信息不够流通，这对父女并不知道关于超能力者的事情，以为这只是一群迷路的中国游客，热情地接待了他们。主人为他们端来了鲜奶和蒙古馅饼，还特别为他们制作了一道颇具草原风味的石烤羊肉。

众人非常感谢这对草原父女的盛情款待。他们吃饱喝足，又在蒙古包里休息了几个小时，体力得到了恢复。离开之前，韩枫把自己的PIAGET名表送给这对父女作为答谢，但父女俩态度坚决地谢绝了。

乌兰巴托到中国的距离相对已经很近了，宋琪再次使用"瞬移"将一行人分别送到了琼州市。之后，舒菲查探到雷傲的位置，他降落在莫斯科东边的城市萨马拉休息。宋琪将他直接带回了琼州市。

回到熟悉的家园，众人感到十分亲切。本想找家餐馆好好庆祝一下，但碍于现在是特殊时期，不便集体出现在公共地段，于是回到大本营，商量下一步行动。

三　公之于众

众人首先想要弄清楚的，是超能力者们的事情为何会成为国际新闻。宋琪打开大本营的电视机，插上U盘，播放她下载的半个多月前震撼世界的电视节目。

这个电视节目是国内收视率最高的访谈录节目之一。主持人告诉现场观众和电视机前的观众，今天晚上来到节目现场的嘉宾，是一个足以震惊全世界的神秘嘉宾。

接着，杭一等人在电视屏幕上看到了从后台出场的夏丽欣（女11号）。

主持人先让现场观众猜测夏丽欣的身份，没有一个人能猜到，她做了足足五分钟的铺垫，吊足观众胃口。当主持人终于说出，夏丽欣就是前段时间参加"好声音"节目引起世界轰动的那位神秘女歌手时，全场沸腾了。

应主持人和观众的热烈要求，夏丽欣现场演唱了她参赛时的那首曲目。清唱，没有任何伴奏。但现场观众听得如痴如醉，善于做戏的主持人更是热泪盈眶。

即便是从电视里听到夏丽欣的演唱，杭一等人也不得不承认，她的声音真是美得让人仿若置身天堂。和歌曲的词曲无关，令人沉醉的，仅仅是她的声音。

看到这里，杭一已经猜到夏丽欣的超能力是什么了。

演唱完后，主持人和夏丽欣落座。主持人开始询问各种问题，譬如夏丽欣为何会隐藏身份参加"好声音"节目；她出名后为何退出比赛，甚至消失在了公众视野；现在又是出于什么原因，会主动要求上电视；等等。

夏丽欣戏剧性地沉默了一刻，仿佛她直到此刻仍在犹豫是否应该面对摄像头说出一切。须臾，她深吸一口气，慢慢吐出来，开始讲述。

她讲得非常详细、具体。从半年前，明德外语培训中心13班的那节英语课说起。"旧神"如何附身在英语老师身上，怎样赋予全班50个人超能力，以及要求他们开始这场残酷的竞争，在一年的期限内决出唯一的获胜者。

不知道出于何种原因，夏丽欣有所保留，她并没有说出最关键的一点——如果一年之后，他们50个人没能决出胜负，除了所有超能力者全灭，世界也将迎来末日。

杭一猜想，有可能是节目导演或电视台领导不允许她说出太过耸人听闻的事情，以免引起恐慌。

但即便如此，夏丽欣这番话给现场观众带来的震撼也足够大了。观众们瞠目结舌、鸦雀无声。他们表情复杂、惊讶、错愕、怀疑……各种情绪写在脸上。能够很明显地看出，他们当中很多人在内心质疑夏丽欣这番话的真实性。

主持人代观众提出了质疑（实际上她心中肯定是有数的），夏丽欣站起来，表示自己愿意现场展示自己的超能力，以证明自己所言不虚。

夏丽欣先告诉观众，她的超能力是能控制"声音"，除了能让音色变得美妙动听，还能发出高频率的声音进行攻击和破坏。介绍完毕，几个工作人员抬上来一个特制的玻璃柜子，刚好能把夏丽欣装在里面。

接下来是令人震惊的"特技表演"。夏丽欣戴上头盔，走进玻璃柜子，把玻璃门关上。然后，她在里面启动超能力，嘴里发出一种尖锐刺耳的高频率声音。即便隔着玻璃，也能让现场观众感觉不适。几秒钟后，由钢化玻璃制成的玻璃柜崩毁碎裂，变成无数蜂窝状小颗粒。

整个过程没有切换镜头，不管现场观众还是电视机前的观众，都清楚地看到，夏丽欣在没有借助任何外力的情况下，仅凭嘴里发出的声音就令强度极大的钢化玻璃碎裂。这不是超能力，是什么？

几个工作人员迅速清理现场的玻璃颗粒后，主持人和夏丽欣再次坐下。现在已经没有人怀疑她之前说过的话了。

主持人问："你之前退出'好声音'舞台，是担心被竞争者们获知自己的身份和能力。但现在，为什么又愿意面对镜头，甚至现场展示超能力呢？"

夏丽欣说："因为我意识到，不管我是否隐瞒，竞争者们都已经获知我的超能力了。'好声音'之后我就被'人肉'了出来。我意识到自己的处境可能十分危险，于是向警方和国家安全局求助。但让我失望的是，他们并没有采取太多实质性的措施保障我的安全。于是，我打算一不做二不休，反正我的身份都已经曝光了。为了公平起见，也为了自身安全考虑。我有必要借助媒体把这件事告知全世界。起码让大家知道我们身边到底发生了什么，以及，超能力者绝不止我一个人。"

韩枫目瞪口呆地望着屏幕，骂道："该死！她自己的能力暴露了，就把我们所有人都拖下水？"

杭一做了一个"嘘"的动作，示意他别说话，接着往下看。

电视上的主持人问道："那么，你知道 13 班另外 49 个人，他们的超能力是什么吗？"

夏丽欣："不太清楚。但我能想得到，其中一些人绝非善类。"

主持人："你的意思是，他们具有危险性或者攻击性？"

夏丽欣短暂地迟疑了一下："显然是的，起码有部分人是。据我所知，这次竞争已经出现十几个牺牲者了。前段时间的新闻里，不是时不时报道一些离奇的死者吗？相信现在大家能猜到这是怎么回事了。"

观众席中发出一阵不安的唏嘘声。主持人的表情也十分严肃了："这些死者当中，有一些并非明德 13 班的人，而是普通人。这是不是代表，超能力者们在对普通民众下手？"

夏丽欣摇晃着脑袋，忧虑地说道："我不知道他们是怎么想的。但有一点可以肯定，现有的法律对'超能力杀人'这件事没有任何相关规定和制裁手段……你明白我为什么如此担心自己的安危了吧？"

主持人："我懂了。你希望此事引起公众关注，以限制一些超能力者为所欲为的行为。"

夏丽欣："正是如此。"

宋琪按了下遥控器上的暂停键，对众人说道："后面的不用看下去了。总之就是，夏丽欣希望借助媒体的关注，获得严密的保护。"

顿了一下，她补充道："你们刚刚回国，可能不太了解情况。这期节目播出后，几乎创造了人类电视史上最高的收视率。视频放到网上后，全球范围的点击率，更是达到了惊人的几十亿。你们肯定能想象，别说官方了，网友们几乎在节目播出的同时，就把明德13班的50个超能力者给'人肉'了出来。不夸张地说，我们现在恐怕是全世界最出名的50个人了。"

"已经没有50个了。"陆华提醒道。

杭一想到了自己的父母，他疑惑地说道："我爸妈得知了这样的事情，怎么可能连电话都不给我打一个？"

"我们前段时间在国外，他们可能打不通。"辛娜分析。她非常了解国家安全部的行事风格，"另一种可能性是，我们的父母以及他们的通信方式，现在都受到了当局的严密监控。所以他们不敢贸然给我们打电话。为了避免他们受到牵连，我们最好也暂时不要打电话给他们。"

"辛娜说得没错。不过他们肯定是安全的，放心。"宋琪说。

韩枫愤懑地站起来骂道："该死的！都是夏丽欣这个可恶的女人！"

宋琪绷着嘴唇沉寂了几秒，说道："你用不着骂她'该死'了。她已经死了。"

"什么？"韩枫瞪大眼睛望向宋琪。

"这是我还没来得及告诉你们的另一个消息。你们刚才看到的那期节目，大概是半个月前的。之后仅仅过了四天，媒体就报道了一个惊人的消息——夏丽欣在自己的公寓里死亡了。看来上电视不但没能救她，反而惹来杀身之祸。"

"她是怎么死的？"杭一问。

"媒体报道的法医检查结果是，全身内脏碎裂致死，且耳膜破裂。怀疑是某种跟人体固有频率相近的声音，导致内脏产生剧烈共振而碎裂。简单地说，她是被'声音'杀死的。"宋琪说。

"什么，她自己的超能力？"舒菲感到难以置信，"她是自杀的？"

"不，不可能。"宋琪说，"夏丽欣这么怕死的人，为了自保甚至不惜把所有人拖下水，怎么可能自杀？况且她就算要自杀，也不可能用如此痛苦的方式结束自己的生命。"

"那是怎么回事，难道有人的超能力跟她一样？"孙雨辰问。

这一次，宋琪沉默了许久。大概五分钟后，她才缓缓说道："这件事的真相，估计警方都还不知道。但我知道。因为……杀死夏丽欣的那个人，之后又杀死了聂思雨（女26号，能力'植物'）。接着，他找到了我，打算对我下手。"

"这个人是谁？"季凯瑞问。

"纪海超（男8号）。他的能力是'转移'，非常阴险隐蔽的能力。如果不是聂思雨在跟他见面之前，给我打了一个电话，让我有所防备，我已经被他杀死了。"宋琪心有余悸地说。

"具体怎么回事？"

宋琪说："纪海超的能力是，能够将范围内自身承受的一切攻击转移到攻击者身上。也就是说，如果你在他的超能力范围内攻击他，自身反而会受到相应的伤害。"

"当然，我一开始并不知道他的能力是什么。直到他找到我，并直言相告，夏丽欣和聂思雨都是他杀死的。"

"他竟然直接告诉你他是杀死这两个人的凶手？"韩枫诧异。

"没错。我当时很害怕，也不知道他打算干什么。当然，以我的能力'速度'，是肯定能逃脱的，但我知道逃避不是办法。这时，我想起媒体上报道的，夏丽欣是被'声音'杀死的，联系到纪海超的行为，突然意识到，他的能力也许跟'反弹''转嫁'之类的有关。他的目的就是故意引诱我用超能力攻击他!

"我把自己的猜测告诉了他。纪海超居然承认了,他的能力就是'转移'。这时他凶相毕露,对我说,不管我的超能力是什么,只要对他使用,死的就是我。而如果我不出手,他就会亲手把我杀死。

"当时我们在位于7楼空中花园的露天咖啡馆,周围除了一两个侍者几乎没有其他人。我看到纪海超朝我走来,就像要把我推下楼去。

"但是,他显然忽略了我的能力的特殊之处。当他企图将我推下楼的时候,我启动超能力,用超快的速度绕到他身后。然后,从后面重重地推了他一把……"

说到这里,宋琪停了下来,她紧抱双手,身体微微颤抖,眼神低垂。

"他从7楼坠落下去,摔死了?"杭一问。

宋琪默默点头,眼中溢出泪水:"我不想杀他的,但当时的情形实在是……"

舒菲坐到她身边,搂住她的肩膀:"你没做错什么,这算是正当防卫。这场残酷的竞争中,我们每个人都不得不做一些迫不得已的事。"

宋琪感谢地望向舒菲,轻轻颔首。

陆华注意到一个问题:"纪海超杀了夏丽欣和聂思雨,那他的等级会升到3级。你又杀了他,这么说,你现在的等级应该是4级了?"

"是的。"宋琪说,"所以我现在的速度,才能达到亚光速。1级的时候,我的速度是亚声速;2级是声速;3级是超声速;4级则是亚光速了。"

陆华不觉张大了嘴:"你才4级,就已经能达到亚光速了。那么如果你升到5级,就应该是光速;6级以上,就是超光速了……我没法想象,假如你升到十多二十级,会是怎样一种可怕的速度?"

孙雨辰对陆华说:"你也太线性思维了。升级不一定代表的是单方面的提升。比如,宋琪现在只能同时改变她自己和另外两个人的速度。再升级的话,也许就能同时改变若干个人的速度,甚至一辆汽车,一架飞机的速度。"

宋琪摇头道:"别探讨我的能力了。可能的话,我不想再升级了。"

"我理解你的感受。"杭一说,"我们正是为了这个目的,才成立'守护者同盟'的。"

宋琪欣慰地说:"太好了,我投靠你们果然没错。"

"欢迎加入我们的同盟!"杭一面带微笑,真诚地说,"同时,感谢你把我们从莫斯科带回中国。我不敢想象,假如你没有出现的话,我们会是怎样的结果。"

大家都纷纷向宋琪表示感谢。宋琪则表示,既然是同伴,就不要见外,以后大家互相帮助的时候还很多。

"对了,你怎么会知道我们在莫斯科的那家酒店里呢?"雷傲好奇地问。

宋琪说:"我杀了纪海超之后,内心十分恐惧,便想暂时离开中国。这时看到国际新闻,说俄罗斯的特罗伊茨克爆发'行尸危机',而俄罗斯方面发布了你们的照片,将你们定为此次事件的嫌疑人。但我清楚杭一的为人,猜想其中必有隐情,便想到莫斯科来找你们问个清楚。结果刚到莫斯科,就看到几架武装直升机朝某个方向飞去。我料想跟你们有关,就跟随飞机来到那家酒店了。"

"你来得太及时了。"韩枫感叹道,"真是天助我们。"

"话说回来,你们到底去俄罗斯干吗?"宋琪问。

杭一吐了口气:"这事说来话长了,改天慢慢讲给你听吧。"

这时,客厅里突然响起了门铃声。

众人为之一愣。韩枫警惕地说:"会是谁?"

四 选择

韩枫和杭一走到门口，通过猫眼看到，门外站着一男一女两个人，不认识，三十岁左右。迟疑的时候，孙雨辰说："我听到了他们心里的声音，这两个人可能是电视台的，他们正担心我们是否愿意接受采访。"

"当然不愿意。"韩枫说，"我把他们打发走。"

门打开后，两个电视台的工作人员看到拉长了脸的韩枫。他们的身体下意识地朝后仰了一下。看得出来，他们对这间屋里的超能力者充满忌惮。

"有事吗，你们？"韩枫没好气地问。

"你好，我是CZ卫视《关注》栏目的主持人田丽，这是我的同事，节目制作组的小欧，我们想邀请你们上我们的节目，聊一下大家关心的……"

没等她说完，韩枫就不耐烦地打断了她的话："没兴趣！你们走吧。"说着就要关门了。

"等一下。"杭一拉了韩枫一下，示意由他来处理。韩枫让到一边，杭一问道，"你们是怎么知道我们在这里的？"

田丽显得有些激动："你是……杭一吧？"

杭一清楚自己和同伴现在都是名人了。他点了下头。

田丽说："这个地址，我们是在网上看到的。呃……实际上，明德13班每个人的住址，几乎都被网友们'人肉'出来了。"

杭一倒是比较欣赏她这种坦诚的态度。他说："请进吧，咱们坐下聊。"

主持人和她的同事对视了一眼，两人一起慎重地点了下头，看样子就像冒着生命危险进行现场报道的战地记者。杭一觉得好笑。

两个人谨小慎微地坐在客厅的两张椅子上，他们不断吞咽着唾沫，显然屋内的十个超能力者给他们带来了前所未有的压迫感和紧张感。杭一对他们说："你们不用担心，我们不会把你们怎么样的。"

"是的，我能看出你们都不是坏人。"田丽勉强挤出一丝笑容，"这正是我们来的目的。"

这也是杭一打算和他们沟通的目的。他说道："不管你们相不相信，俄罗斯特罗伊茨克发生的浩劫，不是我们造成的。实际上，是我们阻止了这场灾难的进一步扩大。"

作为一名资深电视人，田丽仅仅通过这一句话，就发现了巨大的新闻价值。她也猜到了杭一打算通过电视节目澄清此事的愿望。她一边点头，一边问道："但造成这件事的，是13班另外的超能力者，对吗？"

"是的。这个人为了袭击我们，不惜制造这样一场劫难。不过，他已经死了。"杭一说。

田丽不想追问这个人是怎么死的，她知道怎样避开敏感话题："这么说，超能力者们现在具有不同的立场，出现了对立和冲突。"

"按照'游戏规则'，我们50个人是没法不出现对立和冲突的。但这不是我们想看到的，更不是我们希望看到的。所以我们成立了'守护者同盟'——就是你现在看到的这些人。我们的目的是阻止13班的超能力者们互相厮杀。用和平的方式解决此事。"杭一说。

田丽环顾屋内的十个人，她舒了口气，显然她相信了杭一的话，并因此安心多了。她说："我来对了。你们应该通过电视节目消除大家对你们的误会，同时把你们积极、正面的态度告知全世界。"

杭一和同伴们交换了一下眼色，看起来没人反对。杭一问制作人："这期节目是什么时候？还有，你希望我们当中的哪些人去？"

"节目可以安排在这周五，现场直播。可能的话，我希望你们都去。不过……这当然也取决于你们的意愿。"田丽说。

杭一想了想："这样吧，我们商量一下。你留一个联系方式给我。我电话告知你我们哪些人来上节目。"

"好的。"田丽递上一张自己的名片，随后两人站起来，"那我们就不打扰了。"

送客之后，杭一问同伴们："你们是怎么想的？"

"我没有反对的理由。"陆华说，"正如那个制作人所说，我们应该通过电视节目消除大家对我们的误会。"

孙雨辰说："他们心里想的是，只要这期节目播出，收视率绝对赶超夏丽欣的那个节目。这个主持人也会因此一举成名。"

"这跟我们没关系。"杭一问大家，"你们哪些愿意跟我一起去上这期节目？"

"我去我去！"雷傲第一个举手。他向来喜欢出风头，上电视这种事情怎么少得了他。

韩枫说："我也去吧。刚才那女的说要现场直播，仔细想起来还挺酷的。"

舒菲说："其实我觉得没必要去这么多人。只要两三个代表去把事情说清楚就行了。"

杭一点头。这时他注意到季凯瑞面色凝重，似乎若有所思，问道："季凯瑞，你的意见呢？"

季凯瑞缓缓抬起头来，说了一句有点突兀的话："我在想，要是刘雨嘉（女30号，能力'预知'）在就好了。"

众人为之一愣。宋琪茫然地问道："刘雨嘉？"

"她曾经是我们的同伴，能力是'预知'。"杭一跟宋琪解释，同时望向季凯瑞，"你为什么这么说？"

一向刚毅果决的季凯瑞，很少表现得如此不确定："我也不知道，只是隐隐觉得，上电视节目这件事，可能会带来某些意想不到的灾祸。但我说不出来为什么会有这种感觉。"

辛娜担忧地说："难道这是个什么陷阱？要不……就别去了。"

"不，这是澄清误会的唯一机会，错过的话，我们恐怕会一直被当成'特罗伊茨克事件'的元凶。"杭一不愿放弃。

陆华说："要不我跟你们一起去吧。我的能力可以保护大家不受伤害。"

"行！"杭一拍板。孙雨辰有些在意季凯瑞那不祥的预感，他说："我们其他不去的人，可以在电视台附近等候，如果发生什么突发情况，好有个照应。"

海琳什么都听孙雨辰的，她立刻表示赞同。宋琪也觉得这是个好主意。

最后，决定由杭一、雷傲、韩枫和陆华四个人上电视节目。其他人一同前往，在电视台旁边的咖啡厅等候。

杭一打电话告知田丽他们这边的安排，对方没有异议。三天之后就是周五。节目现场直播的时间是晚上8点整。双方约好，下午6点之前，杭一等人到达电视台。

五　短暂的温暖

星期二的晚上，杭一鼓起勇气回到自己的家。

父亲把门打开，父子俩对视了一秒，然后紧紧拥抱。

随后，流着泪的母亲也加入了拥抱的行列。

杭一走进温馨的家中，和他想象的不一样，父母并没有过问跟超能力有关的任何事情，甚至没有问莫斯科发生的事情跟杭一有没有关系。他们询问他有没有吃晚饭，母亲又忙着给儿子削水果，父亲关心儿子是否身体健康。

杭一咬着母亲递给他的去了核的苹果，突然有种想哭的感觉。他之前以为，父母会对他的新身份感到惶恐不安。但他错了，不管他的身体或身份发生何种变化，在父母心中，他只有唯一的身份——儿子。

母亲抓着杭一的手的时候，杭一的眼泪终于掉了下来。他尽量不让自己哭出声来。

杭一擦了一下眼睛和鼻子，对父母说："爸、妈，对不起，这件事情瞒了你们这么久……"

"别说了，儿子。"父亲温和地打断杭一的话，"你不用跟我们解释什么。你也没有做错什么。你所遭遇的事情，可能超出我们的想象。这么久以来，你独自面对一切。我只想对你说一句话——儿子，你是我们的骄傲。"

杭一的眼泪再次夺眶而出，他捂着发酸的鼻子，身体微微抽搐。母亲挽着他的肩膀，轻抚他的后背。

"不管这几个月你经历了什么，我们相信，你已经是一个可以独立处理一切事情的男子汉了。所以，按照你认为对的方向走下去吧。我和你妈妈会支持你的。"父亲说。

杭一十分感动。本来他打算把周五上电视的事情告诉爸妈，征求他们的意见，现在看来不必了。他要对得起他们这份信任，并且不让他们为自己的事情担忧。

杭一深吸一口气，擦干眼泪笑着对母亲说："妈，家里有醪糟吗？我想吃你煮的醪糟汤圆。"

"有，有，我这就去给你做！"母亲快步朝厨房走去。

杭一又对父亲说："爸，这段时间看足球了吗？欧冠现在什么情况？"

……

这个晚上，"守护者同盟"的成员几乎都回家看望父母了。第二天一早，大家再次聚集在了大本营。好些人的眼眶都是红肿的，大家相视一笑，心照不宣。

韩枫从裤包里掏出一张银联卡，一边在手心拍打着，一边说道："还是我老爸够意思，知道我快过生日了，也知道我一个人在外面不容易，直接送我一张卡。"

"里面多少钱？"孙雨辰问。

"两千万。"韩枫说。

孙雨辰差点从椅子上摔下去，他咋舌道："你老爸出手真够阔绰的……"

韩枫自豪地笑了一下，把这张卡放在客厅的饮水机上，对大家说："这钱不是给我一个人的，我老爸说了，这是给'守护者同盟'的组织经费。也就是说，你们谁都可以支取这张卡上的钱。密码是六个1。"

众人一愣，随即鼓起掌来。雷傲兴奋地说："太好了！我正好想买套D&G

的新款秋装，还有 GUCCI 的挎包……"

韩枫用指关节敲了雷傲的脑袋一下："我刚才说的你听清楚了吗？这笔钱是我爸给我们的组织经费，简单说就是公费。你个人的消费凭什么从这里面出呀？"

"就是，我还想买辆玛莎拉蒂呢。"孙雨辰瞪了雷傲一眼，"要是大家都只管满足私欲，这钱两天就没了！"

雷傲吐了下舌头，失望地倒在沙发上。辛娜、舒菲和宋琪都被他的样子逗笑了。

辛娜问道："对了韩枫，你生日是哪天呀？"

"星期六。"

"哦，"辛娜想了想，"那星期五晚上你们在电视台录完节目，咱们找个地方给你庆祝生日怎么样？"

"我倒是想呀，可现在是特殊时期，咱们这么大一群人在外面大吃大喝，合适吗？"韩枫担忧。

"也是……"辛娜思忖片刻，"那这样，咱们去超市买些菜和熟食，就在家里做，怎么样？"

"你会做菜？"韩枫惊讶。

辛娜笑道："做不好，不过熬一锅鲜汤，弄个海鲜火锅还是没问题的。"

"我会做蒜香排骨，跟我妈学的。"宋琪说。

"那我也贡献一道可乐鸡翅吧！"舒菲不甘示弱。

"太好了！"韩枫高兴地说，"外面餐馆我早吃腻了，自己做别有一番风味呢！"

杭一也很开心，赶紧附和。他跟辛娜虽然是高中同学，但是从没尝过辛娜的手艺，十分期待。

雷傲更是来劲："酒水就我负责了！保管大家喝个痛快！"

"你们还真是情绪高涨。"季凯瑞漠然道，"也不看看现在什么情况，居然商量生日派对。"

辛娜跳到季凯瑞面前，俏皮地说道："你别老是这么严肃嘛，就算前面有再大的坎，我们也要以乐观的心态面对呀。"

季凯瑞摇了下头，转身朝楼上自己的房间走去："我知道一家很不错的蛋糕店，蛋糕就我来订吧。"

大家先是一愣，随后一起开怀大笑。

这几天，电视台通过各种途径进行了狂轰滥炸的宣传和预告，网络、报纸、电视电台广告每天数次告知全国乃至全世界的观众，CZ卫视《关注》栏目将在星期五晚上现场直播特别节目——《超能力者的秘密》。邀请到的几位超能力者，将讲述俄罗斯"特洛伊茨克事件"的真相。除CZ卫视之外，各大视频网站也将在同一时间全球首播。预计全世界收看节目的人数将达到20亿人以上，收视率远超世界杯总决赛和奥运会开幕式。

六 枪口

星期五下午 5:40，杭一、韩枫、陆华和雷傲四个人来到电视台，季凯瑞等人则在电视台旁边的一家咖啡馆等候。双方约好，有什么情况立刻电话联系。

田丽和节目编导礼貌地接待了他们，将四人安排在休息室，端上茶水。编导交代录节目，特别是现场直播的一些注意事项。比如关闭手机、主持人会问到的问题、避免说出某些敏感内容等。

杭一能够看出，制作这期节目的编导、策划和主持人等，是在进行一场赌博。按理说，事先将节目录制好，经过剪辑和修改再播放，是最稳妥的方式（夏丽欣那档节目就是录播的）。但这些人显然是做好了破釜沉舟的心理准备，邀请全世界最受关注的几个超能力者做现场直播，对观众的吸引力可想而知。就算用脚指头也能想到，这期节目产生的商业价值会有多么惊人。之前就有媒体曝出，这期节目中插播的广告，达到了单条三千万元的天价。

这期节目的制作人、导演和主持人，甚至电视台的所有工作人员——他们紧张和慎重的程度，空前未有。虽然他们都是资深电视人，但制作这样一期重量级的节目，仍令他们如履薄冰，生怕任何一个小过失和意外，会带来难以想象的后果。

因此，反倒成了杭一在安慰他们。他对节目制作团队说，请不要紧张，像平常一样做节目就好了。杭一向他们保证，节目现场不会出任何问题。导演、主持人连声道谢，稍微安心了些。

距离8点钟的节目时间还有近两个小时，由于四个人都是男生，化妆相对简单，导演安排提前45分钟化妆。之前的这段时间，他们就在休息室里喝茶、看电视。其间，陆华出去上了个厕所。回来之后，他神色严峻地告知杭一他们："我刚才在外面看到了国家安全局的那两个人，游泳池事件和血汗症那次，他们都来了，显然这次也是来监视我们的。"

四个人对视了一眼，杭一还没来得及说话，手机响了（还好现在没有关机），是孙雨辰打来的："杭一，我们刚才看到一辆军用车开到了电视台门口，十几个荷枪实弹的士兵进入了电视台，不知道他们要干什么，你们要小心呀！"

杭一心中一颤，对孙雨辰说："好的，我知道了。我们会当心，有什么情况立刻跟你们联系。"

挂了电话，杭一对同伴说："国安局和军方的人都来了，并且都配备了武器。"

韩枫一下子从沙发上跳了起来："妈的，电视台不会设一个圈套把我们骗来，然后抓捕我们吧？！"

杭一示意韩枫冷静一些："别激动，我觉得应该不可能。首先，当局说了这次事件还在调查中，并没有将我们定性为恐怖分子；其次，就算警方或军方要抓我们，也用不着把我们骗到电视台来抓。直接包围我们的大本营不就行了？"

几个人沉思了一阵。杭一说："这样，我问一下那个主持人。"

杭一拨通田丽的手机号。几分钟后，田丽来到休息室。杭一询问为何军方会来到电视台，田丽显得有些局促。她说："不好意思，这件事情实在不是我们电视台能控制的。国安局和军方得知我们要做这期节目，一开始是不同意的，原因你们肯定能想到……最后我们领导跟他们多次沟通，他们才同意了。但条件是，节目录制当天，军方和国安局的人必须在场，以防发生意外情况。"

雷傲气愤地说："他们还真把我们当成恐怖分子了还是怎么着？担心我们炸了电视台？"

杭一示意雷傲不要说这种负气的话。他对田丽说:"好吧,随便他们。"

田丽感激地说:"谢谢理解。"

离开这间休息室,田丽长长吐出一口气,她看了一眼布置在电视台各处的士兵,感到前所未有的压力。这哪里像录制节目?简直像战斗打响前的黎明。

田丽乘坐电梯来到位于6楼的台长办公室,进门之后,她迅速关上门,问道:"台长,一会儿录制节目的时候,真的有必要这样吗?我紧张得都快喘不过气来了。这种状态您叫我怎么主持?"

台长从椅子上站起来,走到田丽面前:"我比你更紧张,但是记住,你是专业主持人,必须做到沉着冷静、临场不乱。这是主持人的基本素质。"

"您说得容易。全世界的主持人,都没有被枪口指着主持过节目。"

"枪口瞄准的不是你,而是他们四个人。况且,只要他们不出状况,军方的人也不会开枪。所以,别紧张,千万别紧张。"台长顿了一下,"今天晚上之后,你会成为全世界最出名的主持人,身价可以买下一家电视台。"

田丽再次深呼吸,闭上眼睛,再睁开:"我去准备了。"

晚上7:50,杭一等人化妆完毕,等候在演播室后台。演播室里,导播、摄像、主持人……各单位都做好了准备。除了摇臂,还有6台摄像机,进行全方位拍摄。演播现场还有几百位观众,都已到位。

8点整,现场直播正式开始。主持人田丽从后台走出来,她简要做了一番铺垫和渲染。将观众的胃口吊到极限。然后,她请出今晚的四位"重要嘉宾"。

杭一四人从后台走上前台,坐到了主持人面前的几张椅子上。在主持人的提示下,他们向现场观众问好并做了自我介绍。

然而,他们不知道的是,刚刚登场,埋伏在导播间的几个狙击手就把枪口对准了他们。导播间的每一个小窗口,几乎都被乌黑的枪口所占据。只要察觉到演播室内的超能力者图谋不轨,他们接到的指令是——不用犹豫,立刻射击。

台上,主持人开始发问,她先向杭一等人求证夏丽欣在电视节目上所说的内容是否属实。杭一表示基本属实。接着，又问了一些关于13班超能力者现状，以及杭一他们组成的"守护者同盟"方面的问题，四个人一一作答，用最诚恳的态度告知观众他们坚持的立场。杭一注意到观众席中好些人频频点头，显然支持和相信了他们的立场。

10分钟后，节目进入最主要也是最关键的环节，主持人问到了跟特罗伊茨克有关的事情。

主持人："能不能告诉我们，你们为什么会在一个多月前前往莫斯科？"

杭一："这件事情的复杂程度，不是三言两语能说清的。总之，我们收到一些情报，莫斯科的某地——当然后来我们知道就是特罗伊茨克，隐藏着某些对我们来说非常重要的信息。获取这些信息对和平解决此事十分重要。但是，我们的对立面，也就是'旧神'那边不这样认为。所以，他们派出了两个袭击者，意图将我们消灭在莫斯科，或者前往莫斯科的路上。"

主持人："我们都知道北京前往莫斯科的K3次列车上，发生了一些惊人的事情，一些人因此而丧命。你的意思是，这是其中一个袭击者干的？"

杭一："没错，她叫冯亚茹，能力是'规律'——非常强大的能力，如果我们没有击败她，那辆列车上的每一个人都会死。"

观众席中发出一阵惊叹。

主持人："也就是说，你们救了那辆列车上绝大多数的人。"

杭一："是的。"

主持人："然后，你们到了莫斯科之后呢？"

杭一："到了莫斯科，我们才知道具体的目的地是位于郊区的特罗伊茨克，于是我们坐车前往。途中堵车了，一开始我们以为只是单纯的堵车。但几个小时后，到了晚上，发生了非常可怕的事。我们遭到了行尸——能活动，具有攻击性的尸体的袭击。大多数人只在电影和噩梦中才见过的恐怖生物。"

观众席中的一些人抱紧了身体，显得十分害怕。

杭一的父母此刻也跟亿万观众一样，目不转睛地盯着电视屏幕。母亲不由自主地捂住了嘴。父亲搂住她的肩膀。

主持人:"你们一开始意识到这是怎么回事了吗?"

杭一:"没有。我们遭到行尸攻击的时候,几乎没有时间思考。我们和一些俄罗斯人弃车逃走了,然后步行前往特罗伊茨克。途中又遭到了行尸袭击……当我们好不容易到达目的地的时候,发现整个镇的人,几乎都变成了行尸。"

韩枫接着杭一的话往下说:"这个时候我们开始意识到这是追随我们而来的某个超能力者干的好事了。当然一开始我们并不知道这个人是谁,因为他隐藏得很好,躲在暗处指挥行尸攻击我们。后来我们知道了,这个人正是13班的超能力者向北,他的能力是'死亡'。迄今为止我们遇到的最可怕的能力之一。"

主持人有些听呆了:"你的意思是,这个人为了袭击你们,不惜将整个镇的人变成行尸?"

"没错!"韩枫愤怒地说,"这家伙是超能力者中的败类,简直人性泯灭!我们已经把他收拾掉了!"

陆华悄悄拉了韩枫一下,示意他注意言辞。

主持人沉默了一会儿,问了一个有些敏感的问题:"无意冒犯,但我必须代替所有人问这个问题——你们有什么证据能证明刚才所说的都是事实?"

这是杭一早就想到了的事情。他说:"跟我们一起经历这些事情的,还有好几个俄罗斯人。我们跟他们一起逃到特罗伊茨克的一个教堂里。教堂里有一个老牧师,还有十多个镇上的幸存者。为了让他们能在这场浩劫中活下去,我们冒险从附近的超市为他们运送了十多袋食物和饮用水。现在危机已经解除了,我相信教堂里的这些人还活着。他们能帮我们做证。"

"没错。"雷傲望向摄像机镜头,"教堂里的俄罗斯朋友们,我相信你们已经被解救出来了。我也相信你们肯定没有忘记我们,对吗?特别是我,我给你们带回了食物!请告诉你们的政府,我们不是坏人,好吗?"

主持人:"我相信俄罗斯的朋友们会收看这个节目并向他们的政府说明一切的。但是,毕竟这件事需要俄罗斯方面去验证。你们有没有更直观的证据能证明这件事确实不是你们引起的呢?"

杭一等四人面面相觑。几秒钟后,陆华讷讷道:"其实,有一个非常直接的证据,能证明这件事绝对不是我们引起的……"

杭一他们都猜到陆华想说什么了。确实,这个方法能百分之百洗清他们的嫌疑,但他们不确定是否应该这样做。

主持人问道:"什么办法呢?"

陆华用眼神询问杭一他们的意见,见他们没有反对,便说道:"13班每个人的超能力都不一样。我们的超能力,根本不可能做到'把死人变成行尸'这一点。"

果不其然,这段表述引来的问题就是:"哦,那么你们能不能告诉大家,你们的超能力是什么呢?或者直接面对镜头跟大家展示一下?"

在电视节目中展示自己的超能力,等于告知所有竞争对手,他们的超能力是什么。"旧神"当初警告过所有人,这是大忌。杭一等四人一时拿不准该如何是好。

主持人看出了他们的犹豫。她对着导播室说道:"导演,请播放3到5分钟的广告,让他们商量一下,可以吗?"

导播将电视画面切换成每秒钟上百万的天价广告。杭一四人利用这个时间把头凑在一起,开一个小型会议。

"夏丽欣当时就是这样做的,结果几天之内就惹来杀身之祸。"韩枫提醒道,"我们不能重蹈覆辙。"

"但这是我们唯一证明自己清白的机会。只要我们让全世界相信,我们的超能力根本不可能造成'行尸危机',不管俄罗斯还是本国政府,都不会再把我们列入黑名单了。"陆华说。

"用生命来证明清白,值得吗?"

杭一做了个打断他们争执的手势,说道:"实际上,'旧神'那边的人早就知道我们的超能力是什么了。我和小米第一次遭到蒋立轩(男42号,能力'重力'）袭击的时候，他就准确地说出了我的能力是'游戏'。后来火车上遇到冯亚茹，亦是如此。'旧神'那边可能有一个能力是'查探'之类的人，早就调查清楚了我们的能力。所以，我们也用不着遮掩了。"

另外三个人觉得杭一说得有道理，同意了。

杭一告诉田丽，他们同意现场展示自己的超能力。田丽欣喜万分，她知道后半部分的收视率，起码能在现有基础上再增加好几个点。

但是，导演也通过耳麦提醒田丽，现场展示超能力，一定要考虑安全因素，绝对不能出现任何危险情况。

导播再次将画面切换到演播室，主持人告诉观众，四位超能力者商量之后，同意现场展示他们的超能力。现场观众显得既兴奋又紧张——亲眼观看"超能力表演"，可不是谁都能有的体验。

陆华的超能力是相对最温和的，准备从自己开始。他从椅子上站起来，并朝前走了几步，说道："我的能力是'防御'。"

说着，一个玻璃泡般的圆形防御壁将他笼罩，观众们感到惊异无比。陆华进一步解释道："这层防御壁看似薄弱，实际上能抵挡所有强力的攻击。"

为了让观众相信他说的话，陆华冲雷傲使了个眼色。雷傲提起自己的那张椅子，抡圆了朝陆华砸去。只听"乓"的一声，这张不锈钢皮椅砸烂变形，"玻璃泡"和里面的人却毫发无损。

观众们先是一声惊呼，继而爆发出热烈的掌声。

好出风头的雷傲跃跃欲试，按捺不住了。能在数亿观众面前显摆，是他梦寐以求的事情。他向前跨了两步，说道："我的能力嘛，你们自己看吧！"

说着就飞了起来。观众们的惊叫最大限度地刺激了雷傲的虚荣心，他甚至绕着整个演播室飞了一圈，忙得几台摄像机跟着转个不停。雷傲得意地哈哈大笑。

杭一按着额头，翻了一下眼睛，在事情发展成闹剧之前喊道："差不多行了，雷傲！"

雷傲这才飞回台子上，吐了下舌头。

接下来该杭一了。杭一从小挎包中掏出PSV游戏机，避重就轻地说道："我的能力是'游戏'，能把人带到虚拟的游戏世界中。也许电视机前的观众没法感受，就请现场观众体验一下吧。"

说着打开游戏机，进入堪称"PSV最美游戏画面"的《重力眩晕》，并启动超能力。瞬间，演播室内的几百个人置身于充满幻想色彩的浮空都市中，游戏中美轮美奂的场景设计和新奇事物令观众瞠目结舌、目不暇接。就连雷傲、陆华他们也看呆了。一分钟后，杭一解除超能力。观众们发出阵阵意犹未尽的赞叹。

最后一个是韩枫。但是难题出现了。

他犹豫了片刻，神情窘迫地说道："我的能力……恐怕不适合展示。"

"为什么？"主持人问。

此刻只能实话实说："我的能力是'灾难'，能引发地震、海啸、火灾等，不过我的能力目前还不强，没法引起大灾难，最多是一些小型灾难。"

主持人不知是出于节目效果的需要，还是真的被吓到了。她张大的嘴许久没能合拢，观众席也变得鸦雀无声。杭一三人展示的能力，就像一场精彩的杂技表演，但韩枫的能力，把所有人对超能力者的恐惧感重拾了回来。

韩枫赶紧解释道："不用害怕，我试过好几次了，就拿地震来说，我目前最多只能引发2~3级的小地震。震动幅度甚至比不上甩脂机。"

韩枫的这句玩笑话让一些观众笑了出来，气氛轻松缓和了一些。

主持人此刻也拿不准是否该让韩枫展示他的能力了。她再次请导播插播几分钟的广告，然后通过耳麦跟导演商量。

导演则是跟国安局的人商量。一番商议后，导演告诉主持人——可以展示，但必须保证不会出问题。

主持人明白了。广告结束后，她对韩枫说："你确定只会引发2~3级的小地震？"

"是的。"韩枫苦笑道，"我想引发大地震都不可能。"

"好吧。"主持人一边点头，一边面向观众，"大家准备好了吗？"

观众们正襟危坐,默默点头。这大概是人类历史上第一次事先进行准确预报的地震。

韩枫启动超能力,说了一声"地震",电视台大楼轻微摇晃起来。所有人的心顿时攥紧了。不管何种程度的摇晃,地震总归是一件让人恐惧的事。但很快,观众们发现正如韩枫所说,这场地震的振幅就跟甩脂机差不多,或者像坐在抖动的按摩椅上,甚至有观众露出了享受的神情。

韩枫正要解除超能力,突然,令他始料未及的事情发生了。

一声轰然巨响,仿佛炮弹或流星击中了电视大楼。整栋大楼剧烈摇晃,灰尘从演播室的天花板上掉落下来,电视大楼像要垮塌一般。由于演播室内是封闭的,所有人都看不到外面发生了什么事,也猜不到是什么击中了大楼。恐怖的是,撞击没有停止,一声声巨响和随之而来的剧烈摇晃,犹如小型陨石群降落地球,恰好砸中了电视台大楼。

谁都意识得到,这不可能是巧合。演播室内尖叫声此起彼伏,观众们拥向安全出口打算逃命。就连摄像师和主持人都乱了方寸,手足无措。现场完全失控。

不用说别人了,杭一等人的第一反应都是——这是不是韩枫造成的。杭一抓住韩枫的胳膊,急促地问道:"这是怎么回事?"

"我怎么知道?!"韩枫也彻底慌了,"我只引发了刚才的小型地震而已。而且我已经解除超能力了!"

"你不会是超能力失控了,引发了别的灾难吧?!"

"怎么可能?!"

这时,田丽冲韩枫大叫道:"停下,快停下呀!"

"这不是我干的!"韩枫拼命辩解,"我也不知道是怎么回事!"

就在大家乱作一团的时候,导播间一个中年男人凑到其中一个狙击手耳边,冷冷地吐出两个字:"开枪。"

狙击手收到命令,扣动扳机。

韩枫还在努力辩解着。

一颗子弹穿透他的胸膛。

他摇晃了一下,一双惊惧而茫然的眼睛绝望地望向身边的杭一。直直地倒了下去。

这一切发生得实在太快了,杭一几乎都没看到子弹是从哪里射出来的,就见韩枫倒在血泊中了。他的脑袋嗡的一下炸了,周围嘈杂喧闹的声音和画面似乎都静止下来。他伏到地上,托着韩枫的后背,悲怆地喊道:"韩枫!!"

七　诀别

　　陆华和雷傲匆忙跑过来，两人都蒙了。陆华的眼泪簌然落下，但他没失去判断，知道如果韩枫被枪击，意味着他们也不安全。他迅速祭起圆形防御壁，将他们四人笼罩其中。

　　韩枫用生命中最后一丝力量抓住杭一的手，鲜血和泪水分别从他的嘴角和眼角溢出来。"杭一……好兄弟，我……我可能，没法跟你们一起战斗了……"

　　杭一泣不成声，拼命摇着头："不！别说这种傻话，我马上送你去医院，你会得救的！"

　　韩枫知道自己受的枪伤是致命伤，也知道自从井小冉（女28号，能力"治疗"）不在之后，任何成员只要遭受致命伤，就绝对没命了。他并非没有这种觉悟和心理准备。相对来说，他认为自己的死起码是有价值的。他紧紧抓住杭一的手，嘴角竟浮现出一丝笑意：

　　"杭一，答应我……继承我的等级后，你们一定要……好好活下去，连我的那份一起。你们……一定要解决这件事，让我爸妈、同伴们……还有所有人，都能……活下去……"

　　说完这句话，韩枫的头耷拉到一边，紧抓住杭一的手也松开并垂了下去。

　　"韩枫，韩枫……"杭一机械地呼喊着好兄弟的名字，直到体内涌起一股力量，提示他已经升级了。

杭一犹如遭雷殛一般，呆住了。

几个月以来，他们遭遇的险情数不胜数——血汗症、误喝毒水、行尸袭击……一次又一次，他们都化险为夷，从死亡边缘被强行拽回来。但是这一次，韩枫是真的死去了。他的等级都已经继承到了自己身上，意味着他已经彻底退出这场竞争和他的人生舞台了。

这大概是迄今为止最令杭一痛苦的一次升级，他仰天长啸："不——我不要升级！！你回来！！！"

陆华的双眼早已被泪水模糊了，他紧抓住杭一的肩膀。"陨石"的袭击还没有停止，天花板已经出现了部分坍塌，火焰也包围了整栋大楼，电视台大楼眼看就要垮塌了。观众和电视台工作人员几乎都已逃离。

陆华知道现在不是悲伤的时候，他们必须坚强，不能被埋葬在这里。他说道："杭一，现在不是伤心的时候，楼快垮了，我们得赶快离开！"

杭一很少如此失去理智，他站起来，狂怒地大吼道："开枪的浑蛋！睁开你的眼看看，韩枫已经死了，外面的袭击还没有停止！这不关他的事，你们误杀了好人！"

回应他的，只有垮塌下来的一大块天花板。陆华看出这个地方一秒钟都不能再待下去了。他的防御壁虽然能保护他们不被垮塌物砸到，但是如果整栋大楼倒塌，将他们活埋在废墟中，仍然是死路一条。他和雷傲强行拖着杭一的双臂，喊道："快走呀！没时间了！"

这时，宋琪用"瞬移"出现在了他们面前。她看了一眼倒在血泊中，已经死去的韩枫，惊愕不已。但现在没有时间询问什么了，她对陆华三人说："抓住我的手，快跑！"

"韩枫……"

"管不了他了，快走！"

三个人一起抓住宋琪的手臂，朝安全门跑去。宋琪启动超能力，一眨眼，他们已经在电视台附近的咖啡店门口了。刚刚转移，十几层高的电视台大楼轰然倒塌，埋葬在一片火海之中。陆华后背噔起一身冷汗，刚才要是再迟疑一秒钟，就必死无疑。

孙雨辰、季凯瑞、辛娜等同伴立刻围了过来。他们发现逃出来的只有杭一他们三个人，问道："韩枫呢？"

雷傲擦着眼泪说："韩枫被不知道是军方还是国安局的人开枪打死了。"

同伴们都呆住了。辛娜和舒菲捂住嘴，眼泪夺眶而出。

然而，他们还来不及悲伤，发现持枪的士兵从街道各个方向拥了出来，瞬间就将他们包围了。这样的情形几天前才在俄罗斯经历了一次，没想到回国之后，还是逃不过同样的劫数。

陆华不敢怠慢，立刻启动最大范围的圆形防御壁，尽量将自己和八个同伴保护起来。他担心这些士兵会像刚才那样，不由分说就朝他们开枪射击。

杭一愤怒不已，冲军队吼道："你们已经错杀了韩枫，还打算把我们一举消灭吗？你们真要逼我们出手，就别怪我们不客气了！"

这句话令气氛倏然紧张，士兵们一齐举枪，只等长官一声令下，就要开枪射击。季凯瑞已经启动了超能力，做好了反击的准备。只要子弹一射出来，就会全部反弹到这些士兵身上。不到万不得已，他不想这样做。

剑拔弩张之际，突然从街道右侧驶来一辆福特E350。一个中年女人从后排的窗口探出头来，用高音喇叭对军队的人喊道："别开枪，所有人放下武器！我是国家安全局局长纳兰智敏，我已经跟你们军方的高层联系过了，这几个人我要带走，不准伤害他们！"

车子开到杭一等人面前。纳兰智敏下车，举双手示意她没有恶意，然后整理了一下衣领，走到杭一等人面前，说道："你们好，我是本市国家安全局的局长。麻烦你们跟我去一趟国家安全局好吗？我保证不会伤害你们。"

杭一冷冷地说："你们已经伤害我们了，我的朋友韩枫，刚才被射杀了！"

纳兰智敏说："我现在还不是特别清楚事情的过程是怎样的，但我敢肯定这是个误会。"

"误会？！就因为这个误会，我朋友白白丢了性命！"

纳兰智敏显得有些难堪，说道："我向你们保证，会给你们一个交代。麻烦你们先跟我去一趟国安局好吗？原因我一会儿会详细解释的。"

杭一对这些人的反感导致他一时无法消除抵触情绪："我凭什么跟你走？凭什么相信你？"

纳兰智敏迟疑了一下，有些不情愿地说道："本来我是不想这样说的，但眼下的情形你们也看到了。实际上，我是帮了你们。如果不是我出面制止军方，一旦开火……"

"我们也未必处于劣势。"季凯瑞说，"要不要试试看？"

"不必了。"纳兰智敏说，"我相信你们的实力。但这种结果，真是你们希望的吗？"

这句话算是说到重点了。杭一等人对视了一眼。确实，一旦跟军方交战，他们就百分之百成罪人了，跳进黄河都洗不清。后果不堪设想。

纳兰智敏看出杭一等人动摇了，她进一步劝说道："国安局的立场跟军方不一样，我们也掌握了一些你们绝对感兴趣的事情。请你们去国安局，就是要告知你们这些事。"

众人用眼神交流了一下。事实上，他们没有太多选择，跟纳兰智敏走，可能是目前最好的解决办法。

一行人挨着上车。这辆加长版汽车能坐10个人左右。纳兰智敏吩咐司机直接开车前往琼州市国家安全局。

五十多分钟后，车子开到一处位于市郊的偏僻场所——国安局的所在地。这里没有标牌，只有一栋庄严肃穆的多层建筑，看上去就像某个秘密机构。事实上也确实如此。

下车之后，纳兰智敏带领众人乘坐电梯前往-3楼。季凯瑞注意到，电梯右侧的楼层按键中，其他楼层都可以随意选择，但是"-3F"这个按键的旁边，有一个特殊的指纹识别器。纳兰智敏用右手示指触摸了这个指纹识别器后,才能按下"-3F"这个按键。由此可见,-3楼是国安局最核心和机密的场所,不是谁都能进入的。

电梯门打开,众人看到的是一个足有近千平方米的宽阔空间,照明充足,大理石地板光可鉴人、一尘不染。几台体积庞大的大型计算机映入眼帘,周围还有一些看不懂的复杂机器,估计是一些高端通信设备、密码机和监控、监听设备。

如此宽大的一层楼内,等候在此的只有两个人,正是杭一他们的"老朋友"——国安局的两位探员——柯永亮和梅葶。杭一想起陆华说的,他们俩之前出现在了电视台,他怀疑射杀韩枫跟他们有关,怒火顿时填满胸口。他径直朝两位探员走去,厉声质问道:"开枪打死我的朋友韩枫,是不是你们做的?"

柯永亮和梅葶对视了一下,又望了一眼纳兰智敏。柯永亮面带歉意地说:"开枪射击的,是军方的一位狙击手。我们现在已经调查清楚了,电视台遇袭的事,确实跟你们无关。但当时的情形,你也看到了,实在是任何人都会误会。我相信就连你也一度认为,是韩枫引发的这场灾难。"

杭一想起自己的第一反应也是立即质问韩枫。一时竟无言以对。但想到韩枫居然就因为一个误会而不明不白地死去,实在是太冤了。他难过到了极点。

善于观察微表情的梅葶似乎看穿了杭一的心思,她说:"不知道你有没有想过,韩枫刚刚展示超能力,袭击就发生了。看上去就像他的超能力所致——这真的是巧合吗?有这么巧的事?"

杭一的眼睛倏然睁大了,他瞪着梅葶:"什么意思?难道有人故意嫁祸给韩枫?"

"我只能说,这个所谓的'误会',也许是某些人精心打造的。"梅葶说。

"到底怎么回事?你说清楚些。"悲伤令杭一暂时忘了思考,现在才意识到这事的确不寻常,"到底是什么力量袭击了电视台大楼?谁干的?!"

这时,一个身材高大、西装笔挺的中年男人从一间屋里走了出来。他戴着一副黑框眼镜,有着五官鲜明的威严面庞,鹰隼般凌厉的褐色眼睛,看上去气度非凡。他走向众人，说道："让我来亲自解释这件事情吧。"

柯永亮和梅荸立刻退到一边，恭敬地说道："好的，部长。"

国安局局长纳兰智敏也向这个男人微微鞠躬，随即跟杭一等人介绍道："国家安全部副部长。"

杭一等人心里都震了一下。他们没想到这样的大人物，竟然会亲自露面。更奇怪的是，副部长盯着他们其中的一个人露出微笑，并径直走到这个人的面前。

杭一等人一齐望过去，全都呆住了。

辛娜颤抖着身体，花容失色地喊了一声："爸……爸爸。"

男 27 号，韩枫，能力"灾难"——死亡。

八　死亡预告

国家安全部副部长辛宵走到女儿面前，抚摸了一下她的面颊，说道："怎么了，乖女儿，就像见到鬼一样。"

辛娜难以置信地摇着头："您以前跟我说，您只是国家安全部的一个普通工作人员。"

辛宵无奈地说："做我们这行，身份是需要有严格保密的。有一定职务的人更是如此。不到万不得已，不能让身边的人——哪怕是最亲近的家人知道自己的职务。这是国家安全部的规定，不是我有意欺瞒你们的。"

辛娜几天前回家，妈妈告知她爸爸在外地工作。辛娜知道父亲长期都不在家。她已经很久没看到他了，怎么都没想到，居然在这里见到了父亲。更得知父亲竟然是国家安全部的副部长。辛娜百感交集，一时说不出话来，她扑了过去，用一个长长的拥抱代替一切语言。

杭一他们全都呆了，一时有点接受不过来，也不知道该如何是好。

辛娜的父亲指着几张椅子说："咱们坐下来说吧。"

杭一等人和纳兰智敏、柯永亮、梅葶都坐了下来。本市国家安全局偌大的地下秘密基地内，现在就只有这十几个人。其他工作人员都暂时回避了。可见接下来要说的事情绝非寻常。

辛宵沉声道:"关于之前电视台遇袭,导致你们的朋友韩枫因军方误会而被击毙的事情,我深表遗憾。但是请你们相信,这件事的真相,我们也是才获知的。

"今天晚上7点过,国安局一个工作人员收到一封从国外发来的匿名电子邮件。发件人声称,他们的组织将在一个小时后袭击本市CZ电视台……"

季凯瑞打断辛宵的话:"你们既然知道有组织要袭击电视台,都没有采取有效措施进行防范?"

辛宵叹息道:"第一,我们不能判断这是威胁还是恶作剧;第二,邮件上并没有说明,会以何种形式袭击电视台;第三,因为你们要在电视台做节目,军方和国安局的人已经到场,并严加防范了。但我们没想到的是,袭击毫无征兆地发生了。当时,几十个类似小型流星一样的火球不知从什么地方突然射向电视台,威力巨大、破坏性极强。我们来不及做任何防范和补救,大楼就在几分钟内轰然倒塌了。"

听到"火球"这两个字,众人的心都颤动了一下。他们想起了在特罗伊茨克的地下实验室,海琳就使出了这样的招数。但海琳现在已是他们的同伴,并且事发当时,海琳跟孙雨辰、季凯瑞他们在一起,肯定跟她无关。所以为了避免海琳受到牵连,大家都没有吭声,也没有表现出异样的神情。

孙雨辰偷瞄了海琳一眼,发现她紧咬嘴唇,面色凝重,鬓角渗出几滴冷汗,显然是想到了什么重要的事情。孙雨辰使用读心术,听到了海琳心中的声音:

他们居然真的出手了……这么说,那个"计划",也要开始实施了……

孙雨辰心中诧异无比,不知道海琳心中所想的那个"计划"指的是什么。然而,辛宵继续说的话打断了他的思绪。

"袭击发生后,我们未能发现袭击者的任何踪迹。但可以肯定跟你们无关。可是军方并没有掌握这些情况,所以仍然误以为这事是你们做的。我马上联系了国防部和军方高层,并安排纳兰局长亲自将你们接到这里来。现在你们可以放心了,这里是绝对安全的。"

众人明白了。季凯瑞问道:"你刚才说,已经获知这件事的真相了。那么,到底是什么人袭击了电视台?"

辛宵深吸一口气:"由于你们是经历这件事的人,刚才也一直被别的事情干扰,显然没有时间上网浏览新闻。你们肯定不知道,在之前的一个小时内——准确地说,就是在CZ电视台遇袭的同时,全球还有另外几个城市遭到了袭击——都是世界闻名的建筑或景点。毫无疑问,这是一场有计划、有预谋的恐怖袭击。而且很显然,普通的恐怖组织是不可能做到这一点的。袭击者只能是——超能力者。"

孙雨辰蹙眉道:"世界闻名的建筑……琼州市的CZ电视台跟这些景点可没法比,为什么会遭到袭击?"

"原因不是明摆着的吗?"雷傲说,"因为我们在里面。"

"如果说袭击者的目标是我们,那这些景点呢?不可能全都有13班的超能力者在里面吧?"

雷傲一时语塞。辛宵说:"我们目前的分析是这样的,你们今天晚上8点要上电视,几乎是一个世界性的新闻。袭击者们的目标,可能一开始只是打算攻击位于CZ电视台的你们。但他们后来认为,反正要出手,不如把这件事搞大,引起全世界的关注。"

"有可能。"季凯瑞认可这个分析,"但问题是,这些袭击者的目的是什么?攻击我们,可能跟这场竞争有关系。但攻击全球著名景点,意义何在?"

辛宵摇着头说:"这些人的动机暂时不明确。他们并没有提出什么条件,似乎仅仅是一种挑衅,目的就是要引起全世界的关注,以证明他们的存在。"

"挑衅?"季凯瑞重复这个词。

辛宵再次深吸了一口气,说道:"没错。而且我说的不仅仅是这次的袭击。"

他从衣服口袋里掏出一个U盘:"这是袭击发生后,出现在国安局大门口的东西,当时装在一个信封里。我们的技术人员检查过了,U盘并没有携带什么病毒,只是一个普通U盘。但里面的内容绝不普通,甚至可以说是——令人恐惧万分。"

众人还没看U盘中的内容,已经有点被吓到了。可惜坐在他们面前的是国家安全部的副部长,他不可能是在开玩笑,也不可能是危言耸听。

辛宵把U盘交给柯永亮,让他把U盘插在电脑上,然后播放里面的那段视频。他先给众人打预防针:"下面的内容可能引起你们一些生理或心理上的不适,请你们尽量忍耐。"

大家都紧张起来,辛娜不由自主地抓住了杭一的手臂。视频开始播放了,出现在液晶显示器上的第一个画面,就令他们呼吸都暂停了。

一个铁笼子里,关着一个丑陋、畸形的怪物。看起来像一只科莫多龙(现今存在的最大的巨型蜥蜴),但是脑袋两侧,还有两个头。三个头一起吐着信子,简直骇人到了极点。对恶心生物有恐惧症的陆华仅仅看了一眼,就全身汗毛竖立了起来。

接着画面切换了。一群老虎,浑身却长满鳄鱼般的鳞甲,它们发出的叫声也不是虎啸,而是一种低沉恐怖的声音。它们的眼神中没有猫科动物的敏锐和灵动,却折射出冷血动物特有的阴冷光芒,令人不寒而栗。

再出现在众人面前的是上百只变异的猴子。它们的身体长满了尖刺,头上还长着一对尖角。看起来就像猴子、刺猬和山羊的综合体,简直是一群来自地狱的恶魔。这样说毫不夸张,因为这些变异猴子个个面目狰狞、凶神恶煞,狂暴无比,全是食肉动物。

这些恶心的画面实在令人身心都不舒服到了极点。辛娜正想叫父亲停止播放这段视频,突然,一个无比震惊的画面出现在他们眼前。

一只恐龙——准确地说是一只霸王龙出现在了屏幕上。它跟所有小说和电影中描述的一样,庞大、凶暴、强壮。仅仅接触它的眼神,就让人不寒而栗。

宋琪忍不住惊呼起来:"这是……恐龙?真的恐龙?不是电脑特效制作出来的?"

辛宵用鼠标点了一下暂停,对他们说道:"没错,经过我们技术人员的鉴定,这段视频中的恐龙——包括刚才你们看到的其他动物，都是真正的生物。我不知道这些变异动物和已经灭绝的动物是怎么被制造出来的。但最恐怖的还是后面的内容，你们接着看完吧。"

视频继续播放。这次的画面是一个远景，一开始大家没看出来这是什么——有点像一片黑色的沙漠，非常广阔。黑色的"沙子"在涌动、游移，甚至形成了"沙丘"。随着镜头的拉近，大家才看清，这片沙漠竟然是由无数只黑色的老鼠组成的。黑压压的一片，几乎覆盖了整个地面，令人背皮发麻。

陆华再也忍不住了，他"呕"了一声，迅速捂住嘴。梅莘赶快示意他洗手间的位置。陆华冲了进去，狂吐不止。辛宵再次暂停画面。

不一会儿，陆华脸色煞白地出来了，说道："这些变异老鼠，我们曾经遇到过的。"

"没错，在'异空间'里。"雷傲说，"我们差点就成为他们的食物了。"

辛宵和纳兰智敏对视了一眼，问道："'异空间'？怎么回事？"

"说来话长，我们先把这段视频看完吧。"杭一说。

辛宵说："老鼠是这段视频的最后一个部分了。不过，值得注意的是最后这个画面。"

他再次点击播放。鼠群之后，画面变成一片漆黑。几秒钟后，屏幕上出现一行白色的字幕：

3月23日。

随后视频就播放完毕了。雷傲愣愣地问："3月23日是什么意思？"

辛宵说："你们看了刚才的那段视频，有什么感受？假如这是一部恐怖电影的预告片的话，最后的这个数字，一般代表的是'上映日期'，对吧？"

陆华脸上最后一丝血色都褪去了："你的意思是……"

辛宵点了下头："如果我没猜错的话。这段视频要告诉我们的就是——3月23号，视频里的这些怪物全都会出现在我们的世界里。"

九 "三巨头"的阴谋

房间里的温度仿佛一下子下降了十几度。每个人都感到毛骨悚然。

现在的时间是3月16日,3月23日就是七天后。

"这么说,这次全世界范围遭受的袭击,仅仅是个威胁和警告而已。真正的、最可怕的袭击,是七天后的这一次。"辛娜骇然道。

"要说是威胁的话,这些人又没有提出什么条件,他们到底想达到什么目的呢?"舒菲提出疑问。

陆华眉头紧锁,思忖着说:"我觉得目的无非是两个。第一,用这些怪物消灭其他的超能力者。就像控制'死亡'的向北一样,为达到这个目的不惜牺牲很多无辜的人。第二个目的,也许是一种'夸耀'或'展示',让全世界的人陷入恐惧,以证明他们的强大。"

众人都望着陆华。他继续说:"当初我们被困在'异空间'的时候,我就产生过这样的感觉了。躲藏在'异空间'里的这些人,在策划着一个阴谋,一个足以毁灭世界的可怕计划。阮俊熙(男31号,能力'动物')临死之前,不是也证实了这一点吗?"

"也就是说,这件事的背后主谋,就是阮俊熙告知我们的'三巨头'。"杭一严峻地说。其实他之前就有些猜到了。

"对不起，"辛宵打断他们的对话，"你们已经是第二次提到'异空间'了，还有'三巨头'——这是怎么回事？"

杭一知道，没有任何隐瞒的必要："13班的超能力者中，有一个能控制'空间'的家伙。他的能力十分可怕，曾经将十几个超能力者吸入空无一物的'异空间'内，想要困死我们。但我们发现了他的破绽，找到了解救的办法。最后时刻，这家伙将数万只变异老鼠放入'异空间'，我们在同伴的配合下才逃出生天，差点全部丧命。"

陆华的脸又白了，那次恐怖的经历直到现在都历历在目，让他后怕不已。

纳兰智敏愕然道："你的意思是，即便是十几个超能力者，也不是这些变异鼠群的对手？"

杭一承认道："没错。这些老鼠极具攻击性，并且数量惊人，源源不绝。我们使用超能力是要耗费体力的，没法应付鼠群的消耗战。"

"军队呢？"纳兰智敏问。

杭一跟鼠群战斗过，知道这些变异老鼠的厉害，他摇头道："军队也够呛。坦克飞机固然能派上用场，但没法尽数消灭变异老鼠。如果要将整个城市的老鼠消灭干净，估计城市也炸成一片废墟了。"

辛娜提醒道："你们说的只是鼠群，别忘了还有其他怪物。"

辛宵问道："你们刚才说，这件事的幕后主使，可能是'三巨头'——这是个什么组织？"

"是呀，'三巨头'是谁？"宋琪也是第一次听说。

杭一和同伴们对视了一下，说道："根据阮俊熙提供的线索，'三巨头'指的应该就是13班的三个超能力者。他们既然以'三巨头'自居，有可能是认为，他们三个人是50个超能力中最强的三个。糟糕的是，这三个人偏偏联手了。"

"知道是哪三个人吗？"辛宵问。

杭一摇头。

陆华沉吟片刻，说道："其实……我们未必不知道'三巨头'是谁。"

所有人都望向他，孙雨辰说："你知道？怎么不早说？"

"不，我也是刚刚才想到的。"陆华说，"你们记得吗，裴裴（女39号，能力'数字'）曾经告诉我们，几个月前，13班有六个人在几乎同一时间失踪了。阮俊熙就是这六个人中的一个。后来，他在'异空间'里现身，并告知我们'三巨头'的事。"

"啊！"杭一一下明白了，"'三巨头'可能就是这六个人中的其中三个！"

"哪六个人？"辛宵问。

陆华回忆了一下，说："如果我没记错的话，是阮俊熙（男31号）、佟佳音（女37号）、连恩（男14号）、洛星尘（男1号）、董曼妮（女46号）和伊芳（女18号）。"

孙雨辰注意到，当陆华说出这串名字的时候，海琳的身体抽搐了一下，脸色也变得苍白了。

"既然是'三巨头'，怎么会有六个人？"纳兰智敏问。

陆华猜测道："会不会是这样，'三巨头'十分狡猾。他们猜到，如果只是他们三个人失踪的话，未免太明显了。所以他们故意抓了另外三个人。一方面是为了掩人耳目；另一方面，则可能是要利用他们三个人的能力。"

这时，梅莩已经用国安局的电脑查询到了刚才说的这六个人的资料："没错，这六个人失踪之后，直到现在都行踪不明。"

"这么说，只要找到他们，就有可能阻止3月23日的劫难？"纳兰智敏说。

"话是没错，但是要找到他们可不容易。"杭一叹息道，"他们肯定躲在'异空间'里。我们现在唯一能确定的就是，控制'空间'的那个人，就是'三巨头'之一。但仅仅是这一个人，就差点解决了我们十几个超能力者。如果'三巨头'或者这五个人联手，不知道会强到何种程度。"

"别长他人志气灭自己威风好吗？"季凯瑞说，"我们也组成同盟了，未必就不是他们的对手。"

"说得好，"辛宵赞叹地说，"这正是我请你们来，告知你们这一切的目的。

正如你们所说，军方虽然也不会允许这些超能力者和他们制造出来的怪物为所欲为，但消灭怪物的代价，可能会非常之大。所以能击败超能力者的，就只有超能力者本身了。简单地说，你们是阻止这场浩劫的唯一希望。数亿民众的生命，可能就掌握在你们手中了，拜托了！"

辛宵站起来，郑重地向杭一他们鞠了一躬。

杭一感觉有点受之不起。虽然眼下的形势十分严峻，但他从看到辛娜的父亲那一刻起，就抑制不住地把这个中年男人和自己未来的岳父联系在了一起……他对辛娜的父亲说："叔叔，呃……部长，其实不用您说，我们也会竭尽全力阻止这件事的。毕竟这关系到全世界的安危，而我们的父母和亲人也在其中。"

同伴们纷纷点头。辛娜的父亲露出欣慰的笑容："那真是太好了。对了，这段时间，你们就住在国安局吧，当然，出入是完全自由的。这里绝对安全，并且可以避免各方面的骚扰，便于你们集中精力思考对策。"

纳兰智敏点头道："你们住的地方是5楼。那里本来就是用于接待重要宾客的。有十多间房间，我已经请人布置好了。所有生活设施一应俱全。"

"好的，谢谢。"杭一说。

"我现在就带你们去房间休息一下吧。"梅葶说。

离开-3层之前，辛娜走到父亲身边，问道："爸爸，有件事，我还挺好奇的——你肯定早就知道我跟他们，也就是超能力者在一起了。你就不担心我遇到什么危险吗？"

父亲抚摸着女儿的脸颊，长长地吐了一口气："你要我说实话吗？好吧，我告诉你——你跟他们在一起的每分每秒，我都担心得要命。但当我知道这件事的时候，你已经是他们的一分子了。并且，你们经历的这件事，涉及最高国家机密。国家安全部和高层领导下令，暂时不采取任何措施，静观其变。所以这事我也做不了主，纪律也不允许我徇私情，我只能干着急……"

"别说了爸爸。我明白，我能理解你的心情。"

父亲颔首道："而且我也了解自己女儿的个性。如果我现在让你离开他们，彻底远离此事，躲在一个安全的地方什么都不做，你会同意吗？"

辛娜笑了一下。答案已是不言而喻。

"不过，"父亲凝视着女儿的眼睛，"答应我，一定要保护好自己。"

"我会的。我的朋友们也会的。"辛娜说。

"看得出来。"父亲点头，望了一眼站在电梯口的杭一，"特别是这个叫杭一的男孩，我能看出他对你格外关心。你对他也……"

"讨厌，不跟你说了。"辛娜娇嗔地拍打了父亲一下，跑向同伴们了。父亲面带笑意地望着女儿的背影。

十　父亲

国安局 5 楼现在成了"守护者同盟"的临时大本营。这里有十多个房间，每人住一间都绰绰有余。现在的时间是晚上 10 点钟，但辛宵告诉他们的事，让所有人睡意全无。

特别是孙雨辰。

他非常清楚，海琳知道跟"三巨头"和那个可怕的计划有关的事情。并且，海琳的身份直到现在都是个谜。同伴们不可能不在乎这件事，但他们一直没有追问海琳。

对此，孙雨辰十分感激。他明白，同伴们一方面是给海琳时间，希望她建立起对所有人的信任后，主动说出身份之谜；另一方面，大家知道海琳跟他关系特殊。没有逼问和为难海琳，很大一部分原因是给他面子。

但是现在，情况不同了。一个星期后，世界可能迎来一场浩劫。事态的严重性让人不可能无所作为。而海琳可能是目前唯一能提供重要线索的人。换句话说，她是阻止这场灾难的关键人物。

想到这里，孙雨辰认为一分钟都不能再耽搁了。他必须立刻跟海琳严肃、认真地谈一次。

孙雨辰走出自己房间，来到海琳的房间门口。门居然没有关，看来海琳猜到了自己要来找她。孙雨辰轻轻敲了下门，海琳在里面说道："请进。"

孙雨辰走进屋内，海琳坐在椅子上，指关节抵着下巴，显然是在思考着什么。孙雨辰朝她走过去，说道："海琳，我们得谈谈。"

海琳转过身来，望着孙雨辰。

"你知道，有些事情，我必须……"

没等孙雨辰说完，海琳伸出手掌，轻轻按在孙雨辰嘴前："我明白，不用说了。我会把我知道的一切告诉你们。"

海琳果然是个直爽率真的女孩儿。孙雨辰赞叹地说道："太好了，呃……你说'你们'？"

"当然，对这件事情感兴趣的，肯定不止你一个人吧？与其让你去转述一次，不如我直接告诉大家好了。"

孙雨辰赶紧点头："好的，我这就去通知大家。"

不一会儿，同伴们集中在了大厅内，围坐成一圈。没有人催促海琳，因为每个人都能看出，她内心仍然进行着激烈的思想斗争。几分钟后，海琳下定决心了，说道："好吧，我不打算隐瞒任何事情了。今天晚上，我会把我知道的一切都讲出来。"

大家望着她，赞许地点头。海琳说："首先，关于我的身份。"

她望向孙雨辰，坦承道："那天在地下研究所，我失控地喊了一声'爸爸'。是的，你们都没听错。我叫的就是'爸爸'。坐在我面前的这个人，就是我的父亲——孙雨辰。而我的全名，叫孙海琳。"

虽然有心理准备，孙雨辰还是彻底惊呆了。他难以置信地说："可是……怎么可能？你看上去，只比我小三四岁……"

海琳说："你们不是知道关于'异空间'的事吗？甚至还进入过不止一次。那肯定知道'异空间'内的时间流逝速度，比外面的世界快很多倍这个事实吧。既然如此，就不应该想不通这件事。"

实际上，聪明的陆华之前已经猜到是这样了。他说："你的意思是，你是在

'异空间'内出生和长大的,后来才来到现实世界。所以和自己父亲的年龄,才相差无几。"

海琳点头承认。

但是,孙雨辰无论如何都想不通这件事。他的脸涨得通红,迟疑了好久,才难以启齿地说:"逻辑上是说得通,但是……有个非常关键的问题。"顿了许久,"事到如今,我肯定没必要装什么了。但事实是,我活到现在,从来没跟任何女孩发生过性关系。那么……怎么可能有一个女儿?"

听了这话,大家都感到诧异无比。海琳的脸也有些发烫,跟自己的父亲讨论这样的事,显然是十分令人尴尬的。她低声道:"你要问我具体是怎么回事,我当然更回答不出来。但是,我提醒你一下吧。你是不是失踪过一段时间,并且失去了意识?"

孙雨辰张大了嘴,惊愕无比:"难道……在那段时间,有个女人趁我昏迷的时候,和我发生了……性行为?天哪,这太荒唐了……"

海琳紧抿着嘴唇,沉默不语。

"这个女人是谁?"孙雨辰问。

"你是说,我的母亲?"海琳深吸一口气,说出了这个名字,"她就是'三巨头'之一,13班的超能力者,伊芳。在我们的世界,她被称为'万物之神'。"

"什么?!"孙雨辰失控地惊叫出来。其他人也惊呆了,就连一向稳重的季凯瑞也一时合不拢嘴。伊芳是13班最漂亮的女生之一,典型的冷美人。总是一副冷傲清高的样子。别说孙雨辰这种貌不出众的男生了,就连付天这种大帅哥找她聊天,她都是一副爱理不理的模样。并且,听说她的家世跟韩枫差不多,家族企业的总资产多达数十亿,而她是这份产业的唯一继承人。

孙雨辰在补习班上课的时候,清楚自己跟伊芳这样的千金大小姐完全是云泥之别。有自知之明的他,几乎没敢找伊芳说一句话。两人也素来没有任何交集。

但是,按照海琳所说,如果伊芳是在孙雨辰昏迷的时候,将他……这个画面即便是出现在头脑中都让人无法直视,更无法理解。这件事带来的震撼,简直到了无以复加的程度。

海琳意识到了孙雨辰想问她什么，抢先说道："别问我原因，我也不知道。"她显得十分为难情，"我不想再探讨这件事了。"

杭一也想从脑海那诡异的画面中抽离出来，他晃了下脑袋，问道："'三巨头'还有哪两个人？他们的能力分别是什么？"

海琳说："我只知道其中一个，洛星辰，他就是能控制'空间'的超能力者。'异世界'中的'创世之神'。"

这是预料之中的。杭一点头道："还有一个呢？难道你从来没见过？"

"是的。"海琳说，"'三巨头'在我们那个世界——也就是你们叫的'异空间'里，是神一般的伟大存在。一般人是根本不可能见到'神'的。而我，因为是'三巨头'之一伊芳的女儿，自然知道自己母亲的能力，也从她口中听说了洛星辰的能力。但是对于另一个'神'，母亲这么多年只字未提。我们那个世界的人，也几乎没有任何人看到过他，更不知道他的能力是什么。只知道他是'三巨头'之首，地位无比崇高。"

杭一和同伴们对视了一下，对于这个神秘的"三巨头"之首感到十分好奇。其实从裴裴提供的信息中，他们知道此人必然是失踪的六个人之一，但此刻重要的是从海琳口中获知更多的信息，无暇猜测。陆华问道："伊芳……就是你母亲的能力是什么？"

"'元素'。这是一个非常强大的能力，几乎万能。可以控制水、空气、火、土等物质。我在'异世界'的时候，并不知道关于这场竞争的事，也不知道能力还可以升级这件事。当我跟你们在一起，获知这些事情后，越发感到母亲的能力简直可怕。你们知道，自然界中的一切实在物体都是由元素构成的。如果我母亲升级到某种程度后，我猜想……她也许能控制世界上的一切物质。"

杭一等人意识到了这个能力的可怕之处。特别是陆华，他头脑里出现了一个可怕的设想——假如伊芳升到高等级，能否直接将某个人或事物进行"元素分解"？

季凯瑞问海琳："除了'三巨头'，'异世界'里应该还有另外三个超能力者，对吧？除了已经死去的阮俊熙，还有佟佳音和董曼妮。你知道他们的能力是什么吗？"

"我知道'创造之神'……呃，就是佟佳音，她的能力是什么。她虽然不是'三巨头'，但在我们那个世界，她的地位恐怕仅次于我母亲。原因是，'异世界'的所有二代超能力者，都是拜她所赐。还有……"她顿了一下，咬了下嘴唇，十分不情愿把自己和起先视频中的怪物联系在一起，"那些变异动物，也是她的杰作。"

"创造之神？"雷傲疑惑地问，"她的能力到底是什么？"

"'基因'。"海琳说，"她可以控制遗传基因，从某些化石中提取遗传因子，甚至将两种或三种动物的基因融合在一起，制造出全新的物种。"

"控制……遗传基因？"孙雨辰汗颜道，"所以，你才会同时具有我和伊芳的能力。"

"是的。"海琳说，"并且，'异世界'还有很多跟我一样的二代超能力者。"

季凯瑞问："那么董曼妮呢？她的能力是什么，你知道吗？"

"她在我们的世界被称为'庇护之神'，能力是'隐形'，能让自己或其他人处于隐身状态。"海琳说。

"这个我已经猜到了，只是证实一下。"季凯瑞说，"实际上，她已经配合其他人偷袭过我们两次了。"

"我所了解的情况，就是这些了。至于他们为什么会突然对这个世界发动攻击，我完全不知情。也许……是预谋已久了。"海琳说。

孙雨辰忽然望着海琳："你把这些告诉我们，不就等于背叛了自己的母亲和'三巨头'吗？他们会放过你吗？"

"恐怕我已经没有回头路可走了。在地下研究所的时候，我忍不住使用了超能力。但我并不知道'庇护之神'——也就是董曼妮当时也在场。后来她逃走了，自然会把这件事告诉我母亲。"海琳忧郁地叹了口气，"母亲肯定知道我背着她偷偷跑到这个世界来的事了。'异世界'最严厉的一条法则就是——任何人都不准在不征得'三巨头'同意的情况下，擅自离开'异空间'。"

"那你为什么还要跑出来？"

海琳沉默了一会儿，眼睛红了。她仰面深吸一口气，也没能阻止眼泪溢出眼眶："因为我是所有'二代超能力者'中，唯一一个从来没见过亲生父亲的人。一开始，母亲甚至不愿意告诉我父亲是谁。在我的反复追问下，她才告诉我'孙雨辰'这个名字，以及与你有关的一些事情。但她坚决不准我找你。可是……我太想见一次父亲了，做梦都想。所以……我还是背着她跑了出来。"

看着海琳哭泣的模样，孙雨辰生出怜惜之情。他想像一个父亲那样，搂住女儿的肩膀，给予她温暖和安抚。但他只是一个二十二岁的年轻人，无法承担"父亲"这个角色，也无法在短时间内接受一个只比自己小两三岁的女儿。他矛盾、难过到了极点，不知该如何是好。

季凯瑞把话题引向另一方面。这也是他十分关心的一个问题："你是怎么从'异空间'来到现实世界的呢？"

海琳拭干眼泪，调整了一下情绪，说道："我拜托洛奇帮的忙。"

"谁？"杭一没听过这个陌生的名字。

"洛奇，跟我一样，也是一个二代超能力者。他同时具有'空间'和'隐形'两种能力。"海琳说。

"这么说，他是洛星辰和董曼妮的儿子？"舒菲问。

"是的。"

舒菲用手撑住额头："我脑子有点乱。"

海琳继续道："洛奇一开始坚决反对，因为一旦东窗事发，我和他都难逃死罪。但我苦苦请求，他终于答应了。"海琳的脸微微泛起红晕，"这男孩喜欢我。所以才不惜冒着生命危险帮我。他打开'空间之门'，和我一起来到这个世界。然后通过各种途径打听到，我的父亲孙雨辰，现在跟另外一些超能力者组成了同盟。难题出现了，我该以何种身份出现在父亲身边呢？

"这个时候,我恰好得知你们打算前往莫斯科的消息。于是,为了尽量'自然'地出现在父亲身边。我和洛奇弄到了一些学习俄语的资料,然后返回'异世界',花了很多时间专心学习俄语。然后,我再次来到现实世界。这次,洛奇没有跟我一起。

"我早早等候在莫斯科,你们到达之后,我悄悄尾随你们,然后'凑巧'出现在了前往特罗伊茨克的中巴车上,以一个莫斯科大学留学生的身份跟父亲搭话……后面发生的事,不用再说了吧?"

孙雨辰没想到,海琳为了跟自己见面,竟然经历了如此艰苦和困难的过程。一个女儿跟亲生父亲见面,居然代价如此之大。他内心既感动又心疼,说道:"以后你就留在我身边,我会保护你的,不会让你受到任何伤害。"

海琳挽住孙雨辰的手臂,露出笑容:"我没有来错,我的爸爸果然是一个温柔的人。"

孙雨辰的脸红了。

季凯瑞思忖片刻,问道:"你一个人来到现实世界,当时有没有想过,怎样回去呢?"

海琳说:"当然想过。因为我在这个世界,是没有办法跟'异世界'的人联系的。所以我跟洛奇约好,过一段时间之后,他到这个世界来找我,然后带我回去。虽然会遭到严惩,但那里毕竟是我的故乡,我必须回去。"

季凯瑞问:"这个日子是哪天?"

海琳说:"这个世界的3月19日,就是两天之后。"

季凯瑞眼睛一亮:"也就是说,两天之后,这个叫洛奇的男孩就会到现实世界来找你?那这次的事情,有解决办法了。"

"你是怎么想的?"辛娜问季凯瑞。

季凯瑞说:"这个能进行空间转移的男孩,一旦现身,我们就设法把他抓住,然后强迫他带我们到'异世界'。在那些怪物入侵现实世界之前,打入'三巨头'的老巢,将其消灭!"

海琳的脸倏然变色了。辛娜虽然认为这是个好主意，但情感上却觉得不妥，她说："你有没有考虑过海琳的感受？这不等于是利用她，并让她跟母亲反目为仇吗？"

季凯瑞望着海琳："我知道，这样做对你来说确实残忍了一点。但我能看出，你是一个善良、充满正义感的姑娘，否则你也不会在看完那个视频后把你知道的一切告诉我们。想想看，如果我们不这样做，那些怪物入侵到这个世界后，会造成多少人死亡？那岂不是更大的残忍吗？"

海琳是个明事理的姑娘，她知道季凯瑞说得有道理，默默地点了下头。但她提出一个要求："你们如果抓住了洛奇，不要伤害他。他跟我一样，虽然来自'异空间'，但不是坏人。"

季凯瑞和孙雨辰对视一眼，一起点头答应。

十一　合作

　　总统套房主卧室内，闻佩儿（女17号）和化名"碧鲁先生"的"旧神"交谈着某件重要的事情。

　　"昨天的袭击，我已经知道是怎么回事了。"碧鲁先生说。

　　"赫连柯（男6号，能力'强化'）告诉你的？"闻佩儿迫切地问。但她语气的重点集中在了前面三个字上，显然她对赫连柯的关心，超过了事件本身。

　　"是的。"碧鲁点头道，"果然是'三巨头'搞的鬼。"

　　"他们袭击世界各国，意欲何为？"

　　"算是公开宣战吧。"碧鲁先生浅笑一下，"这件事情真是越来越有意思了。"

　　"宣战？向谁宣战？"闻佩儿问。

　　"通过袭击全世界这一点来看，应该不只是针对超能力者们，恐怕是向全球宣战。"

　　"这些人是不是疯了？在大灾难来临之前，先制造一场末世浩劫？"

　　"天知道他们是怎么想的。他们既然宣战了，我们应战就是。"碧鲁先生说，"这未必不是件好事，这场游戏的目的不就是要分出胜负吗？"

　　"你说的'我们'是指？"

　　"'旧神联盟'和'守护者同盟'。"

闻佩儿叹息一声，摇头道："我们之前耗费了冯亚茹（女25号，能力'规律'）和向北（男13号，能力'死亡'）两张王牌去刺杀杭一他们。现在却要跟他们合作？"

"局势在不断发生变化，我们的策略也必须随时调整。"碧鲁先生严肃地说，"这是没办法的事。你事先能想到'三巨头'会发动对全世界的袭击吗？事物都有主要矛盾。目前来说，'三巨头'这帮人的威胁显然超过了杭一他们。如果不解决掉他们，事情可能会完全失控。"

"有这么严重？"闻佩儿蹙起眉头，"所谓'三巨头'，无非就是几个超能力者组成的联盟。我们的人数和能力都不在他们之下，需要这般如临大敌吗？"

"如果只是几个超能力者，倒也就罢了。关键是，赫连柯告诉我一些让人非常感兴趣的事情。"碧鲁先生盯视着闻佩儿的眼睛，"'三巨头'那边还有一支数量庞大的怪物军团和数十个二代超能力者，实力不容小觑。"

"二代超能力者是什么鬼？"

"改天慢慢告诉你吧。现在，我们的客人到了。他们很准时。"

话音刚落，外面会客厅传来了叩门声。

闻佩儿明白了："你让我联系'旧神联盟'的所有成员，就是要告知他们这件事，对吗？"

"没错，一会儿你告诉他们……"碧鲁先生跟闻佩儿耳语了几句。

闻佩儿走到客厅，说了声"请进"。外面的侍者推开门，礼貌地将两位客人引入总统套房。

这两个人是陆晋鹏（男5号，能力"力量"）和赵又玲（女47号，能力"电"）。

进屋后，陆晋鹏环顾客厅，问道："就只有我们两个人？"显然他以为还有更多的人会聚集在此。

闻佩儿说："不，还有两个人，他们马上就到。你们先坐吧。"

几分钟后，叩门声再次响起。另外两位由闻佩儿新发展的"旧神联盟"成员到了。

陆晋鹏看到进屋来的两个人，怔住了，他讷讷道："你……你也加入了？"

"没错。"身材高大，像一只壮熊般的侯波（男33号）轻轻拍了瘦小的陆晋鹏的肩膀一下，"咱们本来就是好朋友呀，理应在同一阵营嘛。"

陆晋鹏不太自然地笑了一下，心情有些复杂。侯波说得没错，他们在补习班的时候，确实是好朋友。当时谁都没有获得超能力。身高只有一米五八、体形瘦弱的陆晋鹏常常是小流氓的欺负对象。为此他经常和高大强壮的侯波同行，寻求庇护。当然现在今非昔比了，陆晋鹏获得"力量"之后，恐怕成了13班最"强壮"的人，不再需要任何人的保护。但有一件事始终令他耿耿于怀——获得超能力的那天晚上，他和侯波在公交车上，第一次试出了自己的能力"力量"。侯波则成了全班唯一一个知道他能力的人。这是一件无比敏感的事。不过现在，既然大家成了一条船上的人，也就用不着彼此隐瞒超能力了。想必侯波一会儿也会开诚布公吧。

他思忖的时候，和侯波一起进屋的另一个超能力者——方丽芙（女48号）大方地跟大家打招呼，她留着一头短碎发，穿着一件修身短袖衬衫，整个人看上去神清气爽、精神焕发。感觉她十分轻松，来这里就像参加普通的同学聚会，神情中透露出一股莫名的自信。陆晋鹏暗暗猜测她拥有着怎样的超能力。

闻佩儿说："好了，人都到齐了。现在我代表碧鲁先生，把目前的状况和接下来我们的计划告诉各位。"

闻佩儿用半个小时的时间说明了目前的事态，和他们接下来打算跟杭一等人合作的想法。

对于"三巨头"的情况，几个超能力者都表现出了震惊和意外。方丽芙似乎还有一点点兴奋——特别是听到怪物军团的时候。仿佛她有种跃跃欲试，想和怪物们大战一场的期待。另外三个人听闻此事后，表现出的却是更多担忧。

"我不反对跟杭一他们联手。"赵又玲表态。她明白这样能增加在这场浩劫中生存下来的概率，"但问题是，他们愿意吗？他们会不会知道我们是'旧神'这边的人？"

闻佩儿说:"目前没有任何迹象表明杭一他们对我们这边的情况有所掌握。他们成立同盟的目的,就是拉拢更多的人。应该不会拒绝新同伴加入的。"

"关键的问题是,我们是真心加入他们的吗?"陆晋鹏提出疑问,"'旧神'不会同意我们在这场战斗之后,就真的跟杭一他们成为伙伴吧?也就是说,我们在此事之后——当然是能活下来的前提下——始终是会背叛杭一他们的。甚至,如果有一个合适的时机,'旧神'可能还会要求我们顺便把他们一并解决了。我们怀着这样的心态和目的去跟杭一他们合作,真的不会被识破?他们也不傻。"

赵又玲接着陆晋鹏的话说:"没错,上次闻佩儿告诉我们,他们那边的孙雨辰会读心术。我们居心叵测地去找他们合作,要是被孙雨辰看穿,就麻烦了。杭一还好,季凯瑞可不像会手下留情的人。"

闻佩儿说:"所以,你们不能直接加入他们,得寻求一个合适的时机才行……避免被他们怀疑;加入后,也绝对不能让孙雨辰发现端倪。"

方丽芙眨了下眼睛,问道:"我不太清楚——孙雨辰的能力是什么?"

"'意念'。"闻佩儿说,"就目前所知,他的能力有两种运用。第一是用意念攻击,第二就是读心术。"

"但是,他没法两种能力同时运用,对吧?"方丽芙说,"他使用意念攻击的时候,肯定不可能运用读心术。"

闻佩儿了然一笑,心中暗暗佩服方丽芙的聪明:"没错,所以你们该猜到'最佳时机'是什么了。"

意向基本达成了。陆晋鹏、侯波、赵又玲和方丽芙四个人离开总统套房。闻佩儿要他们暂时待命,等候下一步指示。

乘坐电梯下楼的时候,陆晋鹏问道:"闻佩儿把我和赵又玲的能力告诉你们了吗?"

"嗯,是的。"方丽芙大方地承认。

真不公平。陆晋鹏摇头,随即问道:"那么,你们不介意也把自己的能力告诉我们吧?"

方丽芙和侯波对视了一眼，两人神秘地一笑。方丽芙说："别着急，到时候你们自然会知道的。"

十二　软肋

尽管大敌当前、浩劫将至,"守护者同盟"的成员们却发现一个极具讽刺意味的事实——他们这两天居然无事可做。敌人躲在"异空间"内,面都见不着,谈何作战?

眼下,只能等待实施季凯瑞的计划了。但这个计划的缺陷是太过被动。大家都有些担心——万一这个叫洛奇的男孩改变主意不来了怎么办?

舒菲知道这男孩的姓名和来临时间,可以使用超能力追踪他的位置,当然前提是他要在现实世界才行。3月19日一早,舒菲就开始进行追踪定位,上午10:20,她突然感应到了什么,浑身一抖,激动地喊道:"来了……他来了!我感应到了他的位置!"

同盟成员们赶紧围拢过去,海琳更是无比关切,问道:"他在哪儿?"

"南京。"舒菲说。

"这么远?"陆华吃惊。

"不……等一下,是在南昌。"

"到底是南京还是南昌呀,只差一个字,隔着老远呢!"雷傲着急。

"我没说错。"舒菲说,"他之前在南京,现在在南昌。不……现在在长沙了。"

"几秒钟的时间,他转移了三个地点,怎么可能?"辛娜问。

"完全可能。"海琳说,"我告诉过你们,洛奇的能力是'空间'和'隐形'。他能自由进行空间转换,况且他还能隐形,转移多个地点,也不会被人察觉。"

"但是看情形,他在各个城市之间胡乱转换,似乎不知道你是在琼州市?"季凯瑞问。

"不,他知道的。但他对这个世界不熟悉,可能一时迷了路。不过我相信他很快就会找到琼州市来了。"海琳说。

"可是,他就算到了琼州市,又怎么找得到你呢?"

海琳摸出一个手机:"我和他第一次来到现实世界的时候,就各自买了一个手机,约好用这个世界的方式联络。"

"那他现在也可以打你的电话呀。"雷傲说。

"可能他是想,到达琼州市之后再联系我吧。"海琳说。

众人对视了一眼,打算实施计划了。但季凯瑞忽然想到一个问题,这是他之前忽略的一点:"这小子既会隐身,又会进行空间转移。等于说眨个眼就能从我们面前逃走,怎么抓得住他?"

大家都意识到这的确是个难题。宋琪思索一刻,对海琳说:"要不……委屈你一下,配合演场戏可以吗?"

海琳是个聪明女孩,她一下就猜到了宋琪的意思:"假装你们抓住了我,把我当成人质,胁迫他?"

宋琪点头:"我想不出别的办法了。虽然是欺骗,却是唯一能控制他的办法。关键是你同意吗?"

海琳缄口不语,看上去十分为难。辛娜问道:"这男孩真的很爱你,对吗?"

当着父亲的面,海琳有些羞于回答这个问题,她隔了好一会儿,红着脸点头道:"应该是吧……不然他也不会冒这么大的险帮我。"

辛娜说:"利用一个真心爱你的男孩,是任何女孩都不愿做的事情。这一点我太理解了。所以这件事,我们绝对不会强迫你去做。"

宋琪却有些着急地说:"问题是没有别的办法了。我不得不再次提醒,这可是关系着无数人生命的大事。"

海琳深明大义，她不再犹豫了："你说得对，和数万人的生命比起来，演一场戏算什么？大不了我之后跟他解释清楚。就这么办吧。"

大家都用赞许的眼神望向海琳。孙雨辰更是为拥有这样一个明事理的女儿而骄傲。

十几分钟后，海琳的手机响起了。她看了一眼来电显示，对众人说："是他。他已经到琼州市了。"

季凯瑞接过手机，按下接听键："喂。"

对方显然没想到接电话的会是一个男人。他愣了好一会儿，问道："你是谁？"

"你朋友的朋友。起码我单方面是这样认为的。"季凯瑞故意模拟坏人的口吻。

对方居然一下就听出其中的意味了："你是超能力者？你们抓住海琳了？"

"没错。"

"该死！你们想干什么？"

"这也是我想问的问题。所以我们把海琳控制起来了。但她很固执，怎么都不肯透露你们的小秘密。我不太肯定留着她是否还有价值。也许我也不该执着下去了。"

"浑蛋！你们别伤害海琳！你们别……"语气变成了乞求，"别伤害她，求你们了。"

"怎么，你愿意代替她告诉我们一切？"

"……"迟疑了一会儿，"你们先让我见到海琳再说。"

"可以，但是提醒一句，小子，别想耍花招。我知道你的能力是什么。如果你敢乱来，我保证你会看到永生难忘的画面——除非你真的有这个兴趣。"

"我没有，你们才是……别乱来。我马上过来，你们在哪儿？"

季凯瑞告诉了这男孩地址，挂了电话，他发现所有人都用一种畏惧的眼神注视着他。

"怎么了？"

"不得不说，你真适合演坏人。"辛娜咽了口唾沫，"我真的有点被吓到了。"

"这算是表扬吗？"季凯瑞挑了下眉毛，"别闲聊了。那小子可能已经在楼下了。"

辛娜打电话告知父亲，一个来自"异空间"的男孩将出现在国安局。这件事由他们来处理，国安局的人不要干涉和参与。父亲答应了。

果不其然，季凯瑞来到国安局门口的时候，这个叫洛奇的男孩已经在这里了。他的年龄看上去比海琳略小，最多十七八岁，一张稚嫩的面庞，五官清晰俊朗。他的装束几乎都是纯天然的棉麻织物，具有典型的"异域风格"，让季凯瑞想起了当初在"异空间"见到的那些人。他来到这里的速度之快，足见其心情之急迫。见到季凯瑞之后，便迫不及待地问道："你就是刚才接电话的人吗？海琳呢？"

"楼上。"季凯瑞拇指指了一下，"跟我走吧。提醒一句，别想隐身或者使用空间转移，不然海琳就没命了。"

洛奇跟着季凯瑞走进国安局，乘坐电梯前往5楼。季凯瑞偷瞄了他几眼，暗忖这小子是个涉世不深、头脑单纯的家伙，大概比想象中更容易就范。

电梯大门打开后，洛奇一眼就看到了大厅正中间，双手反捆坐在一张椅子上的海琳。他大叫一声"海琳！"就要冲过去。

雷傲大喝一声："别动！"扬了一下手里的92式5.8mm手枪，对准海琳的脑袋，"就算你来自'异世界'，也该知道这玩意儿是什么，对吧？"

洛奇倏然止步，他愤恨地盯着面前这些人，低声道："这么多人欺负一个女孩，算什么本事？卑鄙。"

杭一苦笑一声："想给整个世界制造麻烦的你们，居然有资格说这样的话。你们打算用变异生物袭击普通民众，不是更卑鄙？"

洛奇一时语塞。他问道："海琳，他们没有把你怎么样吧？"

海琳使劲挤出几滴泪水，哭着说："还好……洛奇，你总算来了。快救我，我已经被他们绑了好几天了！"

洛奇一听这话，心急如焚，他急切地问杭一等人："你们到底想让我干什么？！"

季凯瑞说："其实我们已经知道你们的目的了，也知道你能在这个世界和'异世界'之间自由出入。只要你带我们进入'异世界'，我们立刻放了这姑娘。"

洛奇呆了半响，摇头道："这不可能。"

雷傲把枪口贴到了海琳的后脑勺上："你以为我们是在征求你的意见吗？你好像忘了自己的立场了。如果你不照做的话，这女孩的脑袋立刻就会开花，你也逃不掉。"

孙雨辰的心情十分紧张，他紧盯着雷傲手中的手枪，生怕一走火，造成无法挽回的悲剧。

洛奇注视海琳一刻，表情突然释然了，他悲恻地笑了一下，说道："好吧，你们开枪吧。"

所有人都愣住了，海琳也睁大眼睛，没想到他会这样说。

"我按照你们说的去做，也是死路一条。与其这样，不如让我和海琳一起死在这里，也许我们能一起上天堂，也未尝不是一件美事……"

"你……你在说什么胡话！"海琳瞪着眼睛骂他。

"我没有胡说，海琳，我说的是真心话。"洛奇深情地说，"我看出来了，我没本事救你。横竖都是死，既然如此，我也用不着隐藏什么了。我爱你，海琳，真的很爱你。跟你一起死是件幸福的事，真的，我一点儿都不害怕。"

海琳窘迫万分，没想到这场假戏把真情给演出来了。这一次，她的泪水不是硬挤出来的了，鼻子一酸，眼泪簌簌流下。"你这个傻瓜……"

"够了！"季凯瑞不耐烦地喝了一声，"这不是狗血的言情剧拍摄现场。我再给你一天的时间考虑。如果还是执意不从的话，我让你们生不如死！"

众人都听出来了这是缓兵之计。雷傲把手枪从海琳头上移开，对洛奇说："这女孩我们暂时带到房间里去。你——就给我老实待在这儿！当然你也可以隐身或者用空间转移逃掉。不过这女孩就不只是'死'这么简单了！"

洛奇瞪着雷傲："你把她带到房间去……干什么？"

雷傲用了好几秒才明白他在担心什么。他又好气又好笑，不过正好抓住了这小子的软肋。他故意做出邪恶狰狞的样子："你觉得呢？这姑娘这么美，我们会不'享用'一下吗？如果你不照我们说的做，我就当着你的面……"

洛奇的眼睛几乎要喷出火来了，看样子准备冲上前来拼命。辛娜从背后碰了雷傲一下，示意他不要太过分了。孙雨辰也狠狠瞪了雷傲一眼。雷傲背过身去吐了下舌头。

辛娜把手枪从雷傲手中夺过来，"押"着海琳，对洛奇说："我来看护她，你放心了吧？只要你配合，我们不会把她怎么样的。"

说完对海琳使了个眼色。海琳心领神会地站起来，跟着辛娜一起走进了辛娜的房间。

洛奇呆呆地看着海琳的背影，明显松了口气。他瘫坐在地上，失魂落魄。杭一等人看着他，双方都在思考接下来该怎么办。

十三　求婚

辛娜和海琳进入房间后，舒菲和宋琪也进来了。她们解开捆绑海琳的绳子，舒菲问道："绑疼了吗？"

"没事。"海琳揉揉手腕。这绳子是孙雨辰绑的，完全是做个样子，松得几乎要靠海琳双手把它绷住才不会掉下去。刚才差点穿帮了。

辛娜说："我看出来了，这男孩是真心爱你的，而且爱得不是一般的深。"

"是呀，他连死都不怕。看来我们想的这招没戏了。"宋琪叹息。

海琳心情复杂。有一个这样爱自己，甚至愿意为了自己去死的男孩，她自然是幸福和感动的，但问题是，这样就没法达到预想的目的了。她一时也不知该如何是好。

思考了一会儿，海琳说："洛奇的性格我了解，想要胁迫他，是不大可能了。不如让我跟他好好谈谈，把真实情况告诉他，希望得到他的理解和支持吧。"

辛娜、宋琪和舒菲对视了一下，一齐点了下头。为今之计，只能让海琳试试了。

舒菲走出房间，把海琳的想法小声告诉杭一等人。大家同意了这个方案。

季凯瑞把洛奇带到一个空房间，让他等候在此。洛奇不知道这些人打算干什么，心中忐忑不安。

几分钟后，房门被推开了，海琳一个人走了进来。

洛奇惊呆了，随即从椅子上蹦了起来，走过去一把抓住海琳的手："你……他们把你放了？我马上就带你回到我们的世界！"

"等一下，等一下。"海琳温柔地按着洛奇的手，对他说，"别紧张，听我说。"

"回去再说吧！这些人要是反悔就来不及了！"说着就要用超能力打开空间通道。

"我说了听我说！"海琳大喝一声，"你不相信我吗？"

洛奇抖了一下，怔住不动了。看来他很害怕海琳生气。

"坐下来，听我慢慢跟你解释，好吗？"海琳把洛奇按到椅子上，自己则坐到对面的床沿上，"其实，事情是这样的。外面的那些超能力者，都是我的朋友。我们刚才是在演戏，目的是……"

海琳把真相说出来后，洛奇的眼睛瞪圆了："演戏？你们居然配合着演戏来骗我？"

"我说了，当时我们没有太多思考的时间，只有想这个办法。不过现在看起来的确不是个好主意，所以我才把真实情况告诉你。"

洛奇难以置信地说："你才来这个世界多久，就跟他们站在一边了？你怎么能背叛我们？"

"什么叫背叛？你告诉我。"海琳严厉地盯视着洛奇，"一边是我母亲，一边是我父亲，你要我怎么办？！"

洛奇呆呆地说："你找到你爸爸了？"

海琳点头："就是刚才站在我右边的那个人。"

洛奇沉吟一下："你当时跟我说好的，你到这个世界来，只是想见见父亲而已。你可没说会永远留在他身边！"

"我也没这么想。但情况有变，我没想到我妈妈，还有你爸爸他们，会对这个世界发动袭击！'创造之神'制造的那些怪物，会全部出现在这个世界上，对普通人展开一场屠杀！洛奇，你肯定是知道这件事，并参与了这个计划的。你告诉我，这到底是怎么回事？为什么'三巨头'要做这种残忍而疯狂的事？"

洛奇不敢直视海琳的眼睛，他嗫嚅道："你居然直接叫他们'三巨头'，那可是你和我的亲生父母……"

"亲生父母也不能任由他们胡作非为！洛奇，我知道你也不是心肠歹毒的人，你怎么能容许他们做出这样的事情，充当帮凶？！"

"帮凶"这个词把洛奇吓了一跳，似乎他之前根本没有想过自己扮演了何种角色。他茫然地说："我确实知道这个计划，但他们从没告诉我原因是什么，我也从没问过。我只知道，他们这样做，肯定有他们的理由。我们作为子女，只管按父母的吩咐行事就行了。"

海琳叹了口气，摇头道："不管他们有什么理由，都无权剥夺他人的生命，毁灭别人的家园。这是令人发指的罪行，我绝对不可能苟同！"

洛奇沉默了许久，问道："那你希望我怎么做呢？"

海琳望着他的眼睛："我要你打开通往'异空间'的大门，让我和外面的那些超能力者进入我们的世界。在发动大规模袭击之前，阻止'三巨头'的这个计划。"

洛奇的脸一下就白了，他连连摇头，说道："这不等于把敌人引到我们父母身边吗？海琳，你知道这意味着什么？这些超能力者可能会杀了我们的父母和兄弟姊妹！为了保护别人的家园，我们就该牺牲自己的家园和同胞吗？"

海琳的心情也十分矛盾。但试图引发战争和灾祸的，是"异世界"的统治者们。她只能站在正义的一边。

但是，洛奇跟她不同。他的父母都是"异世界"的"神"。要让他把外面的敌人带到父母身边，甚至可能导致父母丧命，对他来说太过残酷。海琳没法强迫他做这件事，也不知道该怎样说服他了。

彼此沉默了一会儿，洛奇埋着头低声说道："海琳，其实你有没有想过一件事？"

"什么？"

洛奇抬眼看着她："战争一旦爆发——不管是在这个世界还是我们的世

界——我们都有可能在这场战争中死去。"

海琳的心往下沉了一下:"你想说什么?"

洛奇一下抓住海琳的手:"我不想跟你分开了,也不想留下遗憾。你嫁给我吧!"

海琳吃了一惊,脸倏地红了:"你才多大呀,比我都小两岁。你好像才十七岁吧,就想这事儿……"

"这不重要!我只想跟你在一起,不想受到任何束缚。"洛奇期盼地说,"我知道,你也是喜欢我的,对吗?"

望着洛奇俊朗的面庞和真挚的双眼,海琳无法欺骗自己,她微微颔首。

洛奇欣喜不已,立刻靠了过来,喉咙发干地说:"你答应了!那么……今天晚上,我就睡这里了,好吗……"

海琳的脸一下红到了耳根,她推了洛奇一下,骂道:"想什么呢你!我爸就在外面呢!"

可能是"异世界"关于这方面的意识都比较淡薄,洛奇不解地说:"你爸在他自己的房间,跟我们有什么关系?"

海琳感觉洛奇身体燃起的火都快喷薄到她身上了。她赶紧把他按在椅子上,说道:"等我去跟我爸商量一下。"

离开房间,海琳发现同伴们都聚集在大厅内,并没有回屋。看到她出来,杭一等人赶紧上前问道:"你跟他谈得怎么样?"

海琳此刻心中小鹿乱撞,心神不定,不由自主地说道:"他想……跟我一起住。"

"什么!"孙雨辰大吃一惊,"我这就去杀了他!"

海琳一把拉住孙雨辰,面红耳赤、语无伦次:"爸爸,别……哎呀,不是……"

聪明的辛娜一下就明白这是怎么回事了。她碰了孙雨辰一下:"干吗呀你,还不懂吗?"

孙雨辰看着海琳的样子,也明白过来了。但他觉得有点啼笑皆非:"你跟他谈了这么久,就谈出这么个结果来?"

"不是，讨厌！"海琳拍打了孙雨辰一下，"我说服他打开空间大门，让我们进入'异空间'。但这件事对他来说确实不易。所以我想，给他一点时间吧。我明天再跟他好好谈谈，我已经想好该怎么办了。另外……"

"什么？"孙雨辰问。

海琳此刻的脸像一个红苹果："洛奇他，跟我求婚了。"

孙雨辰愣了半晌，说道："那你是怎么想的？"

"我不知道，我只觉得，很幸福。"海琳扑过去抱住孙雨辰，落下幸福的泪水。

孙雨辰拥抱着女儿，心情难以言喻："按你自己的心意去做吧。"

海琳点点头，擦干眼泪。同伴们都对她报以鼓励和祝福的微笑，雷傲冲她竖起拇指，眨了下眼睛。

海琳冲大家甜甜地笑了一下，往房间里走去。

十四　这个世界

上午，孙雨辰起床后，来到大厅，看到陆华用笔记本电脑浏览新闻，雷傲在玩着手机。他问道："海琳呢？"

雷傲看着手机屏幕，漫不经心地说："一大早就跟你女婿一起约会、逛街去了。"

孙雨辰愣了半晌才反应过来。他双手使劲搓了脸庞几下，吐了口气，坐在椅子上发呆。

早上，海琳先带洛奇去小吃街吃了丰富的早餐，洛奇吃到这个世界的东西，赞不绝口。他吃了生煎包、牛肉拉面、三明治和皮蛋瘦肉粥，肚子胀得圆滚滚的。

海琳笑着说："傻瓜，好吃的东西还多着呢。这些东西都是在我们的世界吃不到的哦。"

洛奇连连点头，问道："我们现在去哪儿玩？"

海琳说："这个世界好玩和美丽的地方太多了，不过我也是在书上看到的，没去过。很多漂亮的地方都太远了。"

洛奇说："你忘了我的能力吗？到世界上任何一个地方，都是眨眼的事。"

海琳想了想，牵着洛奇的手朝书店奔去。

他们买了一本叫作《全球最美的100个地方》的书，一边翻看图片介绍，一边商量最先到哪里去。最后，两人一起选中了传说中的"天空之镜"。洛奇使用空间移动，一瞬间来到了这里。

站在湖面上，两个人都被眼前梦幻般的美景震惊了。

没错，他们"站"在湖面上。"天空之镜"实际上就是乌尤尼盐沼，位于玻利维亚西南部的乌尤尼小镇附近，是世界上最大的盐沼。每年夏季，它被雨水注满，形成一个浅湖；而每年冬季，湖水干涸，留下一层以盐为主的矿物硬壳。人们可以在湖面步行。今天刚好是雨后，湖面像镜子一样，反射着好似不是地球上的、美丽得令人窒息的天空景色。海琳和洛奇站在湖中间，仿佛与天和地融为一体。

"这实在是……太不可思议了，简直美得不真实。"海琳感叹。

洛奇环顾美景后，望着海琳的脸，吻了她的嘴唇一下："没有你美。"

海琳刮了他的鼻子一下："什么时候嘴变得这么甜了。"

"是真的。"洛奇挠着头说。

他们在空旷、光滑的"镜面"上奔跑、嬉戏，快乐得像两只小鸟。盐沼有许多珍稀的动植物：姿态妖娆的千年仙人掌、稀有的蜂雀，还有粉红的红鹤。看悠闲的动物漫步其上，欣赏最灵动的风景，累了，他们就四仰八叉地躺在湖面上休息，望着彼此，无比幸福，希望时间能永远停留在此刻。

之后，他们又来到了另一个人间天堂——斐济群岛中最美的一个小岛。白色的沙滩、湛蓝的海水和清新的空气令人心旷神怡。任何人看到这清澈透明的海水都想立刻投入大海的怀抱。洛奇两三下脱掉身上的棉麻织物，赤条条地跳进大海，畅快无比。他冲海琳喊道："你也快跳下来游泳呀！"

海琳脸红耳赤："天哪，你怎么脱光了？"

"有什么关系？这里只有我们两个人，快下来！"

海琳环顾周围，似乎确实如此。她脱掉外衣和短裙，穿着内衣走向大海。洛奇牵着她的手,两人在浅海中游泳、潜水、拥吻……

两人精疲力竭地躺在沙滩上,任由海风和细沙抚摸他们的身体。海琳对洛奇说:"这么美好的世界,你忍心它被摧残、破坏吗?"

洛奇明白海琳的意思,他也大概能猜到海琳带他到这些美丽的地方来的用意。但他回避了这个问题:"我又饿了,咱们吃什么?"

海琳身上只有人民币。她对中国的其他城市也不熟悉:"要不咱们还是回琼州市吧。"

"行。"洛奇开启空间转移能力。

两人来到琼州市最繁华的商圈,这里有各国美食可供选择。但海琳注意到,洛奇的奇特打扮引起了周围很多人的注意,行人纷纷侧目。她意识到应该给洛奇买一套这个世界的服装,避免引起关注,于是把洛奇拖进了一家男装店。

海琳为洛奇挑选了几件衬衫和几条长裤,每套服装穿在他身上都很合身。海琳付款把几套衣服全买了,还给洛奇选了一双潮味十足的帆布鞋。换装之后,洛奇变成了一个时尚、帅气的小伙子,不再显得特殊了。海琳十分高兴,拉着他去找吃饭的地方。

但洛奇突然捂住肚子,想上厕所。大概是早上吃杂了。海琳询问了路人,告知他们前面左拐就有公共卫生间。海琳对洛奇说:"你快去吧。"

洛奇跑去卫生间之后,海琳站在原地等他。她根本没注意到,出现在这条街上后,就有几个不务正业的年轻人一直盯着他们。这几个小混混先是被洛奇的奇怪装扮所吸引,又进一步发现了美丽动人的海琳。接着,他们在跟踪的过程中,透过玻璃橱窗观察到,海琳出手阔绰,一口气给洛奇买了价值上万元的服装(这些钱是雷傲从韩枫留下的卡中取出来给海琳用的),更是对这女孩兴趣十足了。

现在,看到海琳一个人站在路边,几个小混混一齐走过来围着海琳,其中一个穿花衬衣的年轻男人轻佻地说道:"美女,我们注意你好久了。你这种美人儿,又这么有钱,怎么会跟刚才那种傻小子在一起?你看他那样,傻不拉几的,跟个原始人似的。瞧瞧哥几个,怎么着都比他强吧?"

海琳来到这个世界的时间毕竟不长，并且多数时间都是跟杭一、孙雨辰他们在一起的，对这种搭讪方式十分陌生。但她本能地感到厌恶，皱起眉头说："你们是谁呀？"

花衬衣说："我们是谁不重要，主要是想跟你交个朋友。可以吗，美女？"

海琳扭头就走，想摆脱这些人："对不起，没兴趣。"

花衬衣一下撑住墙壁，阻挡海琳的去路，说道："别呀，美女，怎么没说几句就要走呀。哥几个再不济，总比那小白脸强吧？"

"小白脸？"海琳没听过这词。

"是呀，要女人掏钱给买衣服，不是小白脸是什么？"花衬衣说。另外几个人一起讥笑起来。

海琳听出来了他们是在侮辱洛奇，她怒火填膺："花钱给他买衣服我愿意，关你们什么事？滚开！"

"哟，挺厉害嘛！"花衬衣讪笑道，"我就喜欢有性格的……"

说着手指就朝海琳的下巴伸去，打算出手调戏。海琳又急又怒，虽然她知道这几个人根本不是自己的对手，但这是在闹市区，她若使用超能力，必然引起骚乱，便只是用力将花衬衣推开，然而另外几个男的又贴了过来。

这时，洛奇上完厕所出来了，他一眼就看到海琳被几个男人围住，大吃一惊，赶紧跑过来，不由分说将其中两个年轻男人掀开，挡在海琳面前，冲这些人吼道："你们干什么？！"

洛奇长相稚嫩，本来年龄也不大。这些人完全把他当作小孩，一点不怕他。一个戴墨镜的男人说："我们找你姐姐玩一会儿，没你事儿。你一边儿凉快去！"

说着就用力把洛奇朝旁边一掀。洛奇一个趔趄，摔倒在地。但他立刻爬起来，吼道："这不是我姐姐，是我老婆！"

几个小混混一阵狂笑，其中一个说："你多大呀，毛还没长全吧，就有老婆了？哄谁呢！"

洛奇是"三巨头"之一洛星辰的儿子，在"异世界"地位崇高。他从没受过这种侮辱，此刻勃然大怒，冲过来要跟这些家伙拼命。但这几个小混混都是长期打架惹事的主，经验丰富，洛奇还没冲上前来，其中一个高个子就一脚踹过去，将洛奇踢翻在地。另外几个迅速围过来，一顿拳打脚踢。

海琳大惊失色，不敢再做保留了，正准备发动超能力，突然一个混混惊叫道："这小子不见了！"

海琳知道洛奇启动了超能力"隐形"，她暂时住手，怕误伤了洛奇。

刚才打人的几个小混混，全都惊呆了，他们眼睁睁地看着躺在地上抱头挨揍的洛奇突然"消失"了。惊骇茫然之际，其中一个脸上挨了重重一拳，旁边那个又被狠踢了一脚，花衬衣眼睛挨了一拳……几个小混混被透明人攻击，乱作一团。旁边的路人或惊讶，或茫然，仿佛在看一出谐剧，但这几个人却实实在在地变成了熊猫眼，鼻血长流……

花衬衣怕了，怪叫道："这小子是妖怪，快走呀！"

另外几个小混混都跟花衬衣一起逃走了，唯独剩下戴墨镜的那个男人。他的墨镜被打碎了，镜片划伤了眼睛，令他怒不可遏。他从裤包里掏出一把折叠刀，朝四周的空气胡乱挥舞。

海琳急了，她知道洛奇只是隐形而已，并不是真的消失了。墨镜男这样乱戳瞎砍，总会伤到洛奇的。她抬手对准墨镜，发动"意念"，一股强大的念力将墨镜男猛地掀飞，撞到一棵树上，昏过去了。

这一幕被围观的人看到了，他们一齐尖叫起来，终于有人明白这是怎么回事了，大叫道："他们是超能力者！"

这句话就像丢下了一枚炸弹，人们轰的一声，仓皇逃窜，足见对超能力者的恐惧。这时洛奇现身了，他也受伤不轻，海琳赶紧跑过去，关切地问道："你没事吧，洛奇？！"

洛奇擦了一下嘴角的血："没事。"

"我们先回去吧。"

洛奇点了下头，又启动空间转移能力。

两人回到国安局5楼，杭一等人都在大厅内，他们瞧见洛奇鼻青脸肿，吃了一惊。孙雨辰问道："发生什么事了？"

海琳把之前的事情简要叙述了一下。雷傲捏起拳头："要是我在，这些家伙更有苦头吃！"

辛娜说："先回房间休息一下吧。"

海琳和洛奇回到房间。海琳发现洛奇闷闷不乐，缄口不语，问道："洛奇，你怎么了？伤口还疼吗，或者哪儿不舒服？"

洛奇缓慢地摇了摇头，讷讷道："我大概明白爸爸他们为什么想要毁掉这个世界了。"

海琳倒吸一口凉气，赶紧说："不，不是这样的，洛奇！刚才那些人是很坏，但这些败类只是这个世界上很少的一部分而已，大多数人都是善良、友好的！你可千万不要因为这一件事就对这个世界做出错误的判断呀！"

洛奇没有告诉海琳，这是他长这么大第一次被人打，并且被打得这么惨。这些恶人也是他在"异世界"从未遇到过的。他承认这个世界的美丽，但这件事对他造成的心理阴影，也没法立刻散去。他淡淡地说了一句："我有点累了，让我睡一会儿吧。"

海琳看着洛奇背对自己侧卧在床上的身影，一时也不知道该说什么好，心中暗暗担忧。

十五　袭击计划

众人又无所事事地度过一天之后，3月22日的晚上，季凯瑞再也按捺不住了。距离"异世界"发动大规模袭击只有最后几个小时。他对洛奇的礼待和尊重已经达到了极限，无法再容忍下去。他找到杭一，说道："很明显这小子不打算帮我们了，我们只能来硬的。"

杭一心中也十分焦急，但他知道洛奇的难处，对季凯瑞说："海琳告诉过我们，要洛奇带我们打进'异空间'，等于让他背叛自己的父母。我没法强迫他做这样的事情。"

"现在不是妇人之仁的时候了！"季凯瑞严肃地说，"为了他，就要让无数的人死去吗？况且这件事本来就是他父母那帮人挑起的，我们又何必仁慈？"

"那你告诉我，如果他不愿意，我们怎样逼迫他使用超能力？"杭一问。

季凯瑞一时哑然。这时，外面大厅传来辛娜的声音，要大家都出来集合。

同伴们——除了洛奇——都来到了大厅。辛娜神情严肃地说："我刚才问了我爸，全世界几乎每个城市都已经部署好军事力量，严阵以待了。"

"民众也知道这件事了？"舒菲问。

"为了防止引起恐慌，各国政府暂时没有把明天可能遇袭的事情通知民众。一是就连军方都不知道袭击究竟会在何时何地，具体以何种形式展开；二是那个视频上只预告了'3月23日'这个日期,并没有明确指出会展开何种袭击。所以不到最后一刻,谁都不知道会发生什么,只能尽量做好军事防备。"辛娜说。

"但军队的数量再多,也不可能覆盖全国甚至全球每个地方呀。"陆华说。

"没错,"辛娜无奈地叹息道,"所以部署了军事力量的,只是城市而已,农村和一些边远地区,恐怕就难以顾全了。"

"也就是说,一旦袭击发生在这些地方,伤亡将十分惨重。"宋琪眉头紧蹙。

大家都意识到了问题的严重性,也几乎同时想到了洛奇的关键性。能阻止这场劫难的人此刻就在他们身旁,却偏偏束手无策,实在是一件令人抓狂的事情。

季凯瑞忍无可忍了,他快步朝洛奇的房间走去。然而,他刚刚跨出几步,房间门打开了,洛奇从里面走了出来。

"不用来找我了,我听到你们说的了。"

季凯瑞驻足凝视他。洛奇叹了口气,走到众人面前,说道:"这几天我每一分钟都在思考,究竟该如何是好。直到我意识到,我此次'出逃',实际上已经背叛了我的父母了。"

"洛奇……"海琳难过地望着他。

洛奇也望向海琳:"对于'异世界'来说,现在也是关键时刻,但是身为'主将'之一的我,居然临阵脱逃了——当然还有更早之前就'失踪'的你。我们会逃到哪里去呢?他们不用猜也想得到。"

孙雨辰看到了希望,对洛奇说道:"既然如此,你也就用不着犹豫了,横下心跟我们站在一边吧。我们可以向你保证,到'异世界'之后,只是阻止这件事,尽量不伤害你们的父母。"

洛奇摇头道:"我想你误会了。我可以成为你们的同伴,但不代表我会把你们带到'异世界',带到我父母面前。我能想象,一旦拼斗起来,不是你死就是我活,你的保证一点意义都没有。"

其实孙雨辰也明白这个事实,他只是试图说服洛奇而已:"那么你打算怎么帮我们呢?"

"我会把我知道的，关于这次袭击的一些事情告诉你们。"洛奇说。

"行。你先告诉我们，明天会发生怎样的袭击。"季凯瑞问。

洛奇说："首先声明一点，我对于这个计划，只知道很少的一部分。或者说，我只是其中的一颗棋，对于整个计划的核心，是完全不了解的。所以你们不要抱太大的希望。"

"你就把自己知道的那部分告诉我们吧。"杭一说，"你刚才说自己身为主将之一，就是这次计划中的其中一个袭击者，对吗？"

"是的。"洛奇承认，"你们知道我的能力是什么。所以我的任务，就是打开空间大门，把'创造之神'制造出来的一些怪物放到这个世界，或许还包括一些具有攻击能力的同伴——仅此而已。"

"你自己不负责战斗，对吗？"

"是的。"洛奇顿了一下，"但是我之前接到的任务，是在'第二天'展开袭击。"

"第二天？你是说，3月24日？"

"对。按你们的日期来算，就是这一天。"

"那么，哪些人负责明天的第一拨袭击？"杭一问。

"这我不知道，真的不知道。"洛奇说，"我相信每个二代超能力者，都只清楚自己的任务。掌控全局的，只有'三巨头'和另外两个'神'。"

杭一和同伴们对视了一下，又问："这么说明天会发生什么事，你也不知道？"

洛奇沉默良久，嘴里吐出六个字："新西兰，奥克兰。"

还没等杭一等人做出反应，他先问道："这六个字是什么意思，你们知道吗？"

"当然知道！"陆华激动地叫了起来，"新西兰是一个国家，而奥克兰是新西兰第一大城市！"

洛奇讷讷道："原来是这个意思……我没听说过这个国家和这个城市，还以为是一句暗语呢……"

"在你们的世界，可能是一句暗语。但在我们的世界，却再明确不过了——第一拨袭击的地点，就是新西兰的奥克兰市。"季凯瑞严峻地说，同时问道，"时间和袭击方式，你知道吗？"

"时间是早上 8 点，袭击方式我就不清楚了。这些都是一个同伴告诉我的，但他没有说得太具体。"

"没关系，我们已经获得重要线索了。"季凯瑞对洛奇说，"你会用你的能力，把我们带到奥克兰市的，对吧？"

洛奇默默点了下头。

季凯瑞问同伴们："你们哪些人跟我一起去新西兰？"

"这件事得安排好。不能所有人都去。"辛娜考虑全面，"洛奇说的可能只是部分信息，不代表其他国家和城市就不会遭受袭击。"

"没错，那么新西兰就我和季凯瑞、洛奇三个人去，可以吗？"杭一询问意见。

"我也跟你们去。"海琳说。

"还有我！"雷傲举手。

"好吧，那就我们五个人。其他人留在这里，万一中国也遭遇袭击，宋琪的能力可以把你们带到相应的地点，和袭击者展开战斗。"杭一说。

"可以。"宋琪同意这个安排，同时叮嘱杭一，"你们在新西兰一定要注意安全，形势不对就赶快转移回来。我的能力在内陆快速移动还行，可没办法跨过南太平洋。"

陆华看了一眼手表："现在是晚上 9:40，新西兰和中国有 4 个小时的时差，新西兰时间现在大概是 3 月 23 日凌晨 1:40。还有不到 7 个小时，袭击就会发生在奥克兰市。你们也许会面临一场大战，得赶快休息一下，补充体力。"

杭一和几个即将前往新西兰的同伴对视了一下。他们也知道养精蓄锐的重要性，但问题是，在这种情况下，他们怎么可能睡得着觉？

十六　搁浅的巨兽

新西兰，奥克兰市。

早上 8:05。

奥克兰市位于新西兰北岛的奥克兰区，拥有 56 个小岛，一半内陆城镇、一半海边城镇的特点，使之成为一个多元化的水世界。滨海大道上，一些早起锻炼的人在晨跑，呼吸着海边清新的空气。多数人还在睡梦中，城市静谧而安宁。

一个在滨海路上跑步的年轻女人，突然看到海滩上的一幅奇景：一种从未见过的，躯干既长又滑、体形庞大的动物，正从浅海处慢慢爬到海滩上来。看上去就像一条巨型海鳗。但和海鳗不同的是，这种动物的身体两侧，分别有两对鳍状肢。初步估计，这种动物的体形不会比一头小型蓝鲸小。

年轻女人完全惊呆了，同时，滨海路上另外一些人也发现了这只登陆海滩的巨型动物。他们发出惊叫，有人立刻拨打了相关部门的电话。

杭一、季凯瑞、雷傲、海琳和洛奇五个人已经借助洛奇的空间转换能力来到了奥克兰市。现在在全世界范围内，他们都是"名人"。为了不引起注意，他们进行了不同程度的乔装。但问题是，他们站在奥克兰的大街上，没有感觉到任何关于袭击的征兆，更不清楚袭击会具体发生在奥克兰市的何处。

杭一突然想到一点，对海琳和洛奇说："会不会因为你们俩的'背叛'，让

'三巨头'改变了原计划？他们猜到第一拨袭击的情报已经泄露了，所以临时改变了袭击地点？"

海琳和洛奇互望了一眼。洛奇说："有这个可能……"

但海琳思考一刻后，说道："我觉得不会。首先这次袭击策划已久，涉及整个'异世界'的超能力者，不太可能因为我们两个人的临时倒戈而改变计划；其次，从'三巨头'寄U盘给国家安全局来看，他们根本就是明着来的，压根儿就不会在乎什么'情报泄露'。"

季凯瑞认为海琳分析得有道理："再等等看吧，顺便上网搜索全球新闻，看看有没有别的国家或者城市遭到了袭击。"

十多分钟过去了，仍旧风平浪静。急性子的雷傲有些按捺不住了。他是准备来大干一场的，没想到戴着墨镜和帽子在奥克兰的街头无所事事地站了半个多小时，像傻瓜一样。他说道："干脆我飞到空中去侦察一下吧，看看市区周边有没有出现状况。"

杭一同意了。他们来到一处僻静的小巷。趁没人的时候，雷傲"嗖"的一下飞到高空，没有引起周围任何人的注意。

几分钟后，雷傲降落下来，对同伴们说道："我看到南面的海滩聚集了很多人和车辆，似乎海滩上有什么东西。我不确定跟'异世界'的袭击有没有关系。"

"过去看看。"杭一说。

洛奇的超能力"空间转换"相当于瞬间移动，并且可以无视地形和距离。比宋琪的"速度"更具机动性。但进行转移的先决条件是，他得知道下一个地点的具体位置才行。雷傲说的"南面的海滩"范围太大，洛奇转移了好几次，才来到事发地点。

此刻海滩上已经聚集了上千民众，他们围成一个圈远远地注视着这头搁浅的巨兽，惊愕之余，每个人都用手机和相机拍着照。警察和扛着摄像机的新闻记者，以及一些生物学家也在现场。警察一边控制现场，一边和记者、生物学家一起慢慢靠近这头巨兽。

杭一等人挤到前面,看到了这只从未见过的怪物。它的头和颚部看起来像某种尖嘴鳄鱼,颈部短小,身体庞大。一对鳍状肢和形如长鞭的尾巴一看就是海洋生物,而非陆地生物。此刻这怪物闭着眼,无法判断是不是还活着。看样子像意外搁浅了,专家正准备对它进行抢救。

这样一只可怜的动物,怎么看都不像"异世界"派出的"先遣队员"。雷傲低声说:"可能是搞错了。这家伙都快死了。况且仅一只怪物,也无法构成威胁吧?"

季凯瑞却觉得事情没那么简单,他说:"有这么凑巧?你们不觉得这怪物很像我们前往衢山岛的时候,袭击海船的'沧龙'?"

杭一也看出来了,他说:"没错,是很像,但又不是。沧龙全身覆盖着坚硬的鳞片,这种动物的身体是光滑的。"

这时,奥克兰的生物学家在仔细观察之后,激动地用英语叫嚷着什么,引得海滩上的民众一阵惊呼。杭一等人也听懂他说的意思了——这是一种生活在侏罗纪时代的、早就已经灭绝的史前动物,叫作"上龙",是远古海洋中的大型掠食类动物。

生物学家无法解释它怎么会搁浅在这片沙滩上,但他表示这只动物还没有死亡,必须赶紧施救。如果能救活它,这将是世界上唯一一只活着的"上龙"!

就在生物学家对着摄像机镜头激动不已、侃侃而谈的时候,杭一注意到沙滩上的上龙动了一下,并睁开了眼睛。

杭一还没来得及喊出一声"Be careful(小心)!"只见那怪物张开巨口,一下咬住了站在它面前的生物学家的右腿。生物学家痛得一声惨叫,扑倒在地。上龙咬噬拖曳着他,眼看就要把一个大活人吞入腹中!

沙滩上的人顿时惊叫连连,四散而逃。几个警察都慌神了,其中两个拔出手枪准备射击,但是又怕误伤了生物学家,举棋不定之际,上龙长鞭般的巨尾一甩,将其中一个警察扫飞,口中的人已被吞到腰际。

救人要紧,雷傲拔地而起,飞到几米高的空中,右手一挥,一道风刃疾射而出，将上龙拦腰斩断。这巨兽哀号一声，死去了。快被吞噬的生物学家捡回一条命。

然而，周围民众的惊慌程度却更甚了，有人用英语大喊："Esper！"显然超能力者的出现，比远古巨兽更令人吃惊。

雷傲本来就爱出风头，此刻身份暴露，他不但没有感到不安，反而得意扬扬，干脆悬在空中不下来了，双手交叉抱在胸前，任由众人拍摄。

杭一很想叫雷傲赶快下来，却不便开口，因为这样显然会让自己的身份也随之暴露。他不希望在异国他乡成为瞩目焦点，况且现在全世界对超能力者都有误解。暴露身份绝对是不明智的，也就只有雷傲这种神经大条的人毫不在乎。

刚才雷傲那招"真空刃"，所有人都亲眼看见，知道其杀伤力之强——如此巨怪竟然被"一刀毙命"。在警察看来，这样的超能力者毫无疑问是危险的，尤其是他此刻还盘旋空中，不知道还会做出何种举动。其中一个警察举起手枪对准雷傲，喊道："Come down！"

雷傲本来以为自己出手救人，这些警察和民众都会把他当作超级英雄那样尊敬崇拜，没想到警察居然举枪对准了自己。他恼羞成怒，也不管对方能不能听懂，用中文吼道："我救了你们国家的人，你居然要开枪打我？！"

警察不知道他在说什么，但看他的模样猜测是发了火，心里更加发怵，越发慌张了，举着的手枪与其说是命令，更像在自卫，嘴里不断喊着"赶快下来，不然开枪了"之类的话。

雷傲偏不就范，反而扬起手做了一个示威的动作。这警察大概是被刚才那记"真空刃"吓蒙了，看见雷傲抬起手，以为他要朝自己挥出风刃。他大叫一声，扣动了扳机。

雷傲没想到这个警察居然真的会朝自己开枪，想要躲避已经来不及了，一颗子弹飞向他的额头。

千钧一发之际，这颗子弹在雷傲的眉毛中间停了下来，仿佛时间暂停一般。雷傲吓得毛孔都张开了，几乎从空中坠落下来。这颗子弹在他降落地面之后，才飞射出去。

雷傲惊魂未定地望向杭一等人，看到季凯瑞瞪着自己，知道刚才是季凯瑞暗中使用超能力救了自己一命。他虽然气不过这警察瞎开枪，但也不敢再胡闹下去，只能忍气吞声地走到杭一等人身边。洛奇启动超能力，五个人一齐隐身了，随即进行空间转移。海滩上的人惊叫不已。

他们回到国安局的临时大本营，留守在此的陆华等人全都聚集过来，辛娜问道："你们怎么这么快就回来了？新西兰那边没出状况吗？"

杭一把奥克兰海边发生的事简单叙述了一下。陆华说："你们肯定没忘记我们在无人岛上的经历，我们见到了很多不可思议的物种，包括早已灭绝的沧龙和传说中的'龙'！那么可以肯定，搁浅在奥克兰海滩上的'上龙'，也是从'异空间'里放出来的！"

"可是，能力是控制'动物'的阮俊熙已经死了，还有谁能操纵这些怪物？"辛娜问。

"二代超能力者。"孙雨辰说，同时望向海琳，"我没猜错吧，阮俊熙也留下了跟他能力一样的后代。"

"没错。'生物之神'——呃，就是你们说的阮俊熙，他可以操控动物的能力在我们世界非常重要。虽然不完全了解，但我猜他的继承人有十个以上。他们除了能控制动物，还兼具'隐身'的能力，就跟我和洛奇一样，具有双重超能力。"海琳说。

"一群隐身人，操控猛兽和元素进行攻击，还会瞬间移动……敌暗我明，这场战斗我们真的有胜算吗？"宋琪悲观地说。

沉默了一阵，季凯瑞说："别说丧气话。对手虽然人数众多，但超能力就只有那几种，一旦摸清他们的攻击规律，未必难以招架。更重要的是，我们这边有一张绝对的王牌。"

"什么王牌？"舒菲问。

季凯瑞望着她："就是你。"

"我？"舒菲吃惊。

"对。"季凯瑞说，"我们在地下研究所遭遇险情的时候，就是受制于'隐形'这个超能力，但当时你急中生智，使出一招锁定目标的'追踪攻击'，击杀了处于隐形状态的向北，解除了危机。舒菲，可能你自己都没有意识到，你这招'锁定攻击'对我们有多么重要——在一片混乱、完全不知道敌人身在何处的时候，只有靠你这一招，才能找出并击倒对手！"

所有人都望向舒菲。舒菲感到责任重大。

季凯瑞对陆华说道："陆华，你的等级已经是3级了，现在使用圆形防御壁，把三个人完全罩在其中，应该没问题吧？"

陆华点头："我现在能生成半径一米以上的圆形防御壁，不止三个人，把四五个人保护其中都没有问题。"

"不，用不着这么大。圆形防御壁越大，你就越消耗体能，维持的时间也就越短。所以你只用制造一个把你和舒菲、辛娜三个人罩在其中的防御壁就可以了。"季凯瑞严肃地对他们三个人说道，"记住，你们这个三人组是我们这边最重要的作战手段！陆华负责保护你们俩的安全，辛娜负责开枪射击，舒菲负责锁定攻击目标。明白了吗？"

"那你们呢？"辛娜问。

"我们的超能力都足以自保，以及跟对方展开战斗。"

雷傲撇了下嘴："我们有必要这么如临大敌吗？对方说要在3月23日对这个世界发动进攻，结果呢，就放了一头搁浅的'上龙'出来，被我的风刃一刀就解决了。我看也不过如此嘛。"

季凯瑞摇头道："这正是'三巨头'狡诈的地方——先预告3月23日会发动攻击，引起全世界的警戒，让军队和一切武装力量严阵以待。但是到了这天，却只放一只巨兽出来。这会让军队产生懈怠的情绪，放松警惕。之后再展开猛攻，后果将不堪设想。"

杭一点头道："没错。所以正如洛奇说的，他和很多同伴接到的命令，是

'第二天'发动进攻。"

"那我们该怎么办？完全被动地等待他们发动攻击吗？"宋琪问。

"恐怕只能如此了。"季凯瑞说。

杭一想了想："这件事情，13班的其他人知道吗？"

"13班的超能力者，除了我们的'守护者同盟'，就是'旧神联盟'了。还有另外一些哪边都没有加入的中立派。这些人难辨敌友，现在说服他们加入我们的阵营，恐怕有些迟了。"陆华说。

"不管立场如何，他们总要自保。而一个人的力量，肯定是不足以应对的。"杭一望着大家说道，"我觉得这是个机会，以前一些不愿加入我们的超能力者，是因为没有遇到必须联合的理由。但现在不同了，这场危机关系到每一个人。我们应该设法把目前的事态告知13班的人，让他们加入我们，共同对抗！"

"想法不错，但我们怎么告诉他们呢？你也知道，好多人的手机号都变了。"陆华说。

"在网上发布这个消息！事到如今，全世界都知道我们是超能力者，用不着再遮遮掩掩了。我们在网上把即将遭遇'异世界'袭击的事告诉全世界，一方面让所有人都有所戒备；另一方面，就是让13班其余的超能力者加入我们！"

孙雨辰张着嘴愣了半响："这个消息一旦发布，会在半个小时内轰动世界，成为所有网站的头条新闻。"

"我就是要这个效果。你们觉得怎么样？"杭一征求意见。

辛娜有些迟疑："这件事，我是不是先跟我爸商量一下？"

杭一说："辛娜，我知道你在顾虑什么，显然国安局和全世界的政府首脑都在顾虑同样的问题。他们都害怕引起大规模恐慌，所以一直不敢把消息发布出去。但是你想过没有，这样对普通民众来说是不公平的。我们告诉大家这件事，民众们起码能躲在自己家中，或者提前寻找庇护所，总比他们毫无防范强。这能挽救数以万计的生命！"

辛娜知道事态严重，她不再迟疑了，坚定地点了点头。

十七　清场

陆华发布在网络上的重磅消息（署名就是"守护者同盟"），成了人类有网络以来传播速度最快、点击率最高的一条爆炸性新闻。跟想象中一样，半个小时内，这则消息被翻译成了全世界每一种语言，浏览次数超过十亿次，其效应就像一颗坠入太平洋的陨石，引发了全球性的"海啸"。

在新闻发布出去的五分钟后，辛宵就跟纳兰智敏一起来到了位于国安局5楼的临时大本营。

"你们干了什么？！"纳兰智敏一反常态，咆哮道。

杭一知道他们会来质问："我们只是做了自己认为是正确的事情。奇怪的是，你们既然已经明确得知'异世界'将发动袭击，为什么不通知民众，让他们有所戒备呢？"

"怎么通知？怎么戒备？你知道袭击会发生在哪个国家哪个城市吗？难道让全世界的人都去躲避或逃难？逃难又该往哪儿逃呢？你知道哪儿是安全的吗？你以为是我们不想通知民众？！"纳兰智敏一连串发问，怒视着杭一。

杭一说："我回答不了这些问题，我只知道，民众有知情权，更有保护自己和家人生命的权利。就算会造成一定程度的恐慌或混乱，也应该让他们提前戒备，总比遭到袭击还不知道这是怎么一回事强。"

辛宵眉头紧皱地长叹一口气，说道："这则消息传播的速度简直不可控制，现在全世界都知道这件事了。我们不要再去探讨该不该告知民众，我只关心一个问题，袭击将在何时何地发生，你们知道吗？"

"不知道。"季凯瑞说，"但我想就在 48 小时内。"

"不是今天？"

"今天新西兰奥兰多市海滩发现上龙的事，你们已经知道了吧？"季凯瑞问。

"是的。但这算袭击吗？除了一个生物学家被咬伤了腿，并没发生什么重大伤亡。"

"那是因为我们在现场，而且我用风刃把那只怪物杀了。要不然就不只如此了。"雷傲说。

"没错，幸亏有你们。"辛宵说，"但是不管怎样，一只怪兽跟我们理解中的大规模袭击，还是相差甚远。"

"看起来就像个恶作剧，对吗？但玩笑不会一直开下去的。"季凯瑞说。

辛宵凝视了季凯瑞几秒，又望了望自己的女儿，看到辛娜严肃地点了下头。

纳兰智敏正准备说什么，两位探员——柯永亮和梅葶闯了进来，他们瞪了杭一等人一眼，柯永亮说道："辛部长，纳兰局长，我想你们该出去看看。"

"发生什么事了？"纳兰智敏问。

"市区一片混乱，场面完全失控了。"

辛宵和纳兰智敏对视一眼，迅速跟随两位探员离去。

"我们好像真的闯大祸了。"陆华担忧地说。

"出去看看再说吧。"杭一说。

现在的时间是早上 9:40。原本成年人在上班，学生在上学。但杭一等人来到市区中心的时候，发现确实如柯永亮所说，整个城市陷入一片混乱之中。人们奔走相告，恐惧之情溢于言表；道路上车辆堵得水泄不通，鸣笛声响彻全城，让人心烦意乱。甚至有人急得不知所措，原地打转，显现出大难临头前的极度惶恐。

警察试图维持交通状况和混乱局面，但几乎没有任何意义。他们自身就是混乱的一部分。而让情况进一步加剧的，是杭一等人的出现。

他们现身之后不久，就有民众认出了他们，并发出惊呼。接着街道上的所有人都发现超能力者们出现在了他们身边。有人面露惧色，不敢靠近；有人壮着胆子上前问道："请问，刚才发布消息的，就是你们吗？"

陆华只得承认："是的。"

"我们马上会遭到另一个世界——就是你们说的'异世界'的袭击，各种变异生物和'异世界'的超能力者会对全球发动进攻，是真的吗？！"

陆华试图解释："我觉得你们应该仔细看看我发布的消息。我只是说，全世界任何国家和城市都有可能会遭到攻击，但我没说每个地方都会！也不一定是'马上'，你们只需要有所戒备就行了，没必要恐慌成这样！"

这时他们周围已经聚集了几百个人。人们七嘴八舌，每个人都在提出他们关心的问题，结果是一句话都听不清楚。此种状况令人烦躁不安，季凯瑞大喝一声："别吵了！总之你们回家待着，锁好门窗，尽量别出门，这是唯一的忠告。具体会发生什么我们也不知道！"

人们倏然安静下来。季凯瑞大喝一声："还愣着干什么？！"

人群"呼啦"一下四散而去，几乎每个人都摸出手机打电话给自己的家人。有些人朝学校冲去，打算先接到孩子。总之所有人都跑向不同的方向。街道的堵塞程度更加严重了。

望着这一幕发了会儿愣，杭一忽然"啊"地叫了一声。

"怎么了？"辛娜赶紧问。

杭一的鬓角浸出冷汗，说道："我在想，现在全世界都差不多是这种情形吧？要是'三巨头'此刻发动进攻，岂不是糟透了？街道上堵得水泄不通，根本无处可逃呀！"

陆华听了这话也傻了，毕竟消息是他发出去的，本来是想提醒大家躲避，可要是弄巧成拙，反而造成更加严重的后果，那他岂不是成了千古罪人？他结结巴巴地问："那……那该怎么办？"

季凯瑞承认这事连一向冷静的他都考虑欠妥了，可事到如今，后悔已经没用了，只能祈求不要被杭——语成谶。

现在相对冷静的倒是孙雨辰，他说："如果'三巨头'的目标是普通民众，或者就是要把世界搅得天翻地覆，那现在的确是最佳时机。但如果目的只是我们这些超能力者，那他们就会等到普通民众都躲回家，'清场'之后，专门对付我们。"

"希望是后者吧。'三巨头'也应该有父母和亲人在这座城市，他们总不会希望自己的家人也成为这场袭击的牺牲者吧？"舒菲往好的方向想。

"但是其他国家其他城市呢？"陆华担忧地问。

"别多想了，是祸躲不过，随机应变吧。"季凯瑞说。

十八　备战

让人庆幸的是，直到 3 月 23 日晚上 12:00，"异世界"也没有展开侵攻。

杭一等人悬了一天的心，终于放下了一些。

现在，城市的街道上几乎空无一人。民众都躲在了家里或更加牢固的建筑物中，关好门窗，做好防范准备。杭一相信，不管怎样，这些举措会将伤亡减小到最低，这让他感到欣慰。

时间跨过夜间 12:00，进入 3 月 24 日凌晨。如果"三巨头"不改变计划的话，这天将是他们发动大规模进攻的日子。

"守护者同盟"的成员们全都严阵以待，不敢睡觉和休息。因为他们不知道战斗会不会在下一秒爆发。

凌晨 1:00 的时候，辛宵来到五楼，对众人说道："你们休息吧，养精蓄锐，目前世界范围内还没有发生任何袭击，如果有的话，我会立刻通知你们。"

杭一他们也明白，这可能是一场持久战。耐力和体力是决胜的关键。他们听从了辛宵的建议，回房睡觉。

早上 8:00 多，袭击仍然没有发生，杭一他们决定到街道上去瞧瞧。

来到市区的中心广场，他们看到一群十几、二十岁的年轻人，数量可能有三四十个，基本上都是男的。这些人手持钢管或球棒，正在跟警察理论。杭一和同伴们走上前去。

警察和这群年轻人都看到了超能力者们,年轻人一阵欢呼,十分兴奋。

杭一问道:"你们在干什么?"

一个身强力壮、戴着摩托车头盔的小伙子说道:"我们也要战斗!"

"什么?"杭一愕然。

"没错,就像你们看到的那样,我们做好了跟怪物战斗的准备。"另一个穿着黑色紧身皮衣的半大小子看起来就像在扮演蝙蝠侠,"保护我们的城市和家园,不能只依靠警察和军队,我们也要出力!"

季凯瑞冷哼一声:"就凭你们?"

"别瞧不起我们!"黑皮衣不服气地说,"我知道,我们普通人没法跟你们这些超能力者相比,但我们也不愿当缩头乌龟。不就是怪物吗,有什么了不起,跟他们拼命就是!"

"放屁!你们是不是网络游戏玩多了,以为跟游戏里打怪物差不多?"雷傲训斥道,"你们要是去过'异空间',见识过那些怪物,就知道你们拼不拼得过了!"

陆华也上前说道:"我们发布消息,就是希望所有人都待在家里,这是相对来说最安全的。你们居然跑出来瞎胡闹,这是送死,知道吗?"

黑皮衣看起来还是不服气:"你们获得了超能力,成为超级英雄。但我们也是热血男儿,也想当一次英雄。"

孙雨辰见这小子居然死活不听劝,有些恼了。他朝前跨了一步,说道:"想当英雄是吧?我现在就让你当!"

说完,他启动超能力,一只手伸向黑皮衣,手臂猛地向上一抬,用意念操纵这小子飞升到几十米的高空,把他吓得哇哇大叫。地面上的其他人也吓坏了,包括警察都看呆了。

"怎么样,过瘾吗?要不要再高点?!"

"够了,够了!放我下来!"黑皮衣大声求饶。

孙雨辰操纵他回到地面，这小子脸色煞白，魂都吓飞了。

"现在知道好不好玩了吧？乖乖回家去吧，别在这里碍手碍脚。我们没工夫保护你们！"雷傲说。

一群年轻人都有些颓丧。警察向超能力者们投来感激的一瞥，同时对年轻人们喝道："听到了吧？全都回家！"

年轻人们懊恼地打算散去，警察也开着警车离开了。这时，辛娜的手机响了，她接起电话听了几句，脸色一下就变了，对杭一他们说："我爸告诉我，有怪物出现在雅加达附近的小镇了，当地军队已经跟怪物展开了战斗，但军队似乎不是怪物的对手，伤亡惨重！"

"雅加达？印度尼西亚？'三巨头'为什么会对这里展开攻击？"宋琪不解地问。

"也许袭击地点是随机的。"陆华猜测，随即问道，"我们现在该怎么办？"

"我爸叫我们暂时别出动，他担心这是敌人的调虎离山之计。"辛娜说。

杭一知道辛宵的顾虑有道理，但他明知道现在已经有一个国家的城市遭到了袭击，很难做到完全不管不顾。况且他急切地想了解"三巨头"派出的先遣部队，到底是何种怪物。

思量之后，杭一对同伴们说道："我们必须马上赶到雅加达。但是不能全部人都去，哪些人跟我去？"

季凯瑞早有打算，迅速说道："我、杭一、洛奇，然后是陆华、辛娜、舒菲。我们要试一下'三人组'作战计划能否成功。"

"我也要去！"雷傲说。

"不行，你和宋琪、海琳、孙雨辰必须留在中国，一旦遭到袭击，你们要立刻跟我们联系！"

"怎么联系？你们在国外！"

"这个没有问题。"辛娜说，"你们去新西兰的时候，我爸就已经把我们所有人的手机开通国际长途功能了。"

"那就好！情况紧急，我们现在就前往雅加达，用空间转移吧，洛奇。"季凯瑞说。

"雅加达……是什么地方？"洛奇茫然地说。

陆华这才想起洛奇对现实世界的国家和地理位置完全没有概念，他调出手机上的 Google 地图，指出印度尼西亚首都雅加达的具体位置，让洛奇把他们六个人转移到此地。

季凯瑞从裤包里掏出一个长方形"铁盒子"，启动超能力把它变回本来的形态——92 式 5.8mm 手枪，交给辛娜，对她说："你知道，只要在我身边，就等于拥有无限弹药，看到怪物只管开枪就是，不要吝惜子弹。"

"我明白。"辛娜揣好手枪。

杭一也做好了准备，他打开小挎包里 PSV 游戏机的电源，运行他最熟悉的《大蛇无双 2：终极版》这个游戏。选择这个游戏，是因为里面有上百个不同类型的角色，可以根据实际情况变身为最适合应战的角色。

洛奇正要启动超能力，海琳喊了一声"等等"，她走上前去，对洛奇说道："你知道接下来要面对的是什么吗？你会跟你的兄弟姐妹作战。"

大家都望向洛奇，似乎之前他们都忽略了这一点。洛奇垂下头，悲伤地说："我早就想过这个问题了，实际上，我也能猜到，因为我们的背叛，'三巨头'已经把我们都列为攻击目标了。海琳，我和你都没有选择了，只能战斗。"

海琳悲叹一声，跟洛奇深情拥抱，对他说："答应我，一定要安全地回来。"

"我保证。"洛奇抚摸着海琳的脸颊，温柔地说。

杭一拍着洛奇的肩膀，对他和海琳说："你们俩只对付怪兽就行了，除非自卫，否则不用跟自己的同胞作战。"

海琳和洛奇点了点头。洛奇亲吻了海琳一下，和杭一走到季凯瑞等人身边，六个人进行空间瞬移，消失了。

宋琪对孙雨辰、雷傲和海琳说："我们也回国安局吧，随时掌握全国乃至全球的状况。"

孙雨辰等人已经跟宋琪的能力配合过多次了，几个人一齐快速走动，宋琪启动"速度"，瞬间就到达了国安局楼下。

对于刚刚准备散去，此刻却亲眼看见了超能力者们分两批"消失"的年轻人们，他们的热血再次沸腾了。有人激动地喊道："看到了吗？他们会瞬移，一下就消失了！"

"你们都听到刚才他们说的了吧，怪物们已经大闹雅加达了，可能很快就会出现在中国。"头盔男说，语气中竟然带着几分期待。

"但是……你们也听到他们说的了，军队都不是这些怪物的对手，我们就更不必说了。"说这话的是刚才被孙雨辰升空的黑皮衣小子。

头盔男斜睨了他一眼，轻蔑地说："哼，刚才上了次天，吓尿了吧？那你回家待着吧，顺便把尿布换了。"

众人一阵哄笑，黑皮衣受到了侮辱，恼怒地说："少瞧不起人，老子才不回去！"

"这还差不多。"头盔男握紧了手中的金属球棒，"是男人就别怕死！等着跟怪物决一死战吧，世界上没有比这更刺激的事了。"

十九　新能力

印度尼西亚。雅加达郊区小镇。上午 8:10。

杭一等人转移到此地的时候,发现情况跟他们想象中完全不一样。本来他们以为会看到硝烟弥漫,军队正在跟怪兽展开激烈战斗,但眼前的景象令他们感到诧异:很明显,这里之前发生过惊心动魄的激战,小镇已经遭到了怪兽和战火的双重破坏。从建筑物被炸毁的程度和地面遗留痕迹来看,军队出动了坦克和装甲车。但奇怪的是,现场看不到任何一辆坦克和装甲车,也没有士兵的踪迹,连怪兽都不知所踪。

几个人在几乎已成为废墟的小镇上谨慎行走,为了保存体力,陆华暂时没有启动防御壁,六个人面朝各个方向缓慢推进,他们在街道上看到了令人触目惊心的血迹和战斗痕迹,可就是见不到人——军队的士兵或是镇上的居民,一个都看不到。

"这到底是怎么回事?"辛娜说,"我们应该是在战斗打响不久就赶到此地的,可这里的人都到哪去了?"

"最怪异的是,连尸体都看不到。"陆华说。

洛奇神情骇然地思索了一刻,停下脚步说道:"只有一种可能。"

杭一他们立刻望向他:"是什么?"

洛奇咽了一口唾沫："军队跟怪兽军团交战大概只有短短几分钟，就被全灭了。然后，我们那个世界的超能力者，迅速清了场。"

杭一呆了两秒："你说的清场，指的是……"

"没错。"洛奇知道杭一已经猜到他的意思了，"跟我一样具有'空间转移'能力的超能力者，把坦克、伤亡的士兵等，全都转移到'异空间'或地球的另一个地方去了。他们知道我们会赶来，所以提前打扫了战场。"

洛奇的话让所有人都感到心悸胆寒。现代化军队被怪兽军团迅速全灭这一点已足够让人震惊了，"清场"这一举动又意味着什么？

季凯瑞悟出了答案："我们之前想得没错，'三巨头'的目标不是普通人。他们就是想通过雅加达的这场战斗告诉我们，普通的军队和武装力量，根本就不是怪兽大军的对手。他们想要挑战的，就是我们这些超能力者！"

"如果真是这样，那也正合我们的意。这本来就是我们这些超能力者之间的纷争，不该把普通人牵扯进来。"杭一对辛娜说，"你赶快打电话给你父亲，告知他雅加达这边的情况，然后让他联系军方——如果中国出现了怪兽大军，千万不要派军队出击。让我们来解决！"

辛娜拨通了父亲的电话，把杭一说的话转述了一遍，然后问道："那我们现在做什么？回琼州市吗？"

"如果怪兽军团已经撤离的话，那我们……"

"想得太天真了吧。你以为他们把战场打扫出来，是做什么的？"季凯瑞冷静地望着前方，"做好战斗准备，'它们'来了！"

众人倏然一惊，一齐朝季凯瑞面对的方向望去，骇然看到，几只形状骇异的怪兽出现在了不远处的街道上，还有几只从建筑物的屋顶上钻了出来。

怪兽军团终于登场，每个人的心都攥紧了。

这是一种从未见过的物种，一看就不像地球上本来该有的生物。它们的模样怪得难以形容，像狼人、巨蜥和鳄鱼的集合体。直立行走，身长大约2米，有着令人恐惧的尖牙和利爪，浑身覆盖鳞片。若不是杭一他们有过"异空间"的经历，恐怕只是目光接触到这些怪物，就已经为之胆怯了。

此刻，这些怪物正悄无声息地从小镇的各个地方冒出来，有十只以上。它们显然注意到了杭一他们六个人，却没有想象中那般狂暴，并未立刻发起进攻，而是用狡黠的目光注视着面前的几个人，似乎在观察和判断着什么。仅凭这一点，就能知道这些怪物极难对付，很显然，它们具有不低的智力——即便是刚刚消灭了军队，它们也本能地感觉到，这次出现的六个人（起码五个）不是普通人，有所忌惮。相比起凶恶的外形，也许智力才是它们最可怕的地方。

洛奇的身体微微颤抖起来："'迅猛狼'……'三巨头'改变策略了，第一拨就放出了 A 级的怪物。"

"你知道这是什么怪物？'A 级'是什么意思？"杭一问。

洛奇说："'三巨头'给怪物军团定了级别，S、A、B、C 四个等级。A 级仅次于 S 级。迅猛狼具有迅猛龙、狼、穿山甲和猴子这四种动物的基因，皮糙肉厚、动作灵活，而且十分聪明狡猾，很难对付！"

"那就试试看吧。"季凯瑞喝道，"开始作战！"

说完这句话，他启动超能力"武器"。季凯瑞目前的等级是 3 级，长期的训练能让他把超能力运用至极限，除了全身"武器化"，几乎达到了将万物化为武器的程度。这个小镇刚刚经历过战斗，地上遍布各种石块、碎砖，对季凯瑞来说，这些正是最好的"弹药"。只见他右手猛地一抬，指向前方的几只怪物，地面上的碎石块就像霰弹一样朝迅猛狼齐射出去。

季凯瑞一出手就是猛招，怪物军团也不敢小觑，虽然他们皮糙肉厚，也不敢硬接这一招，仿佛看出了季凯瑞发射出的"霰弹"，比一般霰弹枪的威力要大得多。这些怪物果然如洛奇说的那样，不但灵活，而且机智。它们像猴子一样迅速躲藏在建筑物的后面，没有被"霰弹"击中。

"注意，他们非常狡猾，可能会从各个方向分散攻击我们！"季凯瑞提醒同伴。

杭一升为 4 级之后，曾尝试研究自己的能力是否有新的运用，但似乎不得要领，难以突破。但可以肯定的是，他的能力大幅提升了，不但变身为游戏角色的时间大大增加，还能随时进行"角色切换"。等于说，只要开启某个游戏并启动超能力，就能使用该游戏中的所有角色。《大蛇无双2：终极版》总共有140多个强力角色，几乎涵盖所有招式类型和攻击方式。只要运用恰当，可谓出神入化，所向披靡。

陆华已经生成了圆形防御壁，把自己和辛娜、舒菲罩在其中。相对来说，他们三个人是最安全的，只需要按照事前定好的作战计划行事就可以了。

舒菲给辛娜使了一个眼色，辛娜心领神会，她举起手枪对准空中，舒菲启动"追踪"的能力，默念一句："目标锁定，控制怪物的'异空间'超能力者！"

辛娜朝空中连开四枪。但是，子弹直直地飞射出去，并没有进行任何追踪。辛娜和舒菲对视一眼，舒菲说："他们知道向北吃过我这一招，可能学机灵了。把怪物带到我们的世界，超能力者就暂时撤退，所以子弹追踪不到他们！"

"那就把目标锁定为那些怪物！"辛娜向空中连续开枪。舒菲改变追踪目标，只见数颗子弹一起拐弯，绕过建筑物，飞射向埋伏在附近的迅猛狼。

一只躲藏在暗处的迅猛狼被数发子弹击中了，发出嚎叫，暴露了位置。但由于有坚硬鳞片的保护，只是受了皮外伤，并未丧命，可见普通子弹根本无法对其造成致命伤害。这只被击中的迅猛狼恼羞成怒，以迅雷不及掩耳的速度冲了出来，扑向杭一等人。

杭一早有准备，他使用游戏中"最强弓箭手"黄忠的猛招，十多支利箭向这只迅猛狼齐射出去。再凶猛的怪物吃了这一招，都不可能活命。这只迅猛狼惨叫一声，倒地而亡。

"太棒了！"陆华兴奋地对杭一竖起拇指，"这些怪物看起来也没那么难对付嘛！"

"别轻敌！它们一起攻过来了！"季凯瑞大喝一声。

话音未落，只见刚才伺机埋伏的十多只迅猛狼，从四面八方蹿了出来，一齐攻向众人。这一下，季凯瑞和杭一都有些招架不住了。

杭一赶紧调换角色，变成手持方天画戟的吕布，打算使用360度大范围攻击，但是投鼠忌器，季凯瑞和洛奇在他身边，如果使用这招，难免误伤同伴。紧急关头，杭一朝后方一跃，跟同伴们拉开一段距离，然后使出猛招对付几只迅猛狼。

近距离作战，热兵器不是那么好使了，季凯瑞全身化为武器，左手是长剑，右手是利斧，身体为盾，一时倒也能守个滴水不漏。但围着他的迅猛狼有六七只之多，这些怪物耐打、灵活、凶暴，左躲右闪，很难被砍准或刺中，就算挨上一剑，也有鳞片的保护，只伤不死。要想将一只迅猛狼彻底杀死，强如季凯瑞都很难办到。

洛奇完全没有攻击性的超能力，好在他使用隐身之后，躲到了远处，倒也安全。

陆华、辛娜和舒菲"三人组"从一开始就是为了对付"异世界"的隐身超能力者而组合的。但现在的状况是，没有隐身超能力者，只有怪物，并且这些迅猛狼跟杭一和季凯瑞贴身肉搏，就算用追踪子弹，也很难保证不误伤到他们。所以辛娜根本不敢开枪，在圆形防御壁内急得六神无主。

这时，辛娜赫然发现，杭一即便是猛将吕布附体，也难敌数只凶猛狡猾的迅猛狼。他的招式并不能保证每一招都是360度无死角攻击，一只迅猛狼瞅准杭一露出的一个微小破绽，一跃扑到他的背上，对准杭一的颈动脉狠狠咬下去。杭一猝不及防，几寸长的尖牙插进他的动脉血管。

辛娜的脑子嗡的一下炸了，她声嘶力竭地大喊一声："杭一！！"

然而，这一咬是致命的。杭一失去抵抗力，倒在地上。剩余几只迅猛狼趁机一拥而上，尖刀一样的利齿咬向了杭一的胸部、腿部、腹部……眼睁睁地，他就这样被好几只恶狼噬咬而死了。

"不！！杭一！！！"陆华、辛娜和舒菲一起失控地狂喊，泪水汹涌而出。辛娜不顾一切地想要冲上前去，舒菲和陆华死死地把她拉住，陆华哭喊道："你疯了吗辛娜？！上去只是送死！"

"啊——！！！"悲愤之中，辛娜举枪乱射。舒菲也难以自控，暴喝道："目标锁定，迅猛狼的眼睛！"

辛娜射出的子弹在舒菲超能力的作用下，不偏不倚地射向了其中一只迅猛狼的眼睛。这正是之前咬到杭一颈动脉的那只迅猛狼。眼睛果然是其弱点，它惨叫一声，死去了。

辛娜和舒菲找到了击杀迅猛狼的方法，打算如法炮制。但迅猛狼异常狡猾，只吃一次亏。它们用锋利的前爪挡住眼睛，然后朝"玻璃球"扑过来。所幸陆华的圆形防御壁固若金汤，迅猛狼根本无法攻破。但这时，新的险情又发生了。

季凯瑞这边也失守了。几只迅猛狼跟他缠斗了一阵，意识到他的双手和身体都是"刀枪不入"的，但双腿因为要移动，无法变成盾牌，成为唯一的破绽。一只迅猛狼看准时机，趴到地上猛地咬向季凯瑞的左腿。一阵钻心的疼痛袭向季凯瑞，他大叫一声，超能力骤然减弱，"刀斧"和"盾牌"的威力都大大降低了，陷入危险境地。

辛娜、陆华和舒菲慌了神，如果杭一和季凯瑞都死在这里，他们的同盟也就算完了。陆华只有赶紧扩大防御壁范围，冲上前去把季凯瑞拉到防御壁中，暂时躲过一劫。

辛娜正要开枪射击围着防御壁的十多只迅猛狼，只听一声暴喝："万箭齐发！"

他们还没反应过来是怎么回事，只见天上下起了箭雨。成百上千只利箭从天而降，并且持续了一小段时间，将围着防御壁的十多只迅猛狼尽数射杀！

辛娜等人回过神来，一齐扭头望去，看到杭一站在他们身后。

"杭一！"辛娜喜极而泣，跑过去扑到杭一怀中，"你没有死？"

陆华等人全都走了过去，洛奇也现身了，从远处跑过来。舒菲诧异地问道："这是怎么回事，杭一？我们明明看到你被迅猛狼咬死了呀！"

"我升级了，这就是原因。"杭一也是才领悟出来的，"我知道我升为4级后的新能力是什么了，我能让自身具备'游戏属性'！"

"什么意思？"平常不玩游戏的陆华不懂。

杭一说:"我刚才被那只迅猛狼咬中颈动脉的时候,心里想着'完了'。但我没想到,它咬进我的脖子,我竟然没有疼痛感。但我来不及细想,就被一群迅猛狼扑倒了……它们开始噬咬我的身体。这时,我恍惚看到一条血槽在徐徐减少。我突然明白了,我现在不但能变身成游戏角色,还能同时具备该游戏的设定和属性!

"简单地说,《大蛇无双》系列游戏跟很多动作类游戏一样,不属于'一击必杀'型的游戏,角色不会只挨一枪一剑就死去,而是有一条表示生命值的'血槽',只有当血槽减完之后,角色才会死亡。当我变身为《大蛇无双2:终级版》中的游戏角色的时候,就获得了相应的'游戏属性'——你们明白了吧?"

陆华听呆了:"这不等于说你只要使用超能力,就多出很多条命来了吗?你这能力也太牛了!"

杭一说:"不是每个游戏都会有'血槽'这个设定的,有些游戏就跟现实一样,也是一刀一枪就会致命。看来我以后得谨慎选择游戏了。"

"不管怎么说,你还活着,这真是太好了!"辛娜擦干眼泪。

杭一看到辛娜如此在意自己,比刚才活过来还要高兴。

大家询问季凯瑞的伤势,所幸他伤得不重,只是小腿被咬伤了,并无大碍。但季凯瑞感到形势严峻:"怪兽军团果然不可小觑。仅仅十多只迅猛狼,就让我们应对得如此狼狈。如果发起总攻,可能真是一场末日浩劫。"

这番话让大家心情沉重。辛娜说:"不管怎样,我们先返回琼州市吧,季凯瑞的伤口需要赶紧消毒和包扎。"

就在这时,辛娜的手机响了,她接起电话,是父亲打来的,语气带着无穷无尽的恐惧,辛娜从来没有听到过父亲如此战栗的声音:

"辛娜……乖女儿,你现在跟你的超能力朋友们在雅加达,对吧?"

"是的,怎么了爸爸?发生什么事了?"辛娜急促地问。

"听我说,你们不要回来了,别回琼州市。这里已经保不住了。我当初寄希望于超能力者们,看来是个错误,他们不可能与之抗衡的……"

"爸，你干吗说这种丧气话！到底怎么了？"辛娜心急如焚。

"'异世界'发起总攻了，目标就是琼州市，或者说，就是集中在这座城市的超能力者们。那些怪物们，一瞬间就遍布整个城市。我从没见过这么恐怖的生物，它们看起来像蜥蜴或狼人……我不知道该叫它们什么。"

辛娜心里一紧——迅猛狼已经出现并侵占整个琼州市了。她赶紧问道："爸，你知不知道这种怪物有多少只？"

"难以计数，但至少有一万只，甚至更多。"

二十　钢铁之躯

对任何人来说，这都是一生中绝无仅有的奇景。

这些"狼人"怪物是从何处涌出来的，恐怕没有一个人说得清。琼州市的人们——特别是位于高层的、20楼以上的人，清清楚楚地看到怪物们像洪水般涌进市区，瞬间占据了城市的每一条街道。这场景比噩梦还要可怕，令所有人心胆俱裂，仿若置身地狱。

所幸的是绝大多数人都躲在相对安全的室内。陆华之前发布的紧急通知，拯救了数万人的性命。

但这种所谓的安全只是暂时的，狼怪们如果要侵入住宅楼或建筑物内，普通门窗是无法阻挡它们的。它们之所以目前还没有发起进攻，大概是因为初次来到这个陌生的世界，对所有的一切都充满了好奇。这些怪物们瞪着凶恶的眼睛，一边以疯狂的速度占领城市，一边环顾四周，似乎在判断有没有危机存在，它们的机智、狡诈和谨慎，比尖牙和利爪更具威胁。

很快，这股由怪物组成的黑色潮水，从四面八方涌入了市区的中心广场。广场中间站着一群手持棍棒的年轻人，正是之前那几十个热血青年。

从发现怪物到被怪物包围，大概只有十秒钟时间。此刻，他们每个人的眼睛都几乎瞪裂了。看到怪物们的数量和可怖模样，他们终于明白了之前打算跟怪物拼斗是一件多么幼稚可笑的事情。但后悔已经迟了，他们已经被数千只怪物包围，绝对没有逃跑或生还的希望。没人怀疑他们会在瞬间被撕成碎片，勇气和抵抗都失去了意义。他们就像被几千只猫围住的小老鼠，在战栗和绝望中瑟瑟发抖。

迅猛狼们观察着这几十个人。它们仿佛猎犬般经受过训练，并且清楚地知道，这个城市中有几十个超能力者，这些人的能力不容小觑。它们没有贸然发起进攻，大概就是在判断，如此大胆、敢守候在此的这几十个人，会不会就是超能力者。

这个误会让热血青年们的生命延长了几分钟。但很快，他们恐惧的眼神和颤抖的双腿暴露了他们内心的怯弱。迅猛狼捕捉到了这些微小的细节。其中一只决定发起进攻，试探虚实，朝头盔男猛冲过去。

头盔男知道自己的死期到了，他很想抢起球棒至少进行一次象征性的迎击，也算是死得没那么丢人。但他全身都筛糠般地颤抖着，双手几乎握不住球棒，哪有力量挥出去呢？只能眼睁睁地看着狼怪扑向自己，绝望地闭上了眼睛。

迅猛狼张开的血盆大口准确地咬住了头盔男的头颅，年轻人们发出惊呼，猜想他的头颅会被活生生撕扯下来。

然而，令所有人和怪兽始料未及的状况出现了。这只迅猛狼狠狠一口下去，尖牙没能刺穿头盔男的颈脖，却发出一声痛彻心扉的哀号。它痛得在地上打滚，一口尖牙居然磕碎了好几颗。

更惊人的事情发生了，之前连球棒都握不紧的头盔男，突然抡圆了金属球棒，一记重击力道万钧，狠狠地砸到迅猛狼的头上。这只迅猛狼当场脑袋开花，死去了。

怪物军团吓得齐退一步，贸然进攻的同伴用性命告诉他们，眼前的几十个人，果然是超能力者！

然而，更为震惊的是这群年轻人。他们的下巴都快掉到地上了，这个戴头盔的小伙子，是他们熟悉的哥们儿。他们做梦都想不到，他竟然是个隐藏已久的超能力者！

怪物和众人皆惊的时候，头盔男冲进了怪物群。他挥舞着金属球棒，又击杀了好几只迅猛狼。同时，他也遭到了数十只迅猛狼的撕咬。但结果跟刚才一样，这些咬到他身体任何一个部位的迅猛狼，就像咬到钢铁一般，牙齿碎裂，惨叫不已。一时之间，头盔男化身无敌勇士，只攻不守，在怪兽军团中杀出一条血路。

年轻人们突然意识到，头盔男是要他们趁机逃走。偌大的广场上，有四个通往地铁站的地下通道，如果能逃到地下，尚有一线生机！

年轻人们赶紧朝头盔男杀出的血路跑去，那里正好有一个地下通道。但是，狡猾的迅猛狼们见敌不过这个"无敌超人"，立即转攻其他人。年轻人们在超能力同伴的激励下鼓起勇气，抡起铁棒跟怪物展开厮杀。可惜普通人哪里是迅猛狼的对手，很快就有人挂彩和牺牲。

然而，奇迹再次出现，穿黑皮衣的小伙子跟头盔男一样战神附体，化身无敌超人。他也变得刀枪不入，奋力挥舞手中的钢管，击杀怪物。迅猛狼们没想到"超人"还有一个，一时不敢上前。黑皮衣小伙子守在地下通道入口，掩护同伴离开。

从空中飞来的雷傲，正好目睹了这一幕。他意识到已经有超能力者跟怪兽军团展开了战斗，顿时热血沸腾。他摸出手机，打算立刻通知伙伴们前来助战。

雅加达这边，辛娜把父亲带给自己的信息告知同伴们。杭一听说琼州市出现上万只迅猛狼，无比震惊和焦急："那我们还等什么，赶紧让洛奇用空间转移把我们带回去呀！"

"等等，杭一！"陆华提醒道，"我们刚才仅仅跟十多只迅猛狼战斗，都如此棘手、险象环生。现在季凯瑞受伤了，我们几个人也消耗了不少体力，回琼州市，面对上万只迅猛狼，就跟辛娜的父亲说的一样，完全是送死！"

"那你觉得该怎么办？"杭一问。

"我们先跟孙雨辰他们联系，得知他们的情况之后，再……"

话音未落，杭一的手机响起了。他赶紧接起电话，是雷傲打来的，语气兴奋不已："杭一，我们准备开战了！在中心广场，这里起码有几千只怪物，有13班的超能力者已经跟他们干起来了，真是有种的家伙！可惜形势不容乐观，他们的体能总会耗尽的。好了不说了，我要加入战斗了，你们如果能回来就赶快回来！"

说完就兀自挂了电话。同伴们都听到了雷傲说的话，季凯瑞说："我的伤没什么大碍。既然那边已经开战了，我们就必须前去支援！"

同伴们对视在一起，然后望向洛奇。洛奇颔首："我明白了。"

孙雨辰接到了飞去侦察情况的雷傲打来的电话，对海琳和宋琪严肃地说道："有超能力者已经跟怪物军团干起来了，雷傲也加入了，战斗已无法回避。"

"那就去大干一场吧，爸爸。"海琳毅然道。

"保护好自己。"孙雨辰对海琳说。

"我会的，你也是。"

"走吧，我也会用我的能力辅助你们的。"宋琪说。

三个人默契地点了下头。宋琪的能力会把他们瞬间送到战场。他们深吸了一口气，做好战斗准备。

超能力者们，即将在中心广场会合。

等待他们的，是一场前所未有的恶战。

二十一　横扫千军

孙雨辰三人和杭一他们几乎是同时抵达中心广场附近的。眼睛所能看到的地方，全是密密麻麻的迅猛狼，让人头皮发麻。他们是通过空间转移或瞬间移动到此的，迅猛狼们一时还没发现身后多出了几个人，让他们趁机得以观察战局。

雷傲飞在广场的正中间，使用风刃斩杀地面上的怪物。表面上看，他具有绝对的空中优势。但迅猛狼们灵活、狡猾，左闪右避，只有少量死伤，多数都闪避开了雷傲的风刃。雷傲似乎有些力不从心，也显得越发急躁，风刃攻击杂乱无章，更加难以击中对象。他心里清楚，飞在空中并且进行攻击，等于双倍运用超能力，是极为耗费体力的，这种状况他无法持续太久。

并且雷傲也注意到一件事，刚才那两个"无敌超人"，此刻都不见踪影了。可能他们跟其他年轻人一样，趁他发动攻击的时候逃进地下通道了。雷傲猜不透他们的身份，更无从判断他们的行为模式，心中更添了几分焦躁。

杭一他们之前跟迅猛狼战斗过，知道这种怪物极难对付。孙雨辰三人也通过短暂观察发现，这些狼怪绝不是只靠数量取胜、有勇无谋的低级生物。雷傲的风刃无论是速度和威力都属上乘，但对这些怪物竟然构不成太大威胁。它们似乎知道超能力者的体力是有限的，打算采取消耗战。如果雷傲耗完体力坠落下来，后果不堪设想。

孙雨辰和杭一都意识到了这一点，他们分别从左右两侧发起突袭，两队人马同时出手。

孙雨辰大喝一声，双手向前一推，意念的力量像暴风般掀飞上百只迅猛狼，巨大的撞击力让东边的迅猛狼倒地大片。这些迅猛狼还没来得及站起来，海琳发射的火球已经击中了它们。这些怪物纵有坚甲附体，也无法抵抗火焰的侵袭，痛得满地打滚，随即死去。

杭一再次使用三国第一神射手黄忠的"万箭齐发"绝技，广场上空旷宽阔，没有遮挡，加上迅猛狼数量众多，无法尽数闪避，上百只齐齐中箭，立时毙命。

季凯瑞的霰弹攻击也在此时显现出惊人的威力。之前跟少量迅猛狼作战，且有建筑物掩护，这招发挥受限，此刻怪物群聚，正是霰弹展现最大杀伤力的时候。一出手就射死射伤近处一大拨怪物。

广场的东西两边同时出现强力对手，迅猛狼们大惊失色，惊骇之际，忘了头顶上的雷傲。只见几道风刃下来，一大片迅猛狼被拦腰斩断。雷傲哈哈大笑，直呼痛快。

然而，怪物军团毕竟数量众多，迅速展开反攻。一群迅猛狼发现东边只有三个超能力者，掉转身子狂奔向孙雨辰等人，速度之快，让孙雨辰和海琳为之一惊，躲避不及。然而，就在迅猛狼们快要扑杀到他们的时候，这几十只迅猛狼却像电影慢镜头一样放慢了速度，海琳赶紧发射火球，将它们全部击杀。

附近的几十只迅猛狼不明所以，再次展开攻击，跟刚才的情形一样，它们的速度瞬间变成慢动作，孙雨辰轻易避开，并使用意念将它们升到高空，自由落体的时候，它们的坠落速度恢复正常，尽数摔死。

孙雨辰和海琳望了一眼旁边的宋琪，知道是宋琪暗中使用超能力控制了这些迅猛狼的运动速度。有了这个超强辅助能力，他们信心倍增，再度展开攻击。

东西两边加上正上方空中的强力攻击，短短时间就杀死了近千只迅猛狼。一时之间，迅猛狼们心生畏惧、乱成一片，它们虽然数量众多，却仿佛一齐丧失了斗志，开始四散而逃。

杭一等人心情振奋，本来以为是场苦战恶战，没想到他们一出手，就将怪物军团打得溃不成军。他们打算乘胜追击，尽可能多地消灭怪物。

然而，形势逆转之快，令他们措手不及。

雷傲飞在十多米高的空中，自以为绝对安全。开战到现在，怪物们也确实未能对他造成任何威胁，渐渐放松了戒备。眼下怪物们四散奔逃，他更是扬扬得意。就在他居高临下，打算再次挥出风刃的时候，背后一团火球朝他疾射而来，不偏不倚击中了他的后背。雷傲惨叫一声，后背着火，从空中坠落下来。

杭一等人看到这一幕，已经迟了，只见雷傲坠落在一群迅猛狼之中——这倒比他笔直坠地要好些，迅猛狼的身体多少形成了一定的缓冲，不至于立刻摔死，但情况绝对不妙，雷傲的后背仍在燃烧！

"雷傲！"杭一大喊一声，朝雷傲坠落的方向冲去。但他所在的位置离雷傲大概有几百米，况且中间有无数只迅猛狼。他不可能在短时间内杀出血路，救到雷傲，顿时心急如焚。

宋琪也无法瞬间移动到雷傲身边，同样是因为中间有大量迅猛狼阻挡。其他人也不敢朝那个方向贸然发动攻击，怕误伤了雷傲——这个状况真是糟透了，伙伴当中居然没有一个人能赶到雷傲身边！眼看他就要被活活烧死。

能发射火球攻击的，显然是跟海琳和洛奇一样的"异世界"二代超能力者。辛娜和舒菲意识到这一点，辛娜立即开枪，舒菲锁定攻击目标，一颗跟踪子弹飞向广场西北方的一个位置。只听"啊！"的一声惨叫，发射火球偷袭雷傲的隐身袭击者中枪了。

但是仍然没人能靠近雷傲，众人心急火燎之际，奇怪的事情发生了。只见雷傲自己站了起来，他背后的火焰莫名地熄灭了，朝杭一他们的方向走过来。四周无数只迅猛狼见他竟然敢毫无防范地行走，一起扑了上去，分别咬住雷傲的四肢、身体和脖子，陆华等人看得心胆俱裂，发出惊叫。

可谁都想不到，这些噬咬雷傲的迅猛狼，集体发出痛苦的哀号，退到一旁了。反观雷傲，却丝毫无损，身体仿佛变成钢铁一般。杭一等人并不知道之前也

123

发生了类似的事，大吃一惊。迅猛狼们却是吃过亏的，不敢再咬雷傲，任由他走向自己的伙伴。

雷傲靠近后，杭一才发现他的眼睛居然是闭着的！他来不及思索，上前扶住雷傲，雷傲像被抽走了魂似的倒向杭一，失去知觉。

同伴们关心雷傲的安危，全都跑了过来。迅猛狼也对超能力者充满忌惮。双方竟暂时停战了。

杭一发现雷傲后背的衣服已经烧烂了，皮肤只是轻微烧伤，但他仍昏迷不醒，大概是从高处坠落的缘故。杭一把雷傲交给陆华保护，然后和伙伴们一齐望向怪兽军团。迅猛狼们接触到他们的目光，竟为之一凛，可见对超能力者心怀畏惧。

剩余的迅猛狼大概还有几千只。杭一意识到，他们连续战斗，已经耗费了大量体力，加上雷傲受伤，要想现在就将这些怪物全部消灭，是不可能的。为今之计，只有先转移到大本营，恢复体力，谋而后动。

伙伴们也是这样想的。海琳叫了一声："洛奇！"隐身躲避在某处的洛奇显出身体，走向众人。海琳正打算叫他将大家转移回大本营，令人震惊的状况发生了。

洛奇现身之后仅仅几秒，几千只迅猛狼就像发现了仇敌一般，共同开启狂暴模式。它们一齐发出令人心悸胆寒的嘶吼，然后像发了疯似的狂袭而来。

众人大惊，不知道为何会出现这种状况。更令他们意想不到的是，几百只迅猛狼们一起向陆华的防御壁扑去，像潮水将圆形防御壁瞬间淹没。陆华、辛娜、舒菲和雷傲四个人在防御壁的保护下虽然无碍，但怪物们把他们四个人围困在里面，令他们寸步难行，心中恐惧万分。

杭一等人还没弄明白这是怎么回事，剩余的迅猛狼已经朝他们扑杀过来了。他们刚喘一口气，又被迫仓皇应战。但这一次跟刚才有明显的不同，这些迅猛狼之前还有畏惧之心，此刻却全都发了疯，不顾一切地扑向他们，仿佛将生死置之度外。

季凯瑞突然明白这是怎么回事了。"三人组"的作战成功了，刚才击杀了一个"异世界"超能力者，但隐蔽在此的二代超能力者显然不止一个。他们意识到"光球"中的三人组是最大的威胁，于是启动跟阮俊熙一样的操纵"动物"的能力，让迅猛狼们集体狂暴化，并用身体堵住"光球"里的三个人，辛娜和舒菲不管怎样配合，子弹都不可能射穿这么多迅猛狼的身体，自然无法击杀隐蔽在周围的二代超能力者！

只能硬拼了！

季凯瑞双手都变成霰弹枪，朝东方连续射击；杭一朝西方万箭齐发；孙雨辰和海琳负责南方和北方；宋琪将能力范围内的所有迅猛狼减慢速度——五个人配合之下，倒也守得滴水不漏。但迅猛狼的数量实在太多了，并且像敢死队员般前仆后继地不断涌来。杭一等人使用的全是最耗费体力的大招，无法持续太久，情况危急到了极点。只要有任何一个方向失守，或者是某人耗完了体力，结果就是全灭。

不只是杭一他们，陆华从雅加达开始就一直使用防御壁，他的体力也快到极限了。

防御壁内的辛娜和舒菲也跟季凯瑞一样，意识到了敌人所采取的战术。她们怎么都没想到，"异世界"的袭击者们会疯狂至此，竟然用迅猛狼的身体来替他们挡子弹。这招太狠了，辛娜连续开枪，至多能打死最前面的几只迅猛狼，根本无法射击到操控这些怪物的超能力者！

海琳是第一个坚持不住的，她发射的火球威力越来越弱，已无法阻挡迅猛狼的进攻了。几只迅猛狼扑向了她，死亡的阴影向她笼罩过来。

神奇的事情再一次发生了。扑向海琳的迅猛狼，本来已经快咬到海琳的脖子了，突然受到某种操纵，转过身来用利爪狂扫同类，并且它跟之前的热血青年以及雷傲一样，变得刀枪不入，万夫莫敌。杭一等人猜想，附近肯定有使用某种特殊超能力的同伴在暗中帮助他们。

可是，这改变不了他们总体的命运。杭一感到自己的体能快要透支了，而且他能看出，季凯瑞和孙雨辰也几乎濒临极限。迅猛狼虽然已经死伤大半，但还有一千只以上，仍在接连不断地攻上来。他们不可能杀完这些怪物了，体力耗尽的时候，就是他们所有人的死期。

这个结果，几秒之后就会出现。

就在杭一绝望之际，时间暂停了。周围的一切事物都定格了，包括他们。

当然，他们自身是感觉不到的。因为时间暂停了，他们的思维也随之停止了。

一个身材高大，体格强壮的男生快速跑向杭一等人。正是13班的超能力者——侯波。他壮得像只阿拉斯加灰熊，孔武有力。只见他一只手挟起杭一，夹在腋下，另一只手将季凯瑞甩到肩膀上，轻而易举就把两个男生像搬货物一样运走了。将这两人转移到一旁后，他又迅速将孙雨辰、海琳和宋琪三人"搬"到了同样的地方。接着，他从挎包里摸出一大圈铜丝，一边奔跑，一边把这些铜丝绕在凝固的迅猛狼身上——包括围堵防御壁的那上百只迅猛狼。只是时间有限，他没法照顾到所有怪兽。一分钟后，他擦了一下额头上的汗，说了句"差不多了吧"。然后迅速跑向广场一侧，把铜丝的一头绕在跟他一起前来的其中一个女生手指上，这个女生就是赵又玲。

布置完毕后，侯波对石雕般的赵又玲说道："看你的了！"随即解除超能力。

时间刚刚恢复运行，赵又玲立即启动超能力——"电"，1000伏高压电通过铜丝传导，加上迅猛狼们密集在一起，身体本来也是导体，一瞬间，几百只迅猛狼全部遭受高压电击，哀号遍野。十几秒后，数百只迅猛狼同时触电身亡。

杭一等人完全不明白刚才发生了什么。他们本来在跟迅猛狼奋战，突然几个人一齐转移到了战场边缘，然后就看到几百只迅猛狼遭受电击而亡。顺着铜丝的方向望去，他们看到了侯波和赵又玲，他们身边还站着两个人——陆晋鹏和方丽芙。

杭一猜到他们四人是前来助战的，顿时精神振奋。但广场上的迅猛狼还剩下几十只，威胁依然存在，杭一想启动超能力，却发现浑身无力，几乎都站不稳了，显然体能已完全耗尽，无法再战。

思量的时候，那几十只迅猛狼已经发起了攻击。陆晋鹏快步上前。广场上有雕刻着浮雕的圆柱形石柱，一根大概有树干那么粗，身材矮小的陆晋鹏双手一圈，抱起其中一根石柱，用力一扯，这根石柱竟像发脆的树枝般被轻易折断。陆晋鹏大喝一声，抡起石柱横扫一圈，几十只迅猛狼像全垒打中被击出的棒球一样飞到广场之外，当即毙命了。

躲过这一击的仅剩三四只迅猛狼，看样子已经不再是狂暴状态，可能是操控"动物"的"异世界"超能力者见大势已去，怕遭到舒菲和辛娜联手的追踪攻击，已经逃之夭夭了。这几只余下的迅猛狼，见上万只同类都被消灭了，吓得心惊胆战，拔腿就逃。

方丽芙笑道："想跑？没那么容易！"她右手伸向迅猛狼逃跑的方向，示指上戴的一枚戒指射出一道激光，穿透其中一只迅猛狼的身体。她又连续发射三道激光，几只迅猛狼尽数毙命了。

目睹这一幕的杭一、陆华等人，全都看呆了。

上万只迅猛狼被全部歼灭，战果令人振奋。杭一等人和陆晋鹏、方丽芙他们会合，杭一说道："多亏你们来得及时，我们刚好撑不住了。"

侯波竖起拇指，咧着嘴笑。陆华望着陆晋鹏，惊叹道："你刚才那招'本垒打'把我都看傻了，真是太厉害了。"

陆晋鹏望了一眼广场上堆积如山的迅猛狼尸体，说："我们只不过是消灭了最后一拨怪物而已，你们才真正了不起，之前的几千只怪物都被你们干掉了。"他也竖起了拇指，赵又玲跟着点头。

舒菲望着方丽芙手上的戒指好奇地问道："你的能力是什么？怎么可能让戒指发出激光？"

"暂时保密，"方丽芙调皮地眨了下眼睛，"现在不是聊天的时候吧，天知道这些怪物是不是被杀尽了。要是再来一拨，咱们可吃不消了。"

这话提醒了众人，海琳准备让洛奇把他们都转移到大本营。季凯瑞说："等一下，刚才跟我们一起作战的，应该还有13班的超能力者才对。"

杭一想起雷傲短暂变成"无敌状态"的事，说道："没错，之前肯定有人躲在暗处帮助我们。"

"你们在谈论我们吗？"远处传来一个女生的声音。众人回头一看，从广场西面一栋大楼里，走出来两个人，13班的范宁（女20号）和穆修杰（男43号）。

他们走近之后，季凯瑞问："你们刚才一直躲在楼上，暗中使用超能力作战？"

穆修杰是一个留着齐刘海儿，干净斯文的男生。他牵动嘴角笑道："我们本打算隐藏在高楼上，暗中攻击那些怪物，没想到成救援人员了。先是那些热血青年，然后又是被火球攻击的雷傲，还有几近失守的你们——真是险象环生呀。"

"谢谢你们。"杭一感激地说。

"我们还是先转移到安全的地方吧，大家一起，怎么样？"孙雨辰说，"我猜你们都是来加入我们，共同对抗'异世界'侵略者的吧？那么大家都是战友和同伴了。"

没有人表示异议。海琳对洛奇说："你能同时转移这么多人到大本营吗？"

"没问题。"洛奇说。随即使用空间转移。

二十二　新的同伴

　　回到国安局五楼的大本营内，辛宵调来医生和护士，为负伤的雷傲和季凯瑞治疗。所幸他们两人受的伤都不重，雷傲背部轻度灼伤，头部有轻微脑震荡，现在已经苏醒过来；季凯瑞腿部的咬伤经过消毒和包扎，也无大碍。

　　超能力者们共同击退怪物军团，国安局所有人对他们充满崇敬。纳兰局长请来市内最好的厨师，在三楼宴会厅布置了一桌丰盛的午宴。杭一等人从早上一直战斗到现在，早已饥肠辘辘，急需补充和恢复体力。算上新加入的同伴，"守护者同盟"现在已有16位伙伴。这是另一件值得庆祝的事情。

　　辛宵和纳兰局长首先举杯敬所有的超能力者，首战告捷意义重大，对"三巨头"来说，应该也是一次重挫。举杯共饮之后，辛宵和纳兰局长识趣地离开宴会厅，让年轻人的聚会轻松自在。

　　众人围坐在大圆桌旁，丰盛美味的菜肴配上庆功的红酒，大家都兴致高昂、心情愉悦，但没有人得意忘形。他们知道，"异世界"的袭击不可能就此而止，等待他们的，也许是更严酷的战斗。

　　进餐到一定时候，杭一把关于"异世界"和"三巨头"的事情告诉新加入的同伴们。大家意识到形势依然严峻。不过正如老话所说，"团结就是力量"，消灭上万只迅猛狼正是最好的证明。这次的战斗如果不是依赖大家的配合，仅凭单打独斗，任何人都不可能取胜。因此，杭一提议，有必要在下一拨袭击到来之前，商量和制定好战术。为此，大家必须清楚了解每个同伴的能力。

"守护者同盟"的老成员们挨个说明了自己的超能力和运用方式。轮到新加入的同伴了，陆晋鹏第一个说："我的能力是最直观的，你们已经看到了，那是一般人都不可能拥有的'力量'。"

赵又玲其实对于明示自己的能力，是有心理障碍的。当初她使用超能力暗杀贺静怡（女41号，能力"金钱"），却误杀了贺静怡的母亲，此事至今无人知晓（除了神秘莫测的碧鲁先生）。现在公布能力，难免引起猜忌。但形势所迫，无法再做保留。况且之前广场之战，她已经出手，也无法隐瞒了，只有硬着头皮说道："我的能力你们也看到了，我可以使用'电'进行攻击。"

杭一竖起拇指赞叹道："电是可以通过身体传导的，大概是最强大的群体攻击技能了！"

赵又玲淡然一笑，由此得知杭一他们压根儿没把贺静怡母亲的死和她的能力联系在一起，抑或已经忘了此事。其实贺静怡的母亲死于火灾，并没有任何人亲眼看见当时的情形，确实很难将此事和赵又玲的能力"电"联系在一起。

虎背熊腰的侯波嘿嘿笑道："那你们能猜到，我的能力是什么吗？"

"'时间'，对吗？"孙雨辰说。

侯波知道孙雨辰有读心的能力，但他假装不知，问道："为什么呢？"

孙雨辰现在并未使用读心术："我们本来在跟怪物激战，形势危急，突然间莫名其妙转移到了旁边，而怪物们身上已经缠上了铜丝。如果没有令时间暂停的能力，怎么可能做到这一点呢？"

"聪明！"侯波哈哈大笑，"正是如此！"

陆华惊叹道："你这个能力未免也太强了吧？让时间暂停，岂不是所有敌人都任你宰割？"

陆晋鹏心中一颤。获得超能力的第一天，公交车上的偶发事件（*参见第一季），他其实已经隐约猜到侯波的能力是"时间"了。只是直到加入"旧神联盟",此事才得以证实。虽然陆晋鹏跟侯波是好朋友,但这场残酷的竞争之下,很难保证"友谊"这东西还靠得住。侯波的能力一直令他十分忌惮。如果侯波居心叵测,现在就将这一屋子的人全都杀死也不是难事。只是现在大敌当前,他不可能这么做。但是以后……就难说了。

陆晋鹏暗自思忖的时候,侯波挠着头,嘿嘿笑道:"其实没你说的那么厉害,首先是我最多只能让时间暂停一分钟左右,而且还是有范围限制的;其次,我这个能力如果用在战斗上,只能跟其他人配合,否则的话,拿刚才广场上来说,我就算暂停了时间,也根本不可能杀死这么多怪物。"

"暂停时间一分钟,已经很可怕了。"季凯瑞思忖着说。侯波有些尴尬地笑了笑。陆晋鹏仿佛读懂了他这尴尬笑容背后隐藏的深意,心中升起一股寒意。

轮到方丽芙了,她明知大家都望着她,却缄口不语,左手手指摩挲着右手示指上的那枚钻戒,面带笑意,有意引人猜测。之前众人亲眼看见她这枚戒指发射出激光,却参不透个中玄机。舒菲忍不住问道:"你戴的是什么戒指?"

方丽芙说:"就是钻石戒指呀。"

"钻戒怎么可能射出激光?这完全是科幻电影里的剧情。"舒菲说。

方丽芙笑了起来:"你也这么觉得?"

赵又玲不太喜欢方丽芙略显轻佻的个性,说道:"行了,你就直接说吧,别吊胃口了。"

方丽芙倒也不是扭捏之人:"好吧,我的能力是'光'。这枚钻戒是特制的,其实是一块小凸透镜,目的就是汇聚光线,进行攻击。"

季凯瑞立即发现了这个能力的弊端:"如果是晚上呢?"

"晚上也有月光,但威力自然就大打折扣了。不过我的能力,可不止这一种运用。晚上说不定对我更有利。"方丽芙似乎对自己的能力大有研究,充满自信。

现在只剩下范宁和穆修杰两个人了。以前一起补习的时候,全班的人都知道范宁是个不苟言笑、性情冷漠的女生,一头短碎发、衬衣西裤的帅气打扮也让她显得颇有些中性化。相对来说跟她在一起的穆修杰倒显得温柔、随和得多。他们俩或许就是因为性格互补才组合在一起的。轮到他们说出自己的超能力了，范宁却自顾吃着一块牛排，喝着红酒，一副事不关己的模样。穆修杰望了望她，又望向其他人，显得有些尴尬。

杭一说："范宁，你能告诉我们，你的能力是什么吗？"

范宁兀自进餐，并没有搭理杭一，气氛更加尴尬了。穆修杰碰了她的手肘一下，范宁瞥了他一眼，继续把盘中的最后一块牛排吃完，用纸巾擦了擦嘴，这才说道："我们为什么必须加入你们呢？"

这话把大家问得一愣。杭一怔怔地说："你们不是打算加入我们，才出现在我们面前的吗？"

"你完全搞反了。"范宁说，"是你们出现在我们面前才对，一开始是雷傲，就像生怕别人看不到自己一样，飞在广场的正中间，别说是超能力者了，就是一个普通狙击手都能要他的命。我要是也像他那样有勇无谋，八条命也不够用！"

这话说得雷傲面红耳赤，以他的个性，本是不甘被人数落的，但是之前听陆华说，自己的命是被范宁和穆修杰救回来的，只能忍气吞声。况且对方说得在理，他也无法反驳。

范宁的能力暂未公布，但毒舌的个性已暴露无遗："然后，就看到你们两拨人像没头苍蝇一样冲了出来，二话不说就跟上万只怪物开战。好吧，我还以为你们的能力真的强大到了可以不借助别人帮忙就能干掉这么多怪物的程度。结果呢？要不是我和穆修杰暗中相助，之后陆晋鹏、侯波他们又赶到的话，你们想过后果是什么吗？现在还能坐在这里吃饭聊天？"

范宁这番话说得极为刻薄。一帮英雄竟被他说成"没头苍蝇"，但这些话又句句在理。细想起来，若不是侯波等人救援及时，后果确实不堪设想。除了后怕，也让人无地自容。然而，范宁却还没收口："你们这个同盟，看起来人多势众，实力强大，实际上行为冒失、缺乏头脑，稍有不慎就会全军覆没。我真不知道你们是怎么活到现在的，难道全是靠运气吗？"

杭一从未被人如此严厉教训过，虽然同盟当中没有明确谁是领导者，但他自知，从号召大家团结在一起到现在，他已然扮演了领导者的角色。然而走到今天，靠的全是一腔热血，至今遇到过的险情也是数不胜数。特别是，杭一想到已经死去的伙伴韩枫和井小冉，心中一阵刺痛，难受到了极点。

陆华看出杭一被范宁说到了痛处，本想宽慰几句。季凯瑞先开口了，他问范宁："那依你之见，怎样做才是上策？"

范宁"哼"了一声，很不客气地说道："这还用说吗？我和穆修杰是怎么做的，你们也都看到了。得知怪物军团即将袭击全球——当然，现在看起来最主要的目标就是琼州市。我和穆修杰先隐蔽在高处，既可观察事态发展，又能保证自身安全，还能利用超能力暗中袭击敌人。就算没法将怪物军团尽数歼灭，起码也能对它们造成足够的威胁。说到这里——季凯瑞，你的能力'武器'如此强悍，明明可以躲在暗中伏击的，却偏偏要冲进敌群近身肉搏。在我看来，自负是最愚蠢的，你小腿受伤，就是最好的证明。"

此话一出，气氛几近凝固。补习班的时候，大家都知道季凯瑞是个厉害角色，很多人都不敢接近他，更别提这样训斥一通。眼下季凯瑞脸色难看到了极点，随时可能发作，大家倏然紧张起来。

不过，几秒钟过后，季凯瑞只是牵动嘴角一笑，说道："我们当时听雷傲说，广场上已经有超能力者跟怪物开战了，便匆忙赶来助阵。没想到你们只是躲在暗处伏击，并未亲自参战。结果反倒被你们救援，着实讽刺——我承认，是我们冒失了。"

听到季凯瑞这样说，穆修杰赶紧打圆场道："其实范宁说得有些过分了。要不是你们之前发出通知，我们根本不可能知道'三巨头'会发起袭击，提前埋伏便无从说起了。而且说到底，我们能伏击敌人，是因为我们的能力恰好具备这个条件罢了。"

说到这里，穆修杰望了范宁一眼。范宁大概也意识到刚才确实有些过头，怎么说也是杭一等人消灭了绝大多数怪物，拯救了城市。她并非不懂收敛之人，对穆修杰点了点头，暗示他可以说出他们俩的能力。

穆修杰说："我的能力是'金属'，能让人或事物具备金属属性。最直接的运用就是，能把自己或别人变成'钢铁侠'，暂时处于刀枪不入的状态。而范宁的能力，是'操控'。她能让对象变成提线木偶，用隐形的'线'控制他们的所有举动。"

雷傲明白了："所以广场上的那两个年轻人，才会瞬间变成'无敌超人'，并且挥棒迎击；我从空中坠落下来，也多亏你及时将我的身体变成'钢铁'，才没被火焰烧伤；那只突然倒戈的迅猛狼，亦是如此！"

穆修杰点头承认。

公布了他们俩的能力，范宁望着海琳、洛奇和辛娜问道："他们是谁？并不是13班的人。"

杭一说："辛娜是我们的好朋友，她从一开始就介入了此事，并加入同盟。她父亲就是刚才的国家安全部副部长。然后海琳和洛奇，呃……"一时不知道该如何介绍。

孙雨辰不想让大家知道他和海琳的特殊关系，打算避重就轻地说明一下他们的身份。没想到海琳抢在他之前说道："我和洛奇就是你们说的'异世界二代超能力者'，而且我的母亲和洛奇的父亲，分别是'三巨头'中的伊芳和洛星辰。"

"什么，你们是'三巨头'那边的人？"赵又玲愕然，"那你们怎么会帮助我们？"

海琳顿了一下，说道："因为我意识到，'三巨头'的所作所为是不对的。况且一边是母亲，一边是父亲，我总得选择一边。"

"谁是你的父亲？"

海琳望向孙雨辰："就是他，孙雨辰。"

"什么？！"所有新加入的人都惊叫起来，然后一齐望向孙雨辰。侯波下巴都快掉到地上了，"你……你什么时候跟伊芳……"

孙雨辰的脸红到了脖子根，窘迫地说道："这事，一言难尽……而且我自己都不清楚……"

孙雨辰把事情的来龙去脉——他所知道的部分——讲述了一遍。众人都觉得这件事太过离奇，超出了他们的理解范畴。特别是范宁，连连摇头道："这事真够乱的。"

杭一诚恳地说："范宁，你刚才说的我都接受。大敌当前，我们确实应该更谨慎才是。今后的行动，我会征求你的意见，请你和穆修杰加入我们，好吗？"

范宁并不是不通情理的人，看到杭一如此真挚，她点头答应，但同时也说出了心中的顾虑："其实，我刚才说'我们是否一定要加入同盟'，还有另一个原因。这件事，我觉得有必要提醒你们。"

"是什么？"杭一问。

范宁："你们刚才告诉我，'旧神'就是13班的某一个人，对吧？而且'旧神'那边，也有一个联盟。"

杭一："是的。"

范宁："大敌当前，我们的确需要团结一切力量。我在想，'三巨头'这股势力除了对我们具有威胁，对'旧神'同样构成威胁。那么，'旧神联盟'会怎么做呢？"

杭一一时没反应过来，陆华却一下就明白了："你认为，'旧神'也许会选择跟我们暂时联手？"

范宁点头道："对。但'旧神'会怎么做呢？如果明着派几个人过来，那显然是不行的。既然如此，他会不会暗中派人过来协助呢？"

陆晋鹏、侯波、赵又玲和方丽芙心中同时一惊。他们没想到范宁竟然把"旧神"的心思揣摩得一清二楚。事实正是如此！但他们之前收到闻佩儿警告——孙雨辰有读心的能力，千万不能泄露心中所想，否则就会暴露他们的真实身份和目的。四个"旧神联盟"的人，只有假装镇定，并控制心中思维。陆晋鹏说："你的顾虑不无道理，但说这样的话，岂不是有些不利于团结？"

范宁摆明对陆晋鹏等人心存怀疑，直接问道："那你能不能告诉我，你们四个人是怎么凑到一起的？"

对于这个问题，陆晋鹏倒是早有准备："陆华之前不是发布了通告，号召13班的超能力者团结起来，共同对抗这次袭击吗？我们几个人联合在一起，又有什么奇怪？你不是也跟穆修杰组合在一起了吗？"

"那你们怎么会一起出现在中心广场？而且看你们的战术，显然早有准备。"范宁不依不饶。

"范宁，你这么说，就是怀疑我们咯？"赵又玲站起来。

"你们要想让我不怀疑，就解释给我听呀。"范宁说。

"好吧，我告诉你这是怎么回事。"赵又玲说，"陆晋鹏和侯波住的小区就在中心广场附近，我和方丽芙来找到他们，商量一起加入'守护者同盟'的事，这时杭一他们跟怪兽军团开战了，我们商量怎么才能帮到他们，于是制定了相应的战术，然后悄悄赶到中心广场。在一个关键的时刻，侯波使用了时间暂停。后面的事，不用我再说下去了吧？"

他们说这些话的时候，孙雨辰使用了读心术，没有发现破绽，冲杭一点了下头。他并不知道，这些话是陆晋鹏他们早就准备好了的。

杭一对范宁说："你心思缜密，这是好事，但我相信陆晋鹏他们，就像我相信你和穆修杰一样。你们都是我们的同伴，今天这场战斗如果没有你们，我们不可能活下来，所以，我会把你们当成真正的朋友和伙伴，不会怀疑任何人！"

范宁凝视杭一片刻，说道："好吧，既然你都这么说了。但我还是要提醒一句，你们最好多长个心眼。小心'螳螂捕蝉，黄雀在后'。别让'旧神'捡了便宜。"

孙雨辰说："我们自有分寸。"他没把自己有读心能力的事告诉新加入的同伴，已是留了心眼。

这时，海琳的身体突然颤抖了一下，随即脸色苍白，似乎发现了什么惊人的事情。孙雨辰注意到了女儿神情的变化，立即问道："海琳，怎么了？"

海琳愕然地望向孙雨辰，表情十分惊骇，却欲言又止，似乎有什么难言之隐。

她的怪异举动引起了所有人的注意，杭一也跟着问道："你怎么了，海琳？"

海琳咬着嘴唇不说话，只是盯着孙雨辰。孙雨辰莫名其妙之际，突然听到海琳心里的声音：我刚才暗中使用了读心术。

孙雨辰心领神会。他和女儿开始用思维进行隐瞒的沟通：你听到什么了？

海琳：我听到一个人心里的声音，可以肯定，这个人就在附近……就是我们当中的一个。他心里说了一句话。

孙雨辰：什么话？

海琳咽了口唾沫，凝视着孙雨辰的眼睛：这句话是——"他们做梦都想不到，'旧神'就在他们当中"。

孙雨辰的眼睛倏然睁大，他竭力控制不让自己表现得过于惊讶，心中问道：你没听错吧？

海琳摇了摇头：我肯定没听错。

孙雨辰：那你知道是谁吗？

海琳：这个我没法肯定。心里的声音和说话的音色不完全一样。但是……我觉得是男人的声音。

孙雨辰：你确定吗？

海琳：大概吧……不能百分之百确定。

屋子里的人看到孙雨辰和海琳默默对视良久。杭一他们猜到了这对父女是在进行心灵沟通，其实陆晋鹏也猜到了，但他佯装不知，问道："你们在干吗，怎么不说话？"

孙雨辰冲海琳使了个眼色，海琳立刻明白父亲的意思了，她故作尴尬地笑了笑："没什么，女生的毛病……我去一下卫生间。"

辛娜、宋琪和舒菲几个女生马上就明白了，辛娜站起来问道："需要帮忙吗？"

"没事，我去去就来。"海琳朝卫生间走去。

几分钟后海琳回来时，已经恢复成了平常的脸色。多数人都没有在意，只有范宁和穆修杰默默对视了一眼。

二十三　分组行动

午餐结束后，新加入的同伴跟杭一等人一起来到五楼的大本营。他们聚在大厅内商量和制定战术，以防范"异世界"的下一拨袭击。但是商议之前，侯波提出了疑虑："我们都不知道下一轮敌人到底是什么怪物，怎么制定战术呢？"

洛奇说："据我所知，'创造之神'制造的怪物种类十分惊人。迅猛狼只是其中一种而已。还有很多你们想都想不到，更不可能知道'三巨头'下一轮会派出哪些怪物。"

侯波摊了下手："听到了吗？所以战术该怎么制定？"

杭一问洛奇和海琳："你们在那个世界的时候，见过哪些怪物？"

洛奇说："我只见过几种，但我知道远远不只这些。而且怪物军团是受到'三巨头'严格控制的，就连我们这些二代超能力者，未得到许可和批准，也不能进入怪物军团的管制区。"

海琳点头道："洛奇说得没错。我们对怪物军团的了解，其实并不比你们通过那段视频了解到的多。"

杭一至今都忘不了他们一群人被困在"异空间"内，遭到变异鼠群袭击的恐怖经历。别的怪物他不了解，但是这些疯狂、残暴而嗜血的变异老鼠一旦像洪水般涌入城市，毫无疑问比迅猛狼更难对付。更遑论将它们全都消灭殆尽。他最担心的就是遭到鼠群的攻击，问道："洛奇，变异老鼠在怪物军团中，属于什么等级？"

"D级，最低的级别，但是千万别小瞧它们。D级这个评价只是针对单只变异老鼠而言，如果它们成群结队，恐怕比S级怪物更可怕。"

杭一心中一沉："我知道。"

季凯瑞说："我们不用去猜下一拨怪物到底是什么，只需要制定出一套灵活有效、可攻可守的基本战略方法就行了，以不变应万变。"

范宁表示赞同："我也是这样想的。"

季凯瑞继续道："基本的思路就是——分组。把我们十几个人分为几个小组，既可以分散行动，也可以一齐出击。重点是每一个组都要做到攻守皆备。"

范宁再次附和："赞成，那么具体怎么分？"

季凯瑞说："我先把我的想法说出来，然后你们再提出意见。我们现在一共是15个超能力者，如果按照三人一组来分的话，刚好可以分为5组。"

"等一下，我呢？"辛娜问。

季凯瑞望着她说："你已经不适合再参战了。"

"为什么？"辛娜急了。

"因为之前的战术已经被敌人看穿了，而且找到了应对这个战术的方法，之前那上百只包围你们的迅猛狼就是证明。就算陆华的防御壁能守得滴水不漏，也经不起长时间的消耗战。关键是，你们三个人都不具备突围能力，一旦被围死，情况就会十分危急。这次如果没有侯波他们前来救援，你有想过后果吗？"

"但是……"辛娜还想说什么。杭一说道："辛娜，听季凯瑞的安排。这次的事件跟我们之前那些经历有本质的不同，这是真正的战斗。你确实不适合再上场了。"

辛娜不再坚持了，说道："好吧，我明白了。"

季凯瑞点了下头，望向众人，继续道："现在我来初步分一下组，你们再发表意见，可以吧？"

大家都没有意见。季凯瑞开始分组：

"第一组：杭一、宋琪、孙雨辰；

第二组：雷傲、舒菲、穆修杰；

第三组：陆晋鹏、海琳、侯波；

第四组：陆华、方丽芙、赵又玲；

第五组：范宁、洛奇、季凯瑞。"

方丽芙饶有兴趣地问道："我想知道这样分组的理由是什么。"

季凯瑞说："那我就解释一下。第一组，杭一和孙雨辰的等级较高，能力可攻可守；而宋琪的能力'速度'在任何情况下都能对杭一和孙雨辰的攻击起到辅助作用，而且能随时进行地点的转移，是机动性和攻击力最强的一组。

"第二组，雷傲的风刃跟舒菲的'追踪'配合，可以形成极具杀伤力的大范围跟踪攻击，而穆修杰的能力能起到保护作用，攻守皆备。

"第三组，陆晋鹏和海琳分别擅长近身攻击和远距离攻击，相得益彰。侯波的'时间'除了可以辅助他们，也可以在关键时刻施救——以侯波的体格，把身形都比较瘦小的陆晋鹏和海琳同时扛在肩上撤离，应该轻而易举吧。

"第四组，建议你们三个人都躲在陆华的防御壁里面，那是绝对安全的。方丽芙发射激光攻击，而你们三个人一旦被围攻，就正是赵又玲的'电'发挥威力的时候。

"第五组，范宁的'操控'不适合跟敌人正面交战，洛奇正好可以使用隐形或空间转移将她带到安全的地方，进行隐蔽攻击。我的'武器'远攻近守皆可，也可以保护你们。"

季凯瑞说完了，略微停顿一下，问道："这就是分组安排，你们有什么意见？"

"我要跟穆修杰一起。"范宁说。

"为什么？"季凯瑞问。

"习惯了。"范宁说。

"那你有没有想过一个问题,如果下一拨怪物是变异鼠群,你们俩在一起能发挥多大的作用?操纵其中一只老鼠作战?范宁,我必须提醒你,你的能力只适合控制大型怪兽,否则作用将大打折扣。"

范宁撇了下嘴,但她明白季凯瑞说得有道理,不再坚持了。

杭一提出一个问题:"我们这一组会不会太强了?我、宋琪和孙雨辰三个人的等级加起来超过10级了,为什么要把我们三个人放在一起呢?"

季凯瑞说:"假如每个组都实力平均的话,我不认为是件好事。这样一来,一旦遇到某种险情,我们就可能面临全军覆没的危险。而如果有一支实力非常强的'主力部队'的话,就能在关键时刻起到救援的作用。你们就是这支'主力部队'。"

杭一、宋琪和孙雨辰对视在一起。

雷傲说:"我赞成季凯瑞的说法。杭一老大,如果我们另外几组有搞不定的时候,就立刻向你们求援。"

其他同伴都没有异议了。季凯瑞说:"那么,分组就这样决定了。还有一点,我建议每个小组都选出一个'头儿',单独出击的时候,负责做出主要决策。每组的两位组员都要听从组长的安排,怎么样?"

众人表示同意。孙雨辰说:"我们这组的组长当然就是杭一了。"宋琪随之点头。

"第二组呢?"季凯瑞问雷傲他们。雷傲"嘿嘿"一笑,极富自知之明地说:"反正我是肯定不适合的。"

舒菲说:"那就穆修杰吧。"

商议之后,第三组的组长是陆晋鹏,第四组是陆华,第五组是季凯瑞。

一切决定妥当之后,大家一致认为,分组战略确实比之前一窝蜂出击要好得多。以小组为单位相互配合和辅助,能最大限度地发挥每个人的能力,趋利避害,也让这支反抗"异世界侵略者"的队伍更具组织性和灵活性。雷傲甚至摩拳擦掌,期待下一拨怪物来袭,好验证他们的战术是否奏效。

当然，侵袭未发生之前，保存体力是最重要的。五楼的大本营还有很多个房间，足够新加入的同伴们入住。大家进入各自房间，养精蓄锐。

海琳坐在自己的床上，听到旁边房间孙雨辰心里的声音：海琳，你过来一下。

海琳走进父亲的房间，孙雨辰按着她的肩膀，低声说道："这件事我们必须告诉杭一他们。"

"但问题是，告诉哪些人呢？"海琳说。

"同盟的老成员们，都应该知道这件事。"

海琳迟疑片刻，说道："'旧神'一定就是新成员中的一个吗？你有没有想过，如果他老谋深算，一开始就混进了你们的队伍，而你们浑然不知呢？"

孙雨辰的脸色变了："不可能吧，杭一、季凯瑞、陆华、雷傲……我们一起出生入死那么久，我根本不敢相信'旧神'会是他们当中的一个。"

"今天新加入的这些同伴，也会跟我们出生入死。"海琳提醒道，"'旧神'既然决定混在我们当中，又怎么会被我们轻易识破呢？也许他一直忌惮你的读心术，所以从未在你面前暴露过真正的思想。刚才之所以露出破绽，是因为忽略了我也有同样的能力。"

孙雨辰默默颔首，良久，说道："那这件事我就只告诉杭一一个人吧。他绝对不可能是'旧神'。"

海琳点头同意。

父女俩来到杭一的房间，把海琳用读心术探听到的事告诉杭一。杭一张口结舌，震惊得许久说不出话来。

"'旧神'为什么要混进我们当中，有什么目的？"他仿佛是在发问，却更像在问自己。

"也许是意识到了'三巨头'的威胁，暂时跟我们联手。这是往好的方向想。"孙雨辰蹙眉道，"如果他更居心叵测的话，说不定是在寻找一个合适的时机，把我们'一锅端'。"

杭一跟孙雨辰对视数秒，对他和海琳说道："'旧神'既然露出了这一次破绽，就可能再次露出破绽。我们一定要把他找出来！这件事只能拜托你们了。"

孙雨辰和海琳明白杭一的意思，一齐点头。

"在没有找出'旧神'之前，我们不要胡乱怀疑同盟里的任何一个人。如果同伴之间彼此失去信任，比外敌入侵更可怕。这件事我们三个人知道就行了。"杭一说。

"明白。"孙雨辰说，"我和海琳这段时间都会留意的。"

杭一点点头，送孙雨辰和海琳走出房间。然后打算躺在床上思考一些问题，突然，他发现床上多出来一张字条。

他愣住了。他可以百分之百地保证，在孙雨辰和海琳进来之前，他的床上没有这张字条。

杭一赶快拿起这张对折的字条，展开一看，上面写的一行字闯进他的眼帘，如同一辆高速行驶的卡车撞进了他的心脏。

字条上写的是：当心最不可能的人。

字条上的字显然是几分钟前才手写的，墨迹都尚未干透。字体工整，看不出来是谁的笔迹。

一股寒意从杭一的脚底冒了上来，他不自觉地打了个冷噤。

谁能在神不知鬼不觉的情况下放一张字条在他床上呢？如果有意提醒，为什么不直言相告，而要采取这种方式？

能让时间暂停的侯波？

还是会隐形的洛奇？

也可能是能操纵某人的范宁；

或者快到让人看不见身影的宋琪；

甚至是刚才趁他不注意，扔下字条的海琳或孙雨辰？

……

杭一的思绪越来越混乱，各种可能性交织盘旋在他的脑海中，令他心乱如麻。他不想怀疑任何人，却难以控制自己的思维，真是矛盾到了极点。

几分钟后，他的思维拐了个弯——这件事情，还有另一种可能性。

这也许是"旧神"的阴谋，有意要离间他们。

杭一告诉自己，必须保持冷静的判断和思考，只有这样，才能避免中计，同时抓住"旧神"的狐狸尾巴。

这一天后面的时间，没有再发生袭击。大家晚上睡得很好。

直到第二天早上9:00，辛娜推开杭一的房门，对他说道："杭一，我爸让我们立刻到地下三层集合！"

二十四　五行阵

国家安全局地下三层的大厅内，十几个超能力者和辛宵、纳兰智敏围坐在一张长桌旁，观看巨型电脑屏幕上显示的画面——这是国安局收集到的来自世界各国最新的视频资料。

第一段视频是美国的波士顿，港口出现了上百只水陆两栖怪兽，形状怪得难以形容，就像传说中的海怪。它们袭击船只和人类，破坏着港口上的一切事物。但美军很快就赶到了，地面的装甲车使用重机枪和榴弹炮攻击；空中的武装直升机发射威力强大的导弹——怪兽虽然凶悍，也敌不过火力强大的军队，最后被全部歼灭。美国大兵们举枪欢呼，庆祝胜利。

第二段视频是南非的约翰内斯堡，几百只变异猴子侵占了街道和城市。这些猴子就是之前U盘中亮过相的怪物。身上布满尖刺，头上长着尖角，就像地狱来的恶魔。它们在城市中肆无忌惮地进行破坏，但结果却是一样，被全副武装的士兵们用威力强大的突击步枪和狙击步枪射杀了，并没猖狂多久。

第三段视频是德国的慕尼黑，天空中飞着密密麻麻的怪物，像翼龙和独角兽的结合体，它们俯冲下来袭击人类，但很快就遭到了致命打击。德国空军出动了16架战斗机，不消一刻就将这些怪物歼灭得干干净净。

剩下的几段视频，也是差不多的内容，发生在不同的国家和城市，共同点是，军队最终都以微小代价消灭了怪物军团。举国欢庆。

视频看完了，辛娜的父亲说："这些都是最近几个小时内发生的事情，你们怎么看？"

洛奇说："出现在这几个城市的怪兽，都是C级左右的怪兽，所以很容易就被军队消灭了。看来'三巨头'根本不是想要真正侵攻这些城市。"

"会不会是故意让这些国家轻敌，为真正的猛攻做铺垫？"辛娜猜测。

"如果是故意示弱，之前就不会派出A级怪物到雅加达和琼州市了。"杭一说。

"那他们到底什么目的？"辛娜想不通，"故意派怪物去各国送死？"

"我觉得'三巨头'就是要让所有人都摸不着头脑。看起来似乎毫无战术可言，实际上是最高明的战术。因为作为对手的我们，永远猜不透他们的想法，自然无法预测他们的下一步行动。"宋琪说。

陆华之前有过"异空间"的经历，对"三巨头"的行事风格有所了解，他缓缓摇头，说道："我觉得不是这样，可能根本没有我们想的那么复杂。他们只是单纯地……想看一场好戏罢了。"

"怎么说？"宋琪问。辛宵和纳兰智敏也注视着他。

陆华说："如果'三巨头'是为了毁灭世界或者杀死我们，根本用不着这么麻烦。所有怪物一起放到琼州市，让我们接连不断地战斗，就能把我们活活耗死。但他们偏偏不这样做，在我们跟迅猛狼军团大战之后，他们故意留时间给我们恢复体力，然后又不痛不痒地去袭击其他国家和城市。"

他指着电脑屏幕："刚才的这些画面，很像好莱坞科幻动作大片对吧？抛开道德观念来说，是不是任何人都会看得很爽？这不就是故意制造一出好戏吗？"

"他们侵略这个世界，就是为了看戏？简直荒谬！"范宁愤然道，"那我们算什么，特技演员吗？！"

陆华顿时有些难堪："我也只是猜测罢了……不过，我和杭一他们之前进入过一次'异空间'，当时我就产生过这样的感觉。'三巨头'如果想要杀死我们的话，可以说是轻而易举，根本用不着这么大费周章。"

杭一略略点头，承认陆华说得没错。

季凯瑞说："'三巨头'也许是心理战的高手，也许只是一群单纯的疯子。但不管怎样，我们都处于被动。只有一个办法，能让我们变为主动。"

说完，他望向了洛奇。

洛奇立刻明白了他的意思，难堪地说道："我们讲好了的。你们不能逼我做不愿做的事。"

"我想提醒你一件事，广场上的战斗，在你没有现身之前，迅猛狼都只是普通状态。你出现之后，他们立刻狂暴化了，恨不得将你——当然还有我们——撕成碎片。你觉得这意味着什么？"

"别说了。"洛奇倏然站起来，"反正我是不会把你们带到'异空间'的！"

"洛奇……"海琳难过地拉着洛奇的手。

辛宵清了下嗓子："诸位听我说一下好吗？其实，我刚才问你们对此事有何看法，只是想验证一下我和纳兰局长的猜测而已。你们说得都有道理，不过，我们可能更偏向于陆华的分析。"

大家都望向了辛娜的父亲。他继续说道："你们昨天跟上万只迅猛狼大战，包括之前雅加达郊区的战斗——世界各国都知道并做好了最充分的军事准备，特别是大城市。这次的C级怪物本身就不强，还偏偏出现在波士顿、慕尼黑这些地方，当然讨不了便宜。

"所以我们认为——起码就这一次的袭击来看——'三巨头'并非想要真正侵攻这些城市。反而像一场游戏，或者就像陆华说的，只是为了看一出好戏。当然，这只是根据目前状况做出的判断，并非最终结论。"

众人沉默了一刻，杭一问道："那我们现在该做什么？"

辛宵说："只能等待'三巨头'的下一步动作了……"

话音未落，-3层的电梯门打开了，柯永亮和梅荸两位探员急匆匆地走进大厅，对辛宵和纳兰智敏说道："部长、局长，发生新情况了，就在琼州市。是军方提供的最新信息，事态紧急。"

"什么情况，快说。"纳兰智敏催促道。

柯永亮把一张琼州市的地图平铺在桌子上，大家都围了过来。柯永亮指着地图上标记了红色圆圈的五个地方说道："据军方的人说，这五个地方都出现了大量不明生物，具体情况尚不明确，需要进入其中才能查明。军方征询我们的意见，是否需要军队立刻派兵前往这五个地点。"

"有图片或视频资料吗？"纳兰智敏问。

"只有照片。"梅葶将手中的十多张照片铺开展示在桌子上，"这是军方的直升机从高空拍到的，由于情况诡异，且不知未知生物的攻击属性，直升机不敢过于下降靠近这些地方，所以拍出来的照片只能让我们大致了解情况。"

众人望向这些照片，梅葶按顺序进行说明："这几张拍的是市区北部的一座休眠火山，山上发现火情，且集中在山腰以上。从照片上看，火势目前没有蔓延的迹象，但情况不容乐观。

"这两张拍的是西南方向的厂房区。附近的荒地已成为一片金属垃圾场，一夜之间，各种废弃金属堆积如山。周围有人目睹某种大型生物。现在厂区人员已全部撤离。

"这是南边的鹿山森林公园，从照片上看，似乎并无异常，但里面已经侵入大量未知生物，且引发了人员伤亡。

"这几张照的是东湖——琼州市最大的构造湖。湖中同样出现了未知生物，只是照片未能拍到。但已经有渔民遭到了袭击。

"最后这几张是西部郊区的农田。农田内发生了多起农民失踪事件，原因暂不清楚——以上就是出事的五个地点的大致情况。"

梅葶介绍完毕，纳兰智敏问："这五个地点出现的怪物都没有扩散，一直待在这五个区域？"

梅葶说："目前看来是这样。"

柯永亮问："军方等我们回复，是否派军队前往这些地点？"

纳兰智敏望向部长。辛宵正要开口,海琳神情惶恐地说道:"不,不要让军队去!普通人应付不了的!"

大家诧异地望着海琳,洛奇问道:"海琳,你知道这是怎么回事?"

海琳眉头紧蹙,点了下头,对众人说道:"这是我母亲,也就是伊芳布下的'五行阵'。"

"五行阵?"洛奇都是第一次听到这个词。

"没错,"海琳指着照片说,"你们看,这五个地方——金属、森林、湖泊、火山和土地——是不是刚好对应的是'金木水火土'五行?"

"原来如此,"杭一明白了,"伊芳的能力是'元素',这是她搞的鬼。"

海琳显得既矛盾又难过:"不只是我母亲,我的好些兄弟姐妹——包括我——都继承了'元素'这个能力。我猜这是他们一起布下的阵,就是考验你们这些超能力者的。"

"好吧,既然他们想玩,我们就陪他们玩个够!"范宁把手指关节按得噼啪作响。

"没错,我们只能接招。否则的话,这些怪物会危害更多的普通人。"杭一说,"我们之前分成了五个组,正好每个组前往一个阵。"

"可问题是,哪一组前往哪个阵呢?"陆华犯难地说,"我们对这些阵和其中的怪物毫不了解,怎么知道如何应对是最恰当的?"

"只能根据现有信息来进行判断了。"季凯瑞说,"金属垃圾场不是出现了大型生物吗?显然是范宁的能力派上用场的时候。我和范宁、洛奇去'金阵'。"

"'木阵'里的怪物肯定是利用树木做掩护,也许我的'追踪'能派上用场。"舒菲说。

"好,那我和雷傲、舒菲去'木阵'。"穆修杰说。

杭一思考了一刻,说:"'火阵'应该是最危险的,我和宋琪、孙雨辰去吧。就算我们被大火包围,宋琪也应该能立刻带我们脱险。"

"'水阵'里的怪物如果是隐藏在湖底的话,赵又玲的'电'可就大派用场了，怎么样，我们去挑战一下？"方丽芙挑起一边眉毛问赵又玲。

赵又玲其实不愿身陷险境，但眼下形势容不得她拒绝，只能点头答应。陆华自然也没有异议。

"我们没有选择的余地了，'土阵'就交给我们来解决吧。"陆晋鹏说。

"拜托各位了，请务必小心。"辛宵说，"我会联系军方，让他们派直升机送你们前往不同的地点。如果你们应付不下来，不要勉强，迅速撤离！"

辛娜对伙伴们说："一定要安全回来！"她的目光和杭一碰撞在一起，杭一用力地点头。

二十五　木阵之困

3月25日，上午10:05。

由于有洛奇，季凯瑞组是最先到达目标地点的。跟之前照片上看到的一样，琼州市西南方向的厂房区现在已是一片金属垃圾场。一排排整齐的厂房中间填满了各种废弃钢筋、铁架和金属零部件，就像之前天空中下了一场金属垃圾雨，淹没了整个厂房区，看起来触目惊心。

季凯瑞、范宁和洛奇背靠着背，分别面对三个方向，小心翼翼地勘察四周。他们暂时没有看到任何怪物，但这片钢筋丛林显然是为某种适合此种环境的怪物所准备的，它们也许就隐蔽在其中，随时准备展开伏击。但之前情报中提到，这一带出现的是某种"大型"生物。只是没有说明具体大型到何种程度。未知因素太多，需要格外谨慎。

季凯瑞注意到他所面对的方向有一座金属垃圾山。和四周相比，这座小山显得尤为突出。厂房周围的金属垃圾基本是平铺的，只有这座小山堆积到了四五层楼的高度。季凯瑞目不转睛地盯着这座金属山，倏然发现一些小型铁块在向下滑落，他大喊一声："这里面藏着东西！"

范宁和洛奇一起望过来，还没等做出反应，只听一声惊天动地的巨吼，金属小山内部仿佛发生了某种爆裂，钢筋铁块如炮弹般朝四面八方飞射，被任何一块击中,都会当即毙命。

季凯瑞早有准备。以往遇到这种情况,都是陆华迅速使出防御壁,将飞射物尽数抵挡。这次陆华没在身边,季凯瑞却能效仿陆华。他左手往前一伸,喝道:"盾!"面前的金属垃圾迅速汇聚生成一面硕大的钢铁盾牌,将飞射而来的钢筋铁块全部抵御,守得密不透风。

范宁佩服地说道:"季凯瑞,有你的!"

季凯瑞望着前方:"注意,怪物现身了。"

只见金属小山内部跃出一只体形庞大的巨猿,宛如孙悟空出世。这怪物猿猴壮硕无比,身高超过三米,面目狰狞,力大无穷。它身上的毛发是深灰色的,跟周围金属垃圾的颜色接近,便于隐匿和躲藏——但看样子它根本用不着躲藏,面前的三个人类在它面前是如此渺小,仿佛一只手就能将他们捏碎。

巨猿再次发出具有威慑力的咆哮,然后抓起一块钢筋,一跃跳到季凯瑞生成的盾牌旁边,挥舞钢筋砸向三人。仅凭这一个举动,就能判断它的智力水平不低,懂得绕过盾牌攻击。但季凯瑞迅速操纵盾牌转身,钢筋再次击打在盾牌上,发出震耳欲聋的金属撞击声,足见巨猿力道之大。

季凯瑞当然不可能只守不攻,他左手操纵盾牌抵挡攻击,右手指向周围的无数金属废弃物,喝道:"箭矢!"数十根钢筋像弓箭般齐射向巨猿。但巨猿皮糙肉厚,且动作灵活,强壮的双臂左右挥挡,将这些钢筋弓箭全部挡开。季凯瑞的攻击对它而言居然只痛不伤,反倒令它狂怒不已,暴喝着扑向三人。

季凯瑞见箭矢攻击无效,迅速调整战术。这些钢筋铁块对巨猿来说,可能具有隐蔽和辅助攻击的作用,但对手大概不会想到,这片金属垃圾场对季凯瑞来说,是迄今为止最佳的战斗环境,让季凯瑞的能力发挥到了最强程度。他使出了之前不可能使出的招数,大喝一声:"生成——巨剑!"

无数金属物凝聚组合成一把宽半米,长三米的巨剑。这巨型武器根本不可能被一般人挥动,但季凯瑞的能力"武器"能隔空驾驭这把巨剑,他左手操控大盾,右手操纵巨剑。巨猿猛地跃起,从空中扑杀下来,季凯瑞立刻操控巨剑迎击。巨猿心知不妙——任凭它多么皮坚肉厚,被这把巨剑砍中,也绝无生路。可惜意识到这一点已经迟了,巨猿无法控制处于空中的身体,被巨剑拦腰斩中,惨叫一声,坠落地上,死去了。

这一幕让洛奇看傻了,范宁更是看得热血沸腾。她本身就有些男孩子气,此刻对季凯瑞的威武帅气更是佩服得五体投地,重重地拍着季凯瑞的肩膀,说道:"太酷了,季凯瑞!"

季凯瑞虽然斩杀了巨猿,但他心知这招太过消耗体能,几乎耗力过半。如果巨猿不止这一只,情况就不容乐观。果不其然,洛奇指着另外两个方向喊道:"巨猿又出现了,还有一、二……三只!"

3月25日,上午10:35。

雷傲虽然会飞,但为了保存体力,他和本组的另外两个成员舒菲和穆修杰,是乘坐军方的直升机来到南边鹿山森林公园的。

直升机降落在森林公园附近后,穆修杰示意飞行员在外围等候,他们三个人从公园西门进入森林。

鹿山森林公园一片静谧,看起来似乎和平常没有两样。但雷傲他们知道,这里之前发生过人员伤亡事件,并"出现大量未知生物"。怪物们显然利用森林作掩护,隐藏其中,等待他们入阵。

此刻,他们三个人还没有完全进入森林之中。面对前方茂密的阔叶林,舒菲突然产生了未知的恐惧感,她隐约感觉到这片森林里隐藏着非常恐怖的生物,有些胆怯了。

"我们……非进去不可吗?"舒菲迟疑着,"我是说,我们明知道里面有怪物。"

雷傲说:"你以为我们是来干什么的?"

"我知道,但是……不知道为什么,我看到这片森林,突然觉得非常可怕。里面的怪物,我们未必能应付。"

穆修杰对舒菲说:"正因为如此,我们才必须进入这个'木阵'。'三巨头'

设阵的目的,就是要让我们来闯阵。如果我们不接招的话,这里面的怪物恐怕不会乖乖待在这些区域了。如果它们进入市区,后果会更加严重。"

舒菲明白这个道理,但她就是有一种难以言喻的恐惧感。

穆修杰温柔地对她说:"别怕,我会保护你的。"

舒菲心中一热,骤然觉得没那么怕了,她点了点头。

三人沿着石板路朝树林中走去。

走入一大片参天大树之中,雷傲意识到一个问题,他停下脚步说道:"也许我不该来这个'木阵'。这里的地形对我的能力不利。"他指着上方遮天蔽日的树枝和树叶说道,"这些树木阻挡了我升空,就算我飞到空中,视线也会被阻挡。"

舒菲从裤包里摸出一把带刀鞘的水果刀,拔掉刀鞘,紧紧握住刀柄,注视着四周,说道:"现在说这些已经迟了,我感觉怪物就在周围,做好战斗准备吧。"

雷傲问:"你之前不是都用手枪吗?怎么改成短刀了?"

舒菲说:"我不希望军方的人知道我们有枪械。"

穆修杰警觉地左右四顾:"你说怪物就在周围?我怎么没看到?"

舒菲说:"我走进这片树林后,就一直觉得后背发冷,像被很多只眼睛盯着似的。我猜这森林里的生物体形不大,但是数量众多,不可小觑,我们要格外小心。"

雷傲说:"它们不就是利用这些树枝树叶做遮挡吗,干脆我用风刃把这周围的树木全都伐倒,它们自然就无所遁形了!"

"这些树都是国家2级以上的保护树木……"

"现在哪还顾得上这些!"

舒菲望向穆修杰,征求他的意见。穆修杰一时也拿不定主意,就在这时,他眼前掠过一个飞快的影子,几只生物从树林上方闪现出来,穆修杰叫道:"怪物出现了!"

三个人迅速抬头观望,雷傲眼睛最尖,看到了其中一只蹲在树枝上的怪物,看起来像一只狐猴,但面目比狐猴可憎得多,龇着嘴,露出尖锐的牙齿。雷傲看到了它，它也看到了雷傲，发出"吱吱"的叫声，以惊人的速度在几棵树的树枝上跳跃着，并不急于进攻。雷傲看得眼花缭乱，根本无法辨别它的方位，自然无从发动攻击，他喊道："注意，怪物是变异狐猴！"

话音刚落，舒菲已经启动了超能力："目标锁定——变异狐猴！"手中的短刀"嗖"地飞了出去，在树木中穿梭游走。

变异狐猴纵然灵活，但一旦被舒菲的"追踪"锁定，便是插翅难逃。第一只狐猴被短刀准确地刺中了，发出一声凄厉的尖叫，从树枝上掉落下来。然而追踪攻击并未停止，直指另外几只变异狐猴。短刀以肉眼难辨的速度连续刺中目标，变异狐猴们在惨叫声中接二连三地坠落下来。几乎还没来得及发起攻击，就被舒菲秒杀了。

但是，"跟踪匕首"毕竟无法同时解决所有狐猴。其中一只瞅准时机，从最近的一棵树上跃下来，不偏不倚地跳到穆修杰肩膀上，张开嘴对准穆修杰的脖子咬去。

穆修杰早就暗中启动了超能力"金属"。那狐猴如同咬到钢铁，痛得惨叫连连。穆修杰左手伸到颈后一把抓住它，然后把狐猴的脑袋用力往自己脑门上一撞——他全身都已金属化。狐猴的脑袋重重地撞在"铁头"上，立时昏死过去。

七八只狐猴从出现到被解决，大概不到半分钟时间。

雷傲哈哈大笑："刚才我们还如临大敌，结果这些家伙如此不济。轮不到我出手，你们一两招就把它们解决了！"

舒菲却不敢大意。短刀飞回到她手中，她握着刀柄说："别轻敌，你知道我的能力不是万能的。也就解决这些体形偏小的怪物还行，如果遇到皮坚肉厚的，就没辙了。"

雷傲不以为然地说："我就不相信这森林里还能跑出一只恐龙来。再说了，关键时刻你的'追踪'可以跟我的风刃配合呀。"

说话的时候，什么东西轻飘飘地落在了雷傲肩头。他下意识地扭头一看，吓得整个人都跳了起来，原来是一只巴掌大的、色彩斑斓的毒蜘蛛。雷傲哇哇大叫，飞快地把这只蜘蛛从肩膀上拍下去。舒菲暗叫不妙，和穆修杰一起抬头，看到了骇人的一幕。

头顶上，数万只大大小小的毒蜘蛛像飞絮一般飘落下来，空中仿佛罩下一张由毒蜘蛛构成的巨大的网。更奇异的是，它们竟然不是垂直降落下来的，而是"飞"下来的。更准确地说，是滑行下来。它们用自己延长的腿部引导滑行，甚至能在空中改变飞行方向。最终的目的，就是要把雷傲他们三个人都笼罩其中。

如此数量众多的毒蜘蛛，任何人都会感到心胆俱裂。如果遭遇此情此景的是陆华，恐怕已经吓得几近昏厥了。舒菲也很怕蜘蛛，眼看成千上万只蜘蛛将要落到她身上，除了尖叫，她一时竟想不出应对之策。她的能力此时几乎毫无用场，无论展开何种追踪攻击，也不可能同时消灭掉如此众多的毒蜘蛛。

不仅是舒菲，连雷傲都慌了。眼下正是他之前预想到的不利状况。铺天盖地的蜘蛛和树木的遮挡，令他无法逃到空中。他现在能想到的，只有发动"气流"，用狂风吹走这些蜘蛛。

雷傲大喝一声，双手猛地一抬，一股向上的喷射风将即将落到他们身上的蜘蛛吹飞到高空，但这招只能起到拖延时间的作用，并不能将毒蜘蛛们击杀。雷傲急得乱了方寸，开始朝空中发出数道风刃，但收效甚微，蜘蛛们改变着飞行方向躲避风刃，被风刃斩中的只有寥寥数只。

就在他们三人的注意力都集中在上方的时候，地面上又发生了令人惊悚的事情。数万只毒蜈蚣从地上的树叶和草丛中钻了出来。舒菲和穆修杰发现的时候，已经有数不清的毒蜈蚣钻进他们的裤脚，爬到他们腿上了。穆修杰赶紧启动双倍的超能力，把舒菲的身体也金属化。但他目前的能力等级，最多只能做到将两个人金属化，无法照顾到雷傲。穆修杰大喊道："雷傲，快飞起来！地上有蜈蚣！"

其实不用他提醒，雷傲已经感觉到腿上的异样了。他飞到半米高的空中，然后急中生智，运用超能力在身体周围产生了小范围的乱流。空中降下的毒蜘蛛和地上的毒蜈蚣被乱流吹得近不了他的身，暂时处于安全状态。

毒物们无法靠近雷傲，便全部集中到穆修杰和舒菲身上。这一幕真是恐怖到了极点。短短数秒之内,舒菲和穆修杰的头顶、肩膀和身上就密密麻麻地布满了一层又一层的毒蜘蛛;他们的腰部以下的部分,则爬满了无数毒蜈蚣。而毒物们还在不断从上下两个方向拥向他们。舒菲和穆修杰紧闭双眼,捂着耳朵和口鼻,不然毒物们就要从七窍钻进他们的身体内部。

此刻舒菲和穆修杰内心的恐惧,雷傲是无法揣度的。但一向大大咧咧的他,此刻也不禁全身颤抖,因为他已经看不到他们两个人了。密密麻麻的毒物将他们彻底覆盖。所幸在穆修杰能力的保护下,他们俩都已经金属化了,毒物暂时是无法伤到他们的。但此种状况不可持久,他们的体能总有耗尽的一刻。只要一解除超能力状态,他们三个人就会同时被上千只毒物咬噬,中毒身亡。

二十六　各自为战

3月25日，上午10:50。东湖。

作为琼州市最大的构造湖，东湖宽广得让人有种一眼望不到边的错觉。陆华、方丽芙和赵又玲三个人此刻在武装直升机上，还未选定合适的降落地点。直升机驾驶员建议道："湖区的总面积有上千平方千米，与其降落在湖边某处，不如先在空中俯瞰整个湖的动静，你们觉得呢？"

陆华表示赞同，另外两人亦无异议。

然而，直升机围绕东湖飞了几个来回，湖面除了被直升机吹起的层层涟漪，平静如镜，根本看不出任何异常。方丽芙说："看样子我们想在空中捡便宜行不通呀，不降落在湖边的话，怪物是不会现身的。"

赵又玲蹙了下眉，说道："可我们一旦降落，就被动了。天知道水里或岸边的芦苇丛中有什么怪物，要是水怪把我们拖入水中，我是不敢贸然使用'电'的。说不定我自己都会被电死。"

方丽芙说："你的能力就是控制电，你自己还怕被电死？"

赵又玲本来就不大情愿参加这次行动，冷言道："那你朝自己发射一道激光试试，看看结果怎么样。"

方丽芙被她刻薄的话怼得一时说不出话来，她闷哼一声，觉得这个女人真是讨厌到极点。她后悔怎么会同意跟陆华和赵又玲分到一组。一个书呆子，一个刻薄女人。其实同盟中的季凯瑞和杭一都是帅哥，穆修杰和雷傲也不赖，早知道应该跟他们在一起才是。

就在方丽芙胡思乱想的时候，陆华说："你们不用担心，我的能力可以保护你们。"

赵又玲说："这我倒是不怀疑，但是你的能力总有耗尽的时候，上次还是我救的你，记得吗？"

陆华有些尴尬，缄口不语了。

方丽芙实在是厌恶赵又玲这副腔调和嘴脸，只想快点完成任务回到大本营。她坐在直升机右侧，将身体稍微从机舱里探出去一些，戴着戒指的那只手伸向湖面，说道："与其在这里婆婆妈妈地商量，不如让我直接试探一下这湖里到底有什么吧！"

说完，她右手示指上的钻石戒指发出一道激光，射向湖面。但是，并没有激起什么反应。

方丽芙又分别朝不同方向发射了数道激光，都毫无反应。赵又玲嘲讽道："这么大一个湖，你这样瞎射，完全是在浪费体力。"

方丽芙反唇相讥："那你试试呀！"

陆华虽是队长，但他向来不擅长应付女生，更没跟两个针锋相对的女生相处过，一时感到束手无策，只能劝道："你们俩别吵，我们是一个团队，要团结才行。"

赵又玲和方丽芙各自望向一方，互不理睬。陆华无奈地叹了口气。方丽芙心中不爽，又任性地朝湖中发射了数道激光，突然，她眼睛倏然睁大，身体像触电般地痉挛了一下，不自觉地叫了一声："啊！"

陆华问道："怎么了？"

方丽芙骇然道："我刚才……好像看到了什么，水里，有一个白色的东西，体形很大，也很长，肯定是水怪！"

陆华的神经绷紧了："你胡乱发射的激光击中它了？"

方丽芙说："应该没有，否则水面上应该浮现血水才对。它可能只是被激光惊扰到了。"

飞行员问："需不需要我把飞机降低一些，离水面更近一些？"

方丽芙点头道："好！如果我们在空中能看清它在水下活动的情形，就能不冒任何风险地将它射杀！"

这句话倒是说到赵又玲心里了。她想的也是如何毫不犯险完成任务。如果方丽芙能做到这一点，那是再好不过。她立马换了一种语气，提醒道："注意光的折射。"

方丽芙不知道是没听到还是故意没理她，专心盯着湖面。飞行员降低了飞行高度，直升机距离湖面只有二十多米。

方丽芙朝刚才看到水怪的位置连续发射激光。突然，她大呼一声："又出现了！"

这次，陆华和赵又玲也看到了。湖面上果然出现一种生物的脊背，灰白色，像某种超大型的鳗鱼或水蛇，它翻腾了几下，甚至从水面上露出脑袋，注视着正上方的直升机。然后，这怪物迅速钻到水下去了，不见踪影。

"它想躲到水底去！"赵又玲对方丽芙说，"快射它，别让它跑了！"

方丽芙本来是想继续发射激光的，但赵又玲这么一喊，反倒触发了她的逆反心理。她慢悠悠地说："急什么，它逃不掉的，躲到水底就有用吗？我发射的激光射程是无限的，又不是竹竿！"

陆华没管她们在说什么。他被刚才水中的怪物震撼到了，并且注意到一个令人不安的细节。这只水怪从湖里探出头来望了他们一眼，然后径直钻到了水下，动作迅猛。如果它要逃走的话，应该朝周围逃才对，怎么会垂直钻下去呢……

突然，陆华猛地意识到了什么，大喊一声："快！升上去！"

飞行员心中一惊，来不及拉起操纵杆，令人惊恐的一幕就发生了。

这只像巨龙般庞大的水怪，猛然从水中跃出，力道和速度惊人。它张开巨口,一口咬住了直升机的起落架,然后以所有人都反应不过来的速度,将整架直升机硬生生地拖进了水中!

3月25日,上午10:08。

孙雨辰、宋琪、杭一组,以仅次于季凯瑞组的速度到达目的地——琼州市北部的休眠火山。

此刻他们站在山腰,面对的是一座真正的"火山"。从山腰到山顶的部分,都被大火吞噬了。这番景致令人疑惑——一片火海之中,怎么可能有伏击的怪物?难道有什么生物能在烈火中生存吗?

杭一三人迟疑之际,"火山"仿佛感知到了超能力者的到来,"火阵"随之启动,整座火山颤动起来。

杭一、孙雨辰和宋琪大吃一惊,他们实实在在地看到,这座庞大的火山真的在颤抖和涌动。他们以为这座休眠火山快要爆发了。如果是这样,他们三人想要逃走倒是不难,但整个琼州市都将面临灭顶之灾!

杭一三人所站的地方,距离熊熊大火有一百多米的距离。烈焰炙烤着他们的身体和脸庞,令他们感受到火的巨大能量和威胁。意识到火山有可能爆发,他们的内心也像着了火似的心急如焚,反而没有看清大火中的事物。直到无数"火球"从山顶倾泻而下,他们才看清"袭击者"的真实面目。

这些"火球",竟然是成千上万只浑身燃着烈火的老鼠!不过,说是老鼠似乎有些不恰当。首先这些生物比一般的老鼠体形更大,接近成年的兔子;其次,它们并不是着火后向山下俯冲逃命,而是具有抗火的本能。之前火山的躁动,就是埋伏在此的它们纷纷起身活动形成的错觉,仿佛整座火山在颤抖一般。

可是,一般的生物在这种烈焰中,恐怕几秒钟就会被烧死,怎么可能埋伏在火中?唯一的解释只能是,这是一群有着特异体质的、不怕火的鼠怪。

"火……火鼠?"孙雨辰惊恐地倒退着,"我在书上看过,这是传说中的生物,皮毛具有抗火性,能在火中生存……世界上真有这种怪物?"

没等杭一和宋琪说话，孙雨辰紧抓住他们的手，急促地说道："宋琪，快带我们离开这里！我们应付不了！只要被它们包围，我们就是死路一条！"

宋琪显然也意识到了这一点，她对杭一说："孙雨辰说得对，趁我们现在还有退路……"

杭一摇了摇头，从挎包里拿出套上了防水壳的PSV游戏机，说道："你们听我说，捏住鼻子，暂时闭气，不要呼吸。"

"什么？"孙雨辰不明白杭一想要做什么。数千只跑在最前面的火鼠，离他们只有不到三十米的距离了。

杭一没空解释，大吼一声："照我说的做，屏住呼吸！"

孙雨辰和宋琪没有选择，只有捏住鼻子。杭一深吸一口气，启动超能力。

瞬间，他们置身于一片汪洋之中。准确地说，是海底。周围游弋着各种深海鱼类，甚至还有珊瑚群和海底礁石。孙雨辰和宋琪只是捏住了鼻子，并没有闭上眼睛，他们的惊异程度可想而知。特别是，他们看到了之前的那些火鼠。这些家伙现在同样置身水中，身上的火焰自然已经熄灭了。它们在没有任何准备的情况下置身海底，海水迅速从口鼻灌进它们的肺部。火鼠到了水中就一无是处，大多数可能还没反应过来，就已经溺毙了。

杭一不知道宋琪和孙雨辰能憋气多久，不敢冒险。半分钟后，他解除了超能力，海底世界消失了，他们回到了之前的场景。但不同的是，整座山的火都熄灭了，火鼠们淹死了一大半，还剩下一些，已经不足为惧，因为它们失去了烈火的气焰，与普通生物无异了。

宋琪对杭一的能力见识得不多，但她也能猜到，刚才杭一将他们连同这一整片区域带入了游戏的世界。她问道："杭一，你早有准备吗？"

杭一点头道："我知道我们面对的是'火阵'，就准备好了这款深海潜水类的游戏。只要进入游戏中的场景，就能解除危机了。"

宋琪摇着头笑道："你的能力真厉害。"但有一点她不明白，"为什么我们的头发和衣服都是干的呢？我们刚才不是置身海底吗？"

杭一说:"你对我的能力还缺乏了解。按陆华的解释,我并不是把你们带到了真正的海底,而是制造出了一个跟游戏场景一样的幻境。当我解除超能力后,周围的一切就会恢复原状,但'游戏结果'却会保留下来。所以,火鼠们被淹死了,山火也熄灭了,但是整座山包括置身其中的我们,却不会是湿漉漉的。"

宋琪开怀大笑起来:"原来如此。看来这个气势汹汹的'火阵',在你面前只不过是纸老虎罢了!"

孙雨辰却皱起眉毛,摇头道:"是吗?我看只是运气好,恰好是我们这组来到此处罢了。你想过没有,如果是其他几组的人面对这个火阵,该如何应对?季凯瑞组还可以利用洛奇的能力逃走,但是海琳他们呢?假如当初是他们选择的火阵,恐怕是在劫难逃了!"

宋琪说:"海琳跟侯波在一起,侯波的超能力能让时间暂停,应该也能应付吧?"

孙雨辰说:"侯波最多只能让时间暂停 1 分钟。而且这个能力十分耗费体力,只能使用一次。1 分钟的时间,他们逃得掉吗?"

"行了,别做这种假设了。"杭一对孙雨辰说,"我知道你担心海琳的安危。我们收拾完这里的残局,就赶过去帮他们吧。"

孙雨辰和宋琪一齐点头。他们知道杭一说的"残局"是什么意思。火鼠们还没有被消灭殆尽。虽然它们现在是无法作乱了,但如果被再次点燃,仍有祸患之虞。

三个人分别启动超能力,准备将火鼠尽数铲除。

3 月 25 日,上午 11:23。

陆晋鹏组是五个小组中最后到达目的地的。西部郊区的农田附近,有不少的农家。此处之前只是发生了几起农民失踪事件,并未目击怪物出没。军方为了不引起恐慌和骚乱,没有派出直升机,陆晋鹏、侯波和海琳三人是乘坐汽车前往的。

眼前是大片的农田，表面上看不出任何异常，但可能是出于心理作用，总让人感觉暗藏杀机。陆晋鹏三人不敢轻举妄动，观察着四周的农田。陆晋鹏发现了一个可疑之处——多数的农田，都种植着当季的一些蔬菜瓜果，但是有几亩地却闲置着，并未栽种任何农作物。这一点引起了他的注意。

陆晋鹏对两位同伴提出疑问："这几亩地为什么什么都没种？"

侯波说："也许本来就是闲置的荒地？"

陆晋鹏摇头道："整片农田都种植了蔬果，唯独这一块是荒地，说不过去。"

海琳问："那你觉得是怎么回事？"

陆晋鹏思忖片刻，猜测道："会不会这几亩地本来也是种着东西的，只是经过异变，才是现在这样。"

"难道这块荒地，就是所谓的'土阵'？"侯波说。

陆晋鹏环顾四周，很想找些农户询问。但发生农民失踪事件后，军方估计已经通过政府要求这些农户暂时转移了。举目四望，竟然四处都是关门闭户，一个人影都见不到。

海琳说："要不我朝这块土地发射火球，试探一下，看土地里是否有古怪。"

侯波望向陆晋鹏，征询他的意思。陆晋鹏不置可否，大概觉得这个提议不算是个好主意。他环视周围，没看到人，却看到附近一户院子里有一头水牛。陆晋鹏朝这头牛走去，说了声："对不起了！"

只见他一只手扯住牛角，猛地发力，竟然将重达几百斤的水牛像扔个枕头似的轻松抛到空中，而落下的轨迹，正好就是那片荒地。

水牛落到土地上，骇异的事情发生了，它竟然像掉到流沙之中一样，迅速地陷落下去！短短两三秒钟，一头体形庞大的水牛就彻底陷没到土里。之后，一切复归于平静。如果不是亲眼所见，没有人会相信这块地刚刚吞下了一头水牛。

陆晋鹏、侯波和海琳大惊失色。他们知道之前的农民是怎么失踪的了。然而，面对这块噬人的土地，他们竟一筹莫展，想不出自己的超能力能发挥怎样的作用。没有明面上的敌人，只是一块诡异的土地，着实让人难办。

片刻之后，海琳悟到了什么："'元素'……对，一定是'元素'的超能力改变了土壤的结构和属性。"

侯波望着海琳说："你的能力之一不就是元素吗，你能不能把土壤结构改回来？"

"我没有试过……"

突然，海琳不安地左右四顾，神经倏然绷紧了："如果真是这样，那这附近一定埋伏着不止一个能操控'元素'的超能力者！"

话音未落，他们面前的土地突然开始塌陷。地面上的农作物全都陷入了土里，更可怕的是，四周的道路、房屋以及一切事物都在往下陷。仿佛他们脚踩的土地，顷刻之间就变成了致命的流沙。

"糟糕！我们已经中招了！"海琳惊呼起来，"快跑！"

陆晋鹏和侯波拔腿就逃。但眼前的景象真的令人惊恐和震撼到了极点，他们能够看出，有人在控制着土地塌陷的方位，目的是要将他们包围在中间。而最后的结果不言而喻——困在正中就是死路一条。

自从获得超能力，陆晋鹏头一次如此惊慌。他意识到自己犯下了致命的错误，不该来挑战这个"土阵"。他的"力量"再大，在这种情形下都只能是泥牛入海，发挥不了任何作用。他疯狂地奔跑着，却绝望地发现，周围土地塌陷的速度，远在他双腿奔跑的速度之上。如此看来，陷入土中被活埋，只是迟早的事。

这时，陆晋鹏听到身后传到海琳的惊叫声。他回头一看，发现跑得较慢的海琳，半截身体已经陷入了地下。他们惊惧的目光碰撞在一起，死神距离他们，只是五十步与一百步的关系。

千钧一发之际，侯波大喝一声："时间暂停！"

周围的一切仿佛定格的电影画面，土地凹陷停止了，陆晋鹏和海琳的动作也定住了。侯波不敢怠慢，迅速冲向距离他相对近一些的陆晋鹏，将他扛在肩上。他正要跑向海琳，却倏然止住了脚步。

他突然意识到，他可能救不了海琳了。

后面的土地都已经开始塌陷了，很快就会封锁他们唯一的退路。要想彻底逃出包围圈，起码需要半分钟以上的时间。但是他跑到海琳的位置，将她从土中拉出来……一方面会浪费起码十几秒的时间，更重要的是，过度消耗体力，会让时间暂停提早结束。到时候，他们三个人都是死路一条。

侯波望着海琳，惶恐地说道："对不起，对不起……"然后转过身，扛着陆晋鹏狂奔而去。

二十七　海琳的危机

　　三只体形庞大的巨猿朝季凯瑞、范宁和洛奇冲过来。季凯瑞之前对付一只巨猿，就已经耗力过半了，眼下还有三只，他实在是心有余而力不足。好在有范宁在，她张开双手，十个指头仿佛伸出了十根隐形的木偶线，操控了其中两只巨猿。这两只巨猿的动作骤然止住，另外一只，范宁却无暇顾及了。

　　这只巨猿大概是见识了季凯瑞的厉害，它凌空跃起，落点是洛奇所在的位置，打算柿子捡软的捏。季凯瑞本以为巨猿会攻向自己，不料目标竟是洛奇。他启动超能力准备阻击，却来不及了。巨猿庞大的身躯从空中朝洛奇重压下去。

　　洛奇不逃也不躲，他伸出手指，朝巨猿即将坠落的空中画了一个大圆圈。巨猿刚好落在了这个圆圈之中。惊奇的一幕发生了，巨猿仿佛坠入时空黑洞，消失了。

　　季凯瑞知道洛奇将巨猿转换到了另一个空间。他走到洛奇身旁，说道："你这招如此厉害，之前为什么都不出手？"

　　洛奇淡然道："我说过的，我保持中立态度，不会帮任何一方。但自身受到威胁，当然要自保。"

　　季凯瑞闷哼了一声，不再跟他理论。范宁那边，她操纵着两个"木偶"互殴，现在两只巨猿都已趴下。之后，没有再冒出什么怪物，看来"金阵"已经被破。

南部森林这边，形势危急而胶着。全身金属化的穆修杰和舒菲，虽然暂时没有被遍布全身的毒蜘蛛和毒蜈蚣伤害，却这种状况显然也无法持久。飞在低空中，制造小规模乱流得以自保的雷傲，同样如此。他们的体力都在不断下降，如此下去不是办法。雷傲考虑之后，决定孤注一掷。

他喊道："穆修杰、舒菲，你们抱住旁边那棵大树，我要放大招了！"

穆修杰似乎猜到了雷傲的想法，他示意舒菲照做。两人环抱身边的大树。被穆修杰接触的树干部分，同样金属化了。

雷傲这招之前也用过一次，他知道此招耗力巨大，发动之后，他短时间内没法再使用超能力了，可谓不成功便成仁。但眼下情况紧急，没有别的选择了。

雷傲双手向上一抬，大喝一声："龙卷风！"

森林之中瞬间卷起一股威力巨大的龙卷风。毒物们顷刻之间就被龙卷风的巨大吸力席卷到空中，数量之多，竟生成了一股黑色龙卷风！这些蜘蛛、蜈蚣都是小型昆虫，被不断向上盘旋的狂风撕扯、割裂，哪里还有活路，几乎全被撕成了碎片。

反观抱着大树的穆修杰和舒菲两人，由于全身金属化，互相紧扣的双手如同铁锁一般牢不可分。他们俩虽处于龙卷风的中心，却如预想般不为所动，未被卷入空中。身上的毒物，犹如接受了风的洗礼，全部清除干净了。

雷傲的能力毕竟只有2级，生成如此威力巨大的龙卷风，已经达到能力极限，无法坚持太久。十多秒后，龙卷风就停止了。

不过，已经够了。毒物们几乎全灭。他们三人默契地颔首，拖着疲惫的身躯撤离森林公园。

直升机居然会被湖底跃出的水怪拖入水中，这是陆华他们始料未及的。好在陆华也是身经百战了，不至于慌乱到手足无措的地步。直升机刚刚坠入湖中的一刹那，他就启动了圆形防御壁，将机内的四个人——他、方丽芙、赵又玲和飞行员全部保护在防御壁内。

陆华并不是第一次在水下生成防御壁。防御壁能隔绝水，形成一个小型的密闭空间，但有一点是要命的——密闭空间内的氧气十分有限。也就是说，如果他们不尽快游出水面，仍是死路一条。

而且这次的情形更糟，那就是直升机在不断坠入水底，机内的人也随着直升机不断下沉。陆华对另外几个人说："快！我们离开飞机，浮到外面去！"

方丽芙和赵又玲紧跟着陆华，三个人很快就从机舱右侧浮了出来。但坐在驾驶位的飞行员，却想要从左侧出来跟他们会合。陆华还没来得及阻止，他已经这样做了，结果是致命的。

飞行员刚刚脱离圆形防御壁的保护，水底的那只巨型水怪便像鬼魅般游来，张开巨口拦腰咬住飞行员的身体，将他拖入水底。殷红的鲜血染红了周围的湖水。陆华紧紧闭上眼睛，后悔自己没有早一步提醒这个飞行员。

刚才的水下袭击，方丽芙看清了水怪的真面目，这是一只巨型水蛇，身长至少五十米，躯干直径约莫一米，尖锐的牙齿和残忍的攻击手段令人遍体生寒。然而，在她观察巨型水蛇的时候，另一个威胁悄然而至。

一群数量惊人的食人鱼从四面八方游来，不消片刻就将陆华三人团团包围。

东湖是不可能出现食人鱼这种生物的，巨型水蛇更是无从说起。这些水下杀手显然就是为了招待他们而专门设置的。"水阵"的凶险，陆华终于领教了。

不过，眼下的险境对赵又玲来说，却是最有利的状况。简直像为她量身定做的战场。她冷笑一声，一只手伸到圆形防御壁之外，启动超能力"电"，释放出强劲的电流。水是导体，顷刻之间，湖水里的所有食人鱼——包括那只巨型水蛇，全都遭到致命的电击。

赵又玲心狠手辣，手段狠绝。水里的怪物其实已经被电死了，但她还在持续释放电流，就像要将它们烧成焦炭一般。别说是小型的食人鱼，就连那条巨型水蛇，也在连续抽搐之后，一动不动了。

方丽芙几乎闻到了烧焦的味道，再看到赵又玲脸上阴冷的神情，心里泛起一股凉意，说道："够了，你要把它烤熟吗？"

赵又玲像在发泄之前的不满情绪一般，或者是偏要跟方丽芙对着干，并未停手，说道："你能保证这条巨蛇真的死了，而不是被电晕了吗？"

方丽芙右手示指的钻戒射出一道激光，穿透了巨蛇的身体，她对赵又玲说："这下你放心了吧？"

赵又玲"哼"了一声："你还真会补刀呀。"

方丽芙懒得跟这个性格乖僻的女人多说。陆华提醒道："别浪费时间，防御壁里的氧气是有限的！"

对于这一点，赵又玲和方丽芙都不敢怠慢。三个人一起朝水面游去。

以杭一、孙雨辰和宋琪的能力，要除掉已经失去火焰威力的剩余的火鼠，着实有些杀鸡用牛刀的意思。不到十分钟时间，他们就剿灭了火鼠，彻底破了"火阵"。但是，孙雨辰一点休息的意思都没有，他对宋琪说："你能现在就带我们去西部郊区的农田吗？"

宋琪用眼神询问杭一，杭一知道孙雨辰挂念海琳，况且之前也是这样约定的，他们这组除了完成本身的任务，还要负责支援其他的组。陆华、季凯瑞和穆修杰三个组，都有一个防御型的角色，相对让人放心。所以海琳这组于情于理都是应该最先支援的。杭一点头道："行，我们现在就去跟海琳他们会合。"

宋琪的超能力几秒之内就将他们三个人从休眠火山转移到了另一个战场——西郊的农田。然而，他们刚刚抵达这里，就被眼前的景象惊呆了——这里就像发生了地陷一般，房屋、树木、道路都塌陷下去好几米。暂时没有看到海琳、侯波和陆晋鹏三个人。孙雨辰焦急地想要呼喊和寻找，杭一一把拖住他，说道："小心，他们这边的战斗未必结束了！"

孙雨辰焦虑地说："可是战斗也要见人吧，他们人呢？"

宋琪注意到一些电线杆和树木都陷入地下好几米深，更别说埋下几个人了。她产生一种不祥的预感，迟疑着说："他们……不会是被埋在里面了吧？"

孙雨辰大惊失色，想要立刻跳到这些塌陷的坑中寻找。杭一拉住他，再次警告:"别冲动,这些地可能还会往下陷!"

这时,宋琪突然看到了站在远处公路上一高一矮、一胖一瘦的两个身影,她激动地喊道:"好像是他们,陆晋鹏和侯波!"

杭一三人赶快跑过去,果然是他们俩,看起来灰头土脸、十分疲惫,像耗光了体力的样子,显然使用超能力达到了极限。侯波看到杭一三人,脸上掠过一丝不安的神色。

孙雨辰上前问道:"怎么只有你们两个人,海琳呢?"

陆晋鹏和侯波对视一眼,侯波愧疚地说道:"对不起,当时的情况……我们都自顾不暇了,没能救出海琳……"

孙雨辰急得都快掉下眼泪了:"什么意思?她……她怎么了?"

侯波不敢把他放弃救助海琳的实情告诉孙雨辰,换了种说辞:"这个土阵太厉害了。我们刚到这里不久,就发生了大面积的坍陷,像要把我们活埋一般。而且四周都在塌陷,防不胜防……我和陆晋鹏还没反应过来,海琳就陷进了土里。我暂停了时间,想要把她拉出来,但是,她陷得太深,已经来不及了……"

孙雨辰呆若木鸡,片刻后,泪水溢出眼眶,悔恨地说道:"都怪我,我应该让她待在我身边的,我不该离开她……"

杭一心里也十分难过,问道:"海琳陷进去的地方在哪儿?"

侯波低声道:"我记不起来了,当时的情况十分混乱,只知道她陷了下去,记不清具体位置。"

孙雨辰朝塌陷的地方走去,嗫嚅道:"我要把她挖出来……"

杭一和宋琪一起拦住他。杭一说:"别这样,这个土阵的危机或许现在还没解除呢!"

关于这一点,陆晋鹏分析道:"海琳陷进土里之后,塌陷就停止了。好像对方的目的就是她一样。"

侯波补充道:"能做到这一点的,只能是'三巨头'手下的二代超能力者。他们得逞之后就迅速撤离了。"

宋琪说："既然如此，那另外几处的战斗，应该也结束了。我们先跟同伴们会合吧。要找海琳，需要借助舒菲的能力。"

孙雨辰抑制住心中的悲痛，为了顾全大局，他只能暂时离开这个埋葬了海琳的悲伤之地。

二十八　告白

五个组的成员在宋琪和洛奇的帮助下,很快就回到国安局五楼的临时大本营。洛奇在转移完陆华组后,立刻注意到所有成员都在,唯独缺少了他最关心和爱护的人——海琳。他着急地问道:"海琳呢?"

孙雨辰悲伤不已,不想转述。陆晋鹏和侯波只得把当时的情形又讲述了一次。

洛奇听完后,受到的打击比孙雨辰更大,他失控地抓扯着自己的头发,痛哭流涕:"为什么?为什么偏偏是海琳!大家都平安无事地回来了,为什么她就被活埋在了那里?!"

辛娜擦着眼泪,走到洛奇身边,难过地说道:"人死不能复生,你要节哀……不管怎么样,我们先去把海琳的遗体挖出来吧。"

杭一问舒菲:"即便海琳已经……死了。你的'追踪'还是能找到她遗体,对吧?"

"嗯。"舒菲微微点头,"我这就搜索她遗体的具体位置。"说着启动超能力。

但是,一分钟后,舒菲蹙着眉头说:"怪了,我感应不到海琳的遗体在什么地方。"

孙雨辰立刻抬起头来:"什么?"

"这种情况以前也发生过,"舒菲说,"比如米小路的行踪,我直到现在都感应不到，说明他和海琳都不在这个世界，而可能在……"

"我们的世界里？"洛奇倏然反应过来，"这么说，海琳可能还没有死！"

孙雨辰激动地抓住洛奇的手，急促地问道："为什么？你怎么知道？"

洛奇望向陆晋鹏和侯波："根据你们所说，海琳当时以很快的速度陷入了土里。以我对'异世界'超能力者的了解，有两种情况，第一是她真的陷入了类似流沙的土地里，被活埋了；另一种可能性是，之前有跟我一样能力的二代超能力者，在土地中设置了这个世界跟'异空间'连接的'空间通道'，海琳只是坠入其中，被转移到了'异世界'而已，并没有死！"

大家面面相觑，孙雨辰担心这只是洛奇一厢情愿的乐观想法而已，追问道："真的有这种可能吗？这两种情况，哪种可能性更大一些？"

洛奇说："我也不敢妄断，不过要验证很简单，我回一次'异世界'就知道了。"

说着，他似乎就要迫不及待地使用空间转移回到自己的世界。季凯瑞大喝一声："你干什么？找死吗？"

洛奇被吼得全身一震，愣愣地望着季凯瑞。季凯瑞走到他面前，说道："你想过没有，如果海琳真的被抓回了'异世界'，现在必然已经被'三巨头'控制了。你就算回去，又怎么救得了她？你想凭一己之力跟'三巨头'对抗？"

洛奇一时说不出话来。陆华也走到他跟前说道："季凯瑞说得有道理。你和海琳已经公开背叛了'三巨头'，从之前的袭击来看，'三巨头'根本就没打算对你们手下留情。所以你贸然回去，一旦被他们抓住，恐怕就只有死路一条——到时候谁来救海琳？"

洛奇听出陆华的意思了："说到底，你就是想让我把你们一起带到'异世界'。"

季凯瑞说："你以为你还有别的选择吗？除非你只想回去赴死，而不是救出海琳。"

洛奇垂下头思考了许久，缓缓说道："好吧，我可以把你们带到'异世界'。

但是你们能答应我一个要求吗？"

不用他说，杭一也明白他的意思："我跟你保证，我们会尽可能跟你们的父母和谈。毕竟那是他们的地盘，发生冲突的话，我们也讨不了便宜，不是吗？"

洛奇颔首道："好吧，那我们什么时候去'异世界'？你知道，随时都可以。"

"但肯定不能是现在。"杭一说，"我们所有人都刚刚才大战了一场，体力消耗巨大。现在去'异空间'，无异于送死。"

洛奇说："但我们在这里耽搁太久，海琳怎么办？谁知道'三巨头'会把她怎么样？"

"只能为海琳祈福了。"陆华叹息道。

"我们先进餐，补充体力，然后休息两个小时，就前往'异世界'。大家有意见吗？"杭一询问众人。

洛奇虽然心急如焚，但他确实也没有更好的办法了，只能同意杭一的提议。

简单的午餐过后，"守护者同盟"的成员们分别回到自己的房间午休。但似乎没有几个人真正能睡着。不同的人出于不同的目的，找到了他们想要谈话的人。

赵又玲、方丽芙和侯波相约来到了陆晋鹏的房间。他们正要开口，陆晋鹏提醒道："我们在这里私谈，当心被孙雨辰听到我们内心的声音。"

方丽芙说："应该不会，孙雨辰沉浸在'丧女之痛'中，大概没心思使用读心术。"

"还是小心为妙。"陆晋鹏说。

几个人做好了心理戒备，赵又玲说："现在怎么办？我们不会真的要跟他们一起打到'异空间'去吧？我只是答应闻佩儿暂时支援杭一他们，可没想到要去另一个世界。"

陆晋鹏听出她一语双关的意思。他摸出手机，说道："我跟闻佩儿商量一下吧。"

陆晋鹏拨通闻佩儿的电话，然后走到房间角落，细语了一阵。随后，他长叹一口气，说道："闻佩儿让我们跟杭一他们一起前往'异空间'，最好是能协助杭一他们把'三巨头'的老巢一窝端。"

"她说得容易！"赵又玲尖锐地说，"凭什么？我们只是选择跟'旧神'合作而已，又不是任他差遣的狗！天知道'三巨头'那边还有多少怪物，我可不想去送死！"

陆晋鹏看上去也不甚情愿，但他脸色阴沉："你以为我们还有退路吗？"

"为什么没有？"赵又玲问。

"我们已经参与到了这件事情中，现在临阵脱逃，岂不等于公开背叛和违抗'旧神'？到时候，闻佩儿把我们的'卧底'身份告诉杭一他们，'旧神'这边再派人对付我们，腹背受敌，我们几个吃得消吗？"

赵又玲咬牙切齿地说："闻佩儿是这么威胁你的？"

陆晋鹏黯然道："她没有明说，但我猜得到她会这么做。"

四个人沉默了一阵。侯波说："也罢，反正待在现实的世界里，也安全不到哪儿去，跟杭一他们一起的话，好歹还能互相照应。"

方丽芙牵动嘴角笑道："其实我倒是蛮期待的。'异空间'，另一个世界，到底是什么样的呢？听他们说了这么久，我早就想去看看了。"

陆华一个人在房间，听到叩门声。他打开房门，站在面前的是季凯瑞。

陆华略有些讶异，印象中，季凯瑞还是第一次单独找他谈话。

季凯瑞关上房门，说道："我们都知道，前往'异世界''三巨头'的老巢，其实是一个非常冒险的决定。"

陆华点头道："没错，但我们恐怕没有别的选择。"

季凯瑞问："你觉得，'三巨头'目前派到现实世界来的怪物，大概占'异空间'怪兽总数的多少？"

陆华犹豫良久，说道："我不想危言耸听，也不是长他人志气灭自己威风。

但我猜想，可能十分之一都不到。"

季凯瑞微微点头："没错，我也是这么认为的。"

陆华不安地说："不说别的，那个U盘当中的怪物，就还有好几种都没有登场，还有那黑色沙漠一般无边无际的变异鼠群，我们可是领教过它们的厉害。我们的同盟虽然在发展壮大，我们的超能力也越发强大，但如果遭遇无穷无尽的怪物攻击，我们仍然没有胜算可言……"

"好了，你不用说了，我明白你的意思。"

陆华望着季凯瑞："你来找我，是觉得我们应该提前做好什么准备吗？"

"没错。"季凯瑞凝视着陆华，"但不是我们，而是你。"

"什么？"陆华不懂他的意思。

"我要你做好准备，心理上的准备。"季凯瑞说。

陆华更加糊涂了："什么心理上的准备？"

季凯瑞说："其实很简单，那就是，到时候不管发生什么状况，你只要做好自己该做的事，也就是张开防御壁尽可能保护好自己和其他人，就可以了。"

陆华愕然道："这本来就是我该做的呀，你为什么要专门提醒我？"

季凯瑞并没有解释："反正，你记住我跟你说的话，也记住你的责任就行了。"

说着他就要转身离开陆华的房间。陆华心中十分不安，担忧地问道："季凯瑞，你打算做什么？"

季凯瑞背对着他，淡然道："我不打算做什么，只是……"他很少有这种迟疑的口吻，"大战将至，我们大家都做好心理准备罢了。"

辛娜进入杭一的房间，把门关上，直视着杭一："听我说……"

"不，不行。"杭一打断她的话。

"你不能老是让我……"

"不行，这次真的不可能。"

辛娜吐出一口气，俩人对视了一刻。

"我知道你要说什么,前往'异世界',恐怕是迄今为止最危险的事情。为了我的安全,我不能去,对不对?"

杭一耸了下肩膀:"道理你都知道,为什么还要为难我?"

辛娜上前一步,盯着杭一的眼睛:"是你在为难我!"

杭一露出不解的神情。辛娜说:"你要把我单独丢下多少次?还要让我忍受多少次这种牵肠挂肚、坐立难安的折磨?"

杭一知道辛娜是牵挂自己,他的内心其实十分温暖,他也非常想时刻跟辛娜在一起,但他真的做不到让辛娜以身犯险。如果辛娜真的出了什么事——特别是当着他的面——他会疯,会崩溃的。哪怕只是想想,他都害怕不已,所以他决不能让这种事情发生。他对辛娜说:"你看到刚才洛奇失去了海琳之后,有多么痛苦吧?你希望我也这样吗?"

辛娜说:"没错,所以你也能想象,如果得知你发生意外,我会有多么痛苦吧?你希望我这样吗?"

杭一说:"可是你跟我在一起,也没法保证我就不会出意外呀。"

辛娜坚定地说:"对,但我起码能跟你一起死,总比让我一个人独自承受痛苦强。"

杭一惊呆了,他感动得整颗心都快要融化了。也许是他在感情方面确实太迟钝了,也许是这段时间接连的战斗让他忽略了辛娜的感情。他根本不知道从何时起,辛娜已经爱他如此之深了。被自己深爱着的人同时深爱着,这种感觉居然令他惶恐。

辛娜看出杭一的心思了,她抱住杭一,柔声道:"在海岛上,我喝下溪水中毒,你竟然要舍命救我。知道吗,从那个时候起,我就爱上你了。并不仅仅是出于感动,而是我发现,你原来是一个为了自己所爱的人,可以立刻舍弃一切——包括生命——的傻瓜。一个女孩,可能会欣赏不同类型的男生,但是对于这种傻瓜,是没有免疫力的。能做的事只有一件,就是永远守在他身边,避免他再做同样的傻事。其实这番话以及我的心意,我早就想告诉你了,只是不断遭遇各种事件，总是找不到合适的时机。但现在，我终于能明确告诉你这件事了——我爱你，杭一，不管你到任何地方，我都要跟你在一起。"

面对辛娜真挚而深情的告白，杭一什么都不想再说了，他伸出双臂，紧紧地搂住辛娜，两个人充满爱意地拥抱着……

二十九　前往"异空间"

两个小时后，大家齐聚在五楼大厅内，准备前往"三巨头"的老巢——"异空间"。这件事情，辛娜没有告诉父亲。她知道父亲是不可能同意的。由于"异空间"时间的流逝比现实世界要快得多，所以按照计划，如果他们能顺利解决此事的话，返回之后，大概只耽搁了现实世界的几分钟或十几分钟而已。

进入"异空间"之前，季凯瑞问洛奇："你进行空间转移，能确定具体地点吗？我的意思是，我们会被转移到'异空间'的什么地方？"

洛奇说："关于这一点，我要跟你们解释一下。我们的世界——也就是你们说的'异空间'，并不是由'三巨头'创造出来的世界，而是一个原本就存在的，独立于现实世界的神奇而广阔的空间。这个空间跟现实世界，其实存在着好几个隐秘的'通道'。这些通道在现实世界中，往往都在一些人迹罕至的地方，并且不会任何时间都是打开着的。如果有人在合适的时间和地点闯进'通道'，就会从现实世界消失，从而来到'异空间'。通常情况下，'通道'会暂时关闭，导致闯入者无法回到现实世界。在你们的历史上，应该发生过很多起这类'神秘失踪'的事件吧？"

关于这一点，曾经进入过"异空间"的杭一、陆华等人早就有所知晓和领悟了。陆华点着头说："是的，这个我们明白。那么你的能力就是打开这些通道的大门,将我们转移到相应的地点,对吗?"

"是的,"洛奇说,"但是就像我刚才说的,我不能随心所欲地去到'异空间'的任何一个地方,只能在几个固定的'连接点'中,选择一个而已。"

"河流、绿洲、沼泽和湖泊(*参见第二季)——我知道的连接点起码就有四个。你觉得我们应该从哪个地方进入呢?"季凯瑞询问洛奇的意见。

洛奇说:"我不知道,我离开'异世界'太久了,你说的这些地方,也许早就变样了……我无法确定哪个地方是相对安全的。"

季凯瑞望向杭一,杭一思忖几秒后,说:"反正都是深入虎穴,哪个通道都差不多。洛奇,你就选择一个距离'三巨头'的住所最近的地点吧。"

"我也是这么想的!"雷傲摩拳擦掌,"大家做好战斗准备,说不定刚刚转移过去,就是一场殊死搏斗!"

虽然早就做好了心理准备,众人此刻还是难以避免地感到紧张。海琳被抓,"三巨头"应该能猜到洛奇会背叛到底——带领超能力者们闯入"异空间"。对此,他们自然不会没有准备。天知道那边现在是怎样的情形,说不定有数不尽的凶暴的怪兽正恭候着他们大驾光临。

洛奇救人心切,他启动了超能力,用右手示指在现实空间中画了一个椭圆——空间通道打开了。他冲众人点点头,祭起了防御壁的陆华率先进入,雷傲、范宁紧随其后……

就在众人陆续进入"异空间"的时候,五楼的大门被猛地推开了,辛宵带领着几个国安局的人冲了进来,喝道:"辛娜,你干什么?你不许去!"

辛娜大吃一惊,一时愣在原地。其他人没有理会,依次进入空间通道。最后只剩下季凯瑞和杭一,以及掌握着通道的洛奇留在外面。辛娜望向他们,又望向父亲,急不可耐,却又不知如何是好。

辛宵吩咐手下的人:"把她给我抓住!"两个国安局的人快步上前,一人抓住辛娜的一只胳膊。辛娜大叫道:"你们干什么?!"

杭一和季凯瑞对视一眼,杭一对辛娜说:"你就听你爸的,留在这里吧,我们很快就回来！"

"不，我要跟你们在一起……"辛娜流下泪来。

"辛娜，我跟你保证，我一定会安全回来的！"杭一不敢再耽搁了，他大声喊道，钻进了空间通道。

季凯瑞进入之前，停顿了一下。他回过头，深情地望着辛娜，说了一句："再见，辛娜。"

辛娜嘴唇翕张，也想道一声再见，喉咙里却像堵住了一团棉花，什么话都说不出来，只有眼泪扑簌簌地往下掉。她眼睁睁地看着杭一和季凯瑞都进入了"异空间"。而最后的洛奇也钻了进去。空间通道消失了，所有同伴再次离开了她，前往生死未卜之地。

辛宵松了一口气，让两名手下放开女儿的手臂。他双手轻按在辛娜的肩膀上，说道："让他们去吧，这本来就是只有他们才能应付得了的事情。你又何必非得要参与呢？"

辛娜知道父亲是为自己好，也知道自己确实帮不上太大的忙。但她就是想跟杭一和同伴们在一起，仅此而已。她扑到父亲怀中，嘤嘤哭泣。

一分钟后，辛娜缓缓地抬起头来，望着父亲，问道："你怎么知道我们打算去'异空间'的？"

辛宵没有说话，只是凝视着女儿，但脸上显出不自然的神情。

辛娜转动眼珠，思索了片刻，想到了一种可能性。她惊愕地捂住嘴，然后环顾四周："对了，这里是国安局……大厅和房间里都装了微型摄像头，对吗？"

说完，她朝自己的房间跑去。辛宵长叹一口气，闭上眼睛。

不一会儿，辛娜从房间里出来，质问道："摄像头安在哪儿？！"

"不用找了，你找不到的。"辛娜的父亲说，"新型纳米摄像头，肉眼是看不到的。"

此时另外几个国安局的人已经离开这层楼了。辛娜走到父亲面前，愤怒地说道："你说要依靠我的同伴们拯救世界，但实际上却从来没有信任过他们，对吗？国安局的人一直在监视着我们……"

突然，她想起了中午跟杭一的缠绵缱绻，瞬间面红耳赤："你们……什么都看到了，是吗？"

"我们不会什么都看……"辛娜的父亲尴尬地解释，随即又正色道，"再说你认为我们这样做是没有道理的吗？你那些同伴们，真的每个都值得信任？"

辛娜缓慢地抬起头来，问道："什么意思？"

辛娜的父亲用不着跟女儿隐瞒真相，说道："那四个新加入的'同伴'——陆晋鹏、侯波、赵又玲和方丽芙——他们是'旧神'那边的人！如果不用纳米摄像头，我们怎么掌握这些信息？"

辛娜惊呆了，赶紧问道："他们混进我们的同盟，有什么目的？"

"你觉得呢？现在共同的敌人是谁？暂时来看，他们几个应该不会加害杭一他们。但这些人居心叵测，如果'三巨头'集团覆灭了，你猜他们会怎么做？"

辛娜突然想起了侯波的能力。时间暂停，天哪。她的背后冒出了冷汗，焦急地说："你既然知道了这些，怎么不提醒杭一？"

父亲说："这是我们今天中午才获悉的事情。还没来得及告知，你们就急匆匆地准备前往'异空间'了。你刚才也看到了，我们上来的时候已经来不及阻止了。"

辛娜呆若木鸡，这才意识到杭一他们的处境有多么危险。除了"三巨头"和怪兽军团，还有来自内部的巨大隐患。任何一个威胁都是致命的。可如今，想要通知他们已不可能，只能祈求他们吉人天相了。

三十　谈判

进入"异空间"的 14 个人，惊异地注视着眼前的一切。

他们的第一反应是，洛奇的空间转移出差错了，将他们带到了另一个风马牛不相及的地方。

河流、绿洲、沼泽和湖泊——当然还包括更加奇特的自然环境——这是他们所能想到的"异空间"的场景，也是杭一等人对"异空间"留下的印象。但他们怎么都没想到，会来到这样一个地方。

这是一个宽敞、明亮的大房间，看起来像个会议室或接待室。墙面是白色的，光滑而洁净。房间里有一张长形木桌和十多张造型精美的手工木椅。桌上放着装在玻璃器皿里的水培绿藻，房间其他地方也摆放着几盆绿意盎然的观赏性草本植物，整个环境看起来清新、优雅，令人舒心。

第一次来到"异空间"的舒菲诧异地问道："这就是'异空间'吗？"

洛奇目瞪口呆地说："不……这不是我熟悉的那个'连接点'。这里本来应该是一片森林，连接'异世界'和现实世界的通道，是一棵巨树的树洞！"

"你会不会转换错地方了？"季凯瑞问。

"不，虽然场景不对，但我能感觉到，这里就是'异空间'……"

洛奇的话还没说完。他们正前方的一道门被推开了。一个穿着深灰色套装的女人看到了他们，她惊呼了一声"啊"，然后迅速关上了门，这反应就像她无意间闯进了男浴室一般。但随即，她又推开了门，有些激动地说道："各位，请你们在这里稍等！"再次关上门匆匆离开了。

雷傲摊开双手，望向伙伴们："这是什么意思？"

宋琪说："这个女人居然叫我们在这里稍等，可见她知道我们是谁，甚至早就预料到了我们会出现在这个地方。"

"没错，这个'接待室'显然是专门为我们打造的。'三巨头'估算到了你会带我们来到'异空间'。"杭一对洛奇说。

"那这个女人显然是去通知'三巨头'了，我们不会真的听她的话，在这里'稍等'吧？"赵又玲说，"等什么？等她把怪物军团和'异空间'超能力者全都叫来吗？"

季凯瑞不紧不慢地坐在其中一张木椅上，笑道："有意思，真有意思，每次到'异空间'来，都有一种耳目一新的感受。"

孙雨辰惦记着海琳，说道："这里不是某个阔别多年的度假胜地，现在是感慨这些的时候吗？"

季凯瑞："那你想怎样，马上冲出去大干一场吗？"

"要不然呢？坐在这里喝会儿下午茶？"

季凯瑞："说实话，从目前的状况来看，我们是彻底处于被动状态了，做什么都意义不大，索性以不变应万变吧。'三巨头'算准了我们会出现在这里，如果他们想要灭掉我们的话，完全可以把这里设置成变异鼠群的老巢，估计我们刚刚转移到此，还没反应过来就被淹没在变异老鼠之中了。"

"你的意思是，'三巨头'并不想马上杀死我们？"陆晋鹏说。

"这是他们的游戏，这么快结束的话，就不好玩了，不是吗？"季凯瑞冷笑道。

就在这时，房间的门被推开了。所有人一齐望向门口，这次出现在他们面前的人，真正令他们感到震撼。特别是洛奇，整个人像雕塑般凝固了。

"三巨头"之一——洛星辰——居然堂堂正正地出现在了他们面前，着实令人意外。

洛奇浑身发抖，哆哆嗦嗦地叫了一声："爸……爸爸。"

洛星辰相貌英俊，身材挺拔，穿着一套修身西服，脚下是锃亮的皮鞋，梳着整齐的发型，看上去器宇不凡，颇有几分领导者的气度。他的模样和年龄跟杭一他们印象中的一样，神态和穿着却明显比一般年轻人成熟很多。他的出场平淡无奇，作为"三巨头"之一，也是这个"异世界"的"三大主神"之一，他身边居然都没跟着几个人，而是直接站在了十多个敌对的超能力者面前。不管是否刻意彰显自信态度，洛星辰这种自然大方的出场方式，都显得气场十足。

洛星辰凝视着洛奇，慢慢走向他。洛奇颤抖得越发厉害了，几乎不敢正眼相望，足见父亲往昔的严厉。然而，洛星辰张开双臂，抱住儿子，以慈父的口吻责备道："你这孩子，也不说一声就跑了，你可知道我有多想你？"

洛奇愕然地望向洛星辰，发现父亲的眼中噙着泪水，鼻子也红了。他的眼泪唰地流了下来，说道："爸爸……我错了。"

杭一等人面面相觑，看不懂眼前的戏码。孙雨辰咳了一声，提示洛星辰不要忽略他们的存在。洛星辰深吸一口气，用手指轻轻拭干眼泪，拍了洛奇的肩膀一下，走到杭一他们面前，说道："好久不见了，老朋友们。"

杭一一时语塞，没想到洛星辰居然称呼他们为"老朋友"，其实照之前"三巨头"的所作所为来看，叫"老对手"倒是贴切一些。但对方既然彬彬有礼，他们也只能采取相应态度。不管怎么说，此种状况总比一来就展开殊死搏斗要好。

"没错，好久不见了，洛星辰。"杭一不软不硬地说道，也懒得跟他废话，"你知道我们来这里的目的吧？"

洛星辰微微点头："大概能想到。但我们之间有太多需要解决的问题，所以我建议，我们应该好好沟通一下，以免有人做出傻事，造成不可挽回的局面。这就是我亲自来迎接你们的目的。我的能力是'空间'，这一点你们早就知道了。在现在这种状况下，我不可能对你们构成威胁。反过来说，你们倒是分分钟都能要我的命。但我相信你们不会这样做的，因为这就是我说的'傻事'。"

这番话显示他们毫无疑问地掌握着主动权。即使不依靠孙雨辰的读心术，杭一他们也能看出，洛星辰的自信不可能是装出来的。这里毕竟是他们的地盘，海琳还在他们手里，杭一他们当然不会贸然行事。况且洛星辰态度真诚，也没表现出敌意，他们总不能不分青红皂白就杀了他。如此一来他们倒成了恶徒。不得不说，对方的心理战打得十分漂亮。

洛星辰和杭一等人围坐在了长形木桌旁。洛星辰说："我们的沟通就采取问答式吧。你们可以向我提出任何疑问，我保证毫不隐瞒地告诉你们实情。事实上，在孙雨辰面前，我也很难有所隐瞒，对吧？"

孙雨辰早就使用了读心术，知道他所言非虚。他迫不及待地问出最关心的问题："海琳是不是在这里？她现在好吗？"

洛星辰说："是的，她很好，你放心。"

听到父亲说海琳"很好"，洛奇似乎有些难以置信，他说："真的吗？'万物之神'不会轻饶她的吧……"

洛星辰转动眼睛想了一会儿，哑然失笑道："'万物之神'，你是说伊芳？噢，这都什么年代了，我们早就不自诩为神了。那实在是太幼稚，太愚昧了。至于海琳，那姑娘是很淘气，但她私自去到现实世界，毕竟是情有可原。伊芳顶多也就责备她一下罢了，还会怎么样？"说完，意味深长地看了孙雨辰一眼。

见洛奇怔怔的表情，洛星辰说："'异世界'和外面的现实世界一样，都在不断发展进步。你离开的这段日子，在现实世界里大概并没有多少天，但是"异空间"里，已经度过漫长的时光了。我们的心境也在不断发生着改变，你不该用一成不变的眼光看待我们。"这话像在跟洛奇解释，实际上是说给杭一他们听的。

陆华早就想证实一个问题了："现实世界的一天，或者一个小时，到底等于'异空间'的多久？"

"啊，陆华，你还是跟以前一样，沉迷于对科学理论的研究。"洛星辰笑道，"但是这个问题，是没有确定答案的，'异空间'中的时间流动有异于一般方式，快慢无常,并无规律可言,甚至每一个人所感觉到的时间流动速度都不相同。但可以肯定的是,总体的时间流动,比现实世界要快得多。"

陆华问:"那么,你们到底在'异空间'里待了多久,你心里有数吗?"

洛星辰说:"我们一开始有计算这个时间。但后来就放弃了,因为我们在这里待的时间实在是太漫长了,长到我们自己都感到害怕,索性就不去管了。"

杭一说:"就算你回避这个问题,但就我所知,你们最少都在'异空间'里度过了长达几百年的时光!你们怎么可能活这么久?"

洛星辰说:"我还以为这个问题不用我回答,你们都能猜到。是连恩,他的能力是'生命',能赋予我们近乎永恒的生命。"

"没错,连恩。他就是'三巨头'之首,如果你是'创世神',伊芳是'万物之神',我猜他应该是'生命之神'吧?"杭一问。

洛星辰:"没错,但我说了,我们早就放弃这些愚昧的称号了。年轻的时候真傻。"

陆华:"假如连恩没有升级的话,他的等级只有1级,能做到赋予你们和他自己永恒的生命?"

洛星辰:"对于我们的超能力,不知道你们有没有注意到一个规律——如果某种能力既不具备攻击性,也不具备防御性,甚至都谈不上辅助性,那么这种能力必然从一开始就很强。连恩的'生命'就是典型的例子。"

杭一:"你们三个人,包括佟佳音、董曼妮和阮俊熙,当初是怎么联合起来的?"

洛星辰抬头望着天花板,仿佛回忆着几百年前的事情。良久,他说道:"哦,我想起来了,在补习班的时候……天哪,这就像上辈子的事。对,当时,我、连恩、伊芳、阮俊熙、佟佳音和董曼妮——我们六个人的座位是挨在一起的。而'旧神'降临,赋予我们超能力之前,我和连恩、伊芳凑巧在谈论昨晚看过的一部科幻电影,话题围绕着空间、元素和生命。

"当时阮俊熙、佟佳音和董曼妮倒是没有积极参与话题,但他们就坐在我们旁边，肯定听到了我们的谈话。后来，'旧神'降临了，要求我们各自选择一种能力。我猜，班上的其他人都感到措手不及，但我和连恩、伊芳三个人却恰好在之前谈论到了几个重要的'概念'，所以，我们经过短暂的交流，决定分别选择这三样作为自己的能力。

"说到这里，你们肯定已经明白了。'旧神'提示我们不要让竞争对手获知自己的能力。但我们三个人，却从一开始就知道对方的能力是什么。更关键的是，在我们发现各自能力的运用的时候，意识到空间、元素和生命这三样可以进行一些非常有趣的尝试和合作。于是，我带他们来到'异空间'，连恩赋予我们永恒的生命，伊芳则对'异空间'进行各种改造……我们的王国就是这样建立起来的。"

陆华提示道："你还没有说，阮俊熙、佟佳音和董曼妮他们三个人是怎么加入你们的。"

洛星辰笑道："每一件事都需要我说得这么清楚明白吗？他们三个人就坐在我们旁边，之前也听到了我们的讨论，当然知道我们的能力是什么。如果放任他们不管，岂不是很不明智？至于他们三个人的能力是什么，董曼妮早就利用她的'隐身术'暗中查探清楚了。他们的能力对创建我们的世界也有很大的作用，所以我打算拉拢他们。当然，我得说实话，他们并不是一开始就愿意的，特别是阮俊熙。所以，我使用了一些必要的手段。"

"你就明说了吧，这手段就是威胁他和他的家人。"杭一带着鄙夷的口吻说。他以前曾调查过阮俊熙失踪事件（*参见第二季），现在完全明白这是怎么回事了。

洛星辰没有否认："对，他一直都不太情愿，即便连恩赋予他永恒的生命，也不太留得住他的心。他始终不赞成我们当时正在策划的事情。阮俊熙这个人对动物是真有爱心，他不希望把动物改造成武器，更不赞成以此取乐。"

"好了，你终于说到重点了。"季凯瑞冷言道："'取乐'。从你第一次设陷阱，把杭一、陆华、雷傲他们困在你制造的小型'异空间'，到诱引我们前往无人岛，进入真正的'异空间'；以及这次，'异世界'对现实世界发动的袭击——所有的一切，对你们而言只是一场游戏，只是你们取乐的方式而已。哼，你们可真会玩呀。"

洛星辰沉默了一刻，说道："不，你说错了。我刚才说了，我们的心境随着时光的流逝在不断发生着变化。第一次设陷阱把你们困在'异空间'，那不是一场游戏，我是真的想一次性杀掉十几个超能力者，让我的能力升级。"

洛星辰毫不避讳地说出当初的真实想法，虽令人愤怒，却显示他并不虚伪。杭一压住火气说道："虽然我们最后逃脱了，但刘雨嘉却死在了'异空间'，就是遭了你的毒手！"

洛奇望向父亲，洛星辰面色沉重地承认了："没错，我很抱歉。"

"抱歉？你少在那里假惺惺了！"雷傲控制不住情绪，拍着桌子怒斥道，"还有井小冉！虽然她不是被你们直接杀死的，但是让俞璟雯变成孙雨辰的模样，杀死井小冉——这是你们幕后操控的把戏吧？比起直接干掉我们，玩弄我们于股掌之间显然更具娱乐性。你们把我们的生命视为草芥，把我们当成玩具戏耍，最后说一句'抱歉'就想洗清罪孽吗？简直是放屁，我懒得听你废话了，现在就能一刀宰了你！"

说着，雷傲举起右手，做出准备发射风刃的动作。洛奇紧张地站了起来，杭一也站起来制止道："别冲动，雷傲！"

气氛倏然紧张起来。洛星辰却只是叹了口气，说道："你大概误会了，雷傲。我不是在向你们忏悔，期望得到你们的原谅。我之所以毫无保留地把我们当初的想法、做法告诉你们，甚至对之前做过的事表示遗憾，只是表明我的诚意罢了。但是如果你们对我们只有恨意和敌意，那我们继续做敌人就行了，不必再谈下去。"

这番话说得铿锵有力，带着几分不怒自威的气势。赵又玲担心局面搞僵会对自己不利，打圆场道："没错，你的诚意我们感受到了，咱们都别冲动，还是坐下来好好谈吧。"

杭一把雷傲拉到椅子上坐下。洛奇也坐了下来。气氛缓和之后，洛星辰继续道：

"有件事我必须提醒你们，其实你们肯定也早就感觉到了——我、连恩和伊芳，并非十恶不赦之人。我们只是在获得超能力后，最大限度地开发、研究和运用了我们的能力，创造出了一个令自己都叹为观止的新世界。然后，我们只想向现实世界的人们，特别是同样身为超能力者的你们，展示我们的成果而已。如果我们不是抱着娱乐的心态，如果我们有更大的野心或者是邪恶念头的话，相信我，世界早就在'旧神'说的世界末日之前毁灭了。

"实际上，当我们掌握了足以毁灭世界的力量后，确实谈论过要不要集中力量将剩下的超能力者一举消灭。我们真的这样想过，但最后，放弃了这个想法。"

"为什么？"方丽芙好奇地问。

洛星辰哈哈大笑起来："世界上的事情，都是有两面性的。如果我们真的杀死了其他所有超能力者，就衍生出了一个非常关键的问题——接下来，我们又该做什么呢？自相厮杀吗？"

陆华微微张开嘴，有些明白了。

洛星辰说："所以你们明白了吧，我们不想发展到这一步。但这也不意味着我们什么都不能做，于是，才发生了你们所经历的一切。我们的想法是，如果你们在我们设计的游戏中悉数死去，那我们也没有什么负罪感，因为我们只是按照'旧神'的交代去做罢了。但事实是，你们一次又一次地通过了我们的考验，令我们刮目相看。与此同时，我们的世界在不断发展进步，我们的心态也随着岁月的增加而发生着改变，厌倦了争斗和所谓的'取乐'。所以我们开始考虑另一种可能性——也许我们可以化敌为友，我们的世界非常需要像你们这样的超能力管理者。"

"真不错，你们玩腻了，就想跟我们化敌为友。"雷傲冷笑一声，"哼，你凭什么认为我们会同意这样的提议。"

洛星辰双手交叠，支撑下巴，带着自信的微笑说："因为从人性的角度来说，任何人在参观和感受我们的新世界之后,都不会拒绝我的提议。"

杭一等人彼此对视了一下。杭一问道:"你要我们参观什么?"

"值得参观的地方太多了,我们现在就离开这个房间,前往第一站吧。对了,伊芳和海琳,还有我们这里的其他老朋友们,也会跟你们见面。"

听到海琳的名字,孙雨辰和洛奇都抑制不住想要尽快见到她的迫切心情。杭一从大家的神情中看出,多数人都没有拒绝的意图。

洛星辰从椅子上站起来,打算带领他们走出这个房间之前,他顿了一下,说道:"真奇怪,我答应无论你们问什么,我都会告诉你们答案。但你们好像恰恰忘了问最重要的一个问题,也许是你们以为我不可能知道答案?"

杭一说:"你指的是什么,直说吧。"

洛星辰摇头道:"不,这个问题,你们不问我的话,我是不会主动说的。等你们想起了再说吧。"

三十一　世外桃源

洛星辰不愧是最原始和正宗的"空间"超能力使用者，他进行空间转换的方式比洛奇要霸气得多。实际上，杭一等人以前就领教过这招的厉害——突然产生的巨大吸力将房间内的所有人同时拉扯到了空间缝隙之中，几乎还没回过神来，他们已经站在另一个地方了。

眼前的景致，简直令人迷醉。他们站在开满各色野花的草原，看到了倒映在蓝色镜面般的湖水中壮丽的群山，山峰如同顶端套上白色火焰一样雄伟。山脚下水汽缭绕，如同薄纱包围着一连串如同阶梯般不断上升的瀑布。湖水四周有着美丽的草地，将它包围成一个完整的弧形。湖对岸高高的山坡上耸立着一座座巍峨的城堡，城堡上塔尖林立，一扇扇窗口在阳光下闪烁。湖水中游弋的白天鹅和湛蓝色天空中翱翔的鸟儿赋予这景色生命力，让一切鲜活而灵动。杭一他们此生从未见过如此壮美而神奇的景色，恍如置身仙境。

"欢迎来到'天堂'。"洛星辰微笑着说。

居然没有人认为他是在开玩笑，或者只是一种形容。此情此景确实符合人类对于天堂的一切猜想和憧憬。很快一些只在童话故事中才会出现的动物映入他们眼帘，更让人叹为观止，几乎认为这里就是真正的天堂。

那是几匹白色的飞马——跟传说中的飞马一模一样——白色骏马的背上长

着巨大的翅膀。它们从湖的东面飞过来，降落在南边的草原上，吃着蓝色的野果。舒菲和宋琪几乎看呆了，她们内心的感受难以用语言来形容，不住地赞叹道："噢，天哪……"

相对来说，季凯瑞、雷傲他们没有完全沉溺在这片奇幻的美景之中。眼前的一切固然美好，但他们没有忘记不久前才跟怪兽大军拼死作战的情景。季凯瑞冷言道："真不错。不过，这里既然有天堂，肯定也有地狱吧。"

这句话虽然煞风景，却把众人拉回了现实。这些飞马，显然是经过基因改造的产物。它们倒是美好的生物，但迅猛狼、变异老鼠等丑恶、凶残的怪物也是他们的杰作。

对此，洛星辰的解释是这样的："没错，我们的世界有着数量庞大的怪物大军。但这是理所当然的事情。现实世界中难道不是如此吗？再美丽、和平的国家，也拥有武器和军队，甚至大规模杀伤性武器。相对来说，我们的'生物武器'已经比核武器好太多了。不过，我可以向你们保证，怪物大军的储备只是出于防御，不会再像当初那样出现在现实世界中，为非作歹了。"

"防御什么，现实世界的侵攻吗？"季凯瑞讥讽道，"你们不主动挑事就不错了。"

"这可未必，你能保证人类永远不会踏足我们的世界吗？"洛星辰说。

孙雨辰最关心的还是海琳，他不想继续跟洛星辰聊天了，问道："海琳在哪儿？"

"哈哈，真是说曹操，曹操就到。她来了。"洛星辰朝孙雨辰身后的方向努了下嘴。

孙雨辰倏然回头，看到了惊奇的一幕——海琳坐在一头雄狮背上，这只狮子的体形有小象那么大，长长的金色鬃毛威风凛凛，步伐稳健地朝他们走来。舒菲惊呼道："天哪，狮子？"

"别担心，是改造过基因的狮子，比兔子还温驯。我们的世界没有汽车，用大型动物充当坐骑。"洛星辰说。

洛奇见到海琳,欣喜地跑了过去。海琳激动地从狮背上跳下来。两个人紧紧地拥抱在一起,许久才分开。然后,他们拉着手走向众人,海琳走到孙雨辰面前,喊道:"爸爸。"

　　"你没受什么苦吧,海琳?"孙雨辰关切地问。

　　"没有。"海琳摇头道,"妈妈宽宏大量地原谅了我,她说她能理解我所做的一切。只是,她要我答应她,以后不能再这样不辞而别。"

　　孙雨辰心情复杂,微微颔首。

　　海琳对大家说:"我妈妈,你们知道,也就是伊芳,她在自己的住所安排了今天的晚宴,黄昏的时候,我会带领各位前往。现在时间还早,妈妈叫我和洛叔叔一起,陪伴大家在我们的世界最美的地方游玩。"

　　如果说之前杭一等人对洛星辰还有所猜疑和顾忌,那么海琳说的话,他们肯定是完全相信的。海琳不但是孙雨辰的女儿,更是跟他们一起战斗的出生入死的伙伴。在杭一心中,她早就是"守护者同盟"的一员了。于是,他点头道:"好啊,你就带我们参观一下你们的世界吧。"

　　于是,在海琳和洛星辰的带领和陪伴下。杭一他们见识了这辈子永生难忘的奇景和奇观。

　　离开"天堂",他们来到了跟电影《侏罗纪公园》中的场景几乎完全一样的"侏罗纪世界"。宽广无垠的原始丛林和草原上,悠然自得地生活着各种食草类的恐龙。身长几十米的巨型马门溪龙;外表凶悍、实质温和的三角龙;成群结队的迷惑龙;以及各种让人难以区分、叫不出名字的食草恐龙。这壮观的景象让人激动得浑身发抖,带来的震撼岂是现实世界中的某个野生动物园所能比拟的?

　　洛星辰解说道:"在现实世界中,恐龙早就灭绝了。但是在'异空间',还生存和繁衍着大量的恐龙。这些并不是佟佳音用她的'基因'创造出来的,而是我们来到'异空间'后发现的惊喜。

　　"说来有趣,美国的一个作家曾写过一篇小说,声称自己机缘巧合地来到某个'世外桃源',看到了很多恐龙和史前生物。一番奇妙的经历之后,他又返回了现实世界，然后写下这本书。后来还拍成了电影。当然没有任何人相信这是他的真实经历，我也无从考证。但现在想起来，世界上总有些人声称自己曾来到过世外桃源。我想他们可能是世界上最幸运的几个意外闯入'异空间'，然后又奇迹般回到现实世界的人。要知道，古往今来误入'异空间'的人有很多，但是能回得去的，恐怕就寥寥无几了。"

洛星辰的话令人浮想联翩。这时，穆修杰大喊了一声，因为他的视线范围内出现了几只掠食类的异特龙。这些满嘴尖牙的家伙可不是善类。一些小型食草类恐龙仓皇而逃。

洛星辰说："我们从不干涉这里的食物链和生态规律，让它们遵从大自然的安排吧。各位都是超能力者，对付几只食肉恐龙自然不在话下，但我奉劝各位千万别把这当成乐趣。我们还是离开这里，到下一处景点吧。"

接下来，他们又前往了"银光山谷"和"人鱼海湾"。每个地方都有笔墨难以形容的美，几乎让人忘却了时间和人世间的一切烦恼，并自然而然地憧憬，如果能在这些地方居住和生活，将是一件多么美好的事情。尽管他们知道这就是"三巨头"想要达到的目的，杭一他们也不得不承认，他们对"异空间"的印象彻底改观了。

就更别说第一次来到"异空间"的方丽芙、赵又玲、侯波他们了。看得出来，他们完全迷醉了。对洛星辰和这里的一切充满好感。这也难怪，他们跟"三巨头"本来就没有什么过节。至于之前跟那些凶残怪物的战斗记忆，早就抛诸脑后，烟消云散了。

不过，杭一和季凯瑞始终保持着眼神的交流，他们在不断提醒彼此，不要轻易被这一切迷惑。"三巨头"的真实目的并未完全明确。

夕阳的余晖照耀在每个人脸上的时候，海琳提醒大家，可以前往伊芳的住所赴宴了。洛星辰的能力自然将他们瞬间带到了目的地。

所谓伊芳的住所，居然是一座比白金汉宫更壮观的美丽宫殿。众人沿着林荫大道步行到宫殿正前方的花园之中，看见眼前有一个闪闪发光的喷泉。这喷泉被悬挂在附近树丫上的许多油灯所照亮。傍晚的空气中充满了树木和花草的香气，仿佛花园依旧停留在盛夏的华美时光中。

宫殿门口，站着四个身穿礼服的侍者。他们礼貌而恭敬的态度就像在迎接皇室成员。侍者带领杭一等人通过一道门廊，来到一楼豪华的大厅内。一个等候在此的管家模样的人鞠躬后说道："尊贵的客人们，伊芳小姐已在宴会厅等候诸位。不过各位刚刚游玩回来，想必需要稍微休整一下。伊芳小姐的府邸有一百多个房间。她之前已经吩咐我安排好了房间，各位请跟我来。"

然而，就在他转身准备带路的时候，范宁不客气地说道："谁说我们要在这里住下来？"

管家露出惊讶和难堪的神色，似乎感到大为不解。

方丽芙对范宁说："那你想怎样？"

范宁一时也不知该如何作答，毕竟对方以礼相待，并未有任何冒犯之处，她也不好不识抬举。只是觉得本来抱着大战一场的心态来到这里，居然受到如此礼遇，着实是有些滑稽和别扭。

季凯瑞说："客随主便吧。"用眼神示意范宁暂时接受安排，看看他们到底想干什么。范宁不便再多说。

众人跟着管家走上二楼。他们的房间都在这层，并且挨在一起。每个人的房间都布置得豪华大气，生活用品一应俱全，俨然有种入住五星级酒店的感觉。

杭一拧开热水，用毛巾洗了把脸，然后躺在两米宽的柔软大床上。他脑子里并没有思考复杂的问题，只是在想：要是辛娜也在这里，和她一起躺在这张大床上，该有多好。

他知道这个想法很可笑，甚至有些危险。天知道老奸巨猾的"三巨头"在打什么主意，是否真心相待。但他就是抑制不住这个念头。事实上，这个念头在他游览"天堂""银光山谷"和"人鱼海湾"等地的时候，就不止一次地冒了出来。虽然是"三巨头"的地盘，但这些浪漫而迷人的美景，他太想和辛娜共享了，甚至是共度……

不一会儿，管家依次敲门提示他们可以前往一楼的宴会厅赴宴了。杭一等人从房间里出来，一起随管家下楼。穿过刚才的大厅，他们来到了富丽堂皇的椭圆形宴会厅。这里的宽敞、大气和豪华程度不用赘述。况且杭一等人的注意力也不可能放在装潢上面，因为他们终于见到了"三巨头"中的另外一个人——伊芳。

宴会厅里有一张可以坐下三十个人的长桌。长桌中央有一张靠着壁上挂毯、有遮篷的椅子。椅子上坐着的绝色美女正是伊芳，她梳着整齐的齐肩发型，外表跟以前一样年轻。她白色的外袍上没有任何多余的装饰，却散发着一股女王般的高贵气质。她的表情像平静的湖水般深不可测，看到杭一等人进来了，她致以微笑，并未起身迎接，自然而大方地说道："好久不见，大家请坐吧。"

见到伊芳的一瞬间，孙雨辰的心脏仿佛被重击了一下。万千思绪和无数疑问涌上心头。但他发现，伊芳竟然没有特别关注自己，仿佛他只是一个普通客人。反倒是他显露出窘迫和紧张。这个女人对他来说永远都是个谜，既然已经到此，他决定无论如何都要揭开这个谜。

可能是因为伊芳所坐的中间位置和她本人太过瞩目，大家都在关注她之后，才发现长桌边坐着的另一个老熟人——佟佳音。她曾是13班的副班长，也是一个气质型的长发美女，戴着无框眼镜。相比起来，她略微显得拘谨一些。毕竟她创造出的怪兽，曾制造过多起麻烦。直接面对杭一等人，有些不大自在。

果不其然，吃过苦头的雷傲对佟佳音颇有不满。他不客气地拖开椅子坐下，双手抱在胸前，跷起二郎腿，瞪视着佟佳音。佟佳音只有回避他的目光。

伊芳倒是笑了，说道："这么久不见了，雷傲还是这么可爱，像个小男孩似的。"雷傲正要开口说什么，伊芳抢在他之前说道，"好了，以前的事是我们不对，你是男子汉，就宽宏大量一些吧。今天咱们都别提那些不愉快的事了，好好坐下来吃顿饭，商量以后的事吧。"

伊芳说话不温不火，却仿佛具有让人难以抗拒的魔力。雷傲不好再说什么了，收敛了一下态度。随后，众人纷纷落座。

洛星辰坐在伊芳的旁边，佟佳音也出场了。"三巨头"这边的人，还未现身的就只有身为"三巨头"之首的连恩和他们的老对手、能力是"隐形"的董曼妮了。季凯瑞问他们两人怎么不露面。伊芳轻描淡写地说:"我邀请了连恩,但他暂时不愿露面,委托我招待你们。"又换了一种半开玩笑的口吻,"至于董曼妮,她有些怕你们,还是不勉强她吧。"

季凯瑞和杭一交换了一下眼色,知道"三巨头"这边的人不全部出现,必然是对他们也有所忌惮,留有后手。不过话不用说透,他们也没必要追究这个问题。

本以为人已经到齐了,没想到伊芳说:"还有一位老朋友,他应该马上就到了。我没有告诉他你们来了,是想给他一个惊喜。想想他一会儿可能出现的表情,真有点期待呢。"

杭一和同伴们对视了一下,他们都想不出除了连恩和董曼妮,还会有谁。猜疑之时,听到身后的脚步声,众人一起回头,看到了这位"老朋友"。

赫连柯。

身穿黑色西服的赫连柯见到围坐在餐桌旁的十几个人,立时愣住了。看来他果然不知道杭一等人来到"异空间"的事。杭一这边的人也感到诧异,他们也没想到会在这里见到赫连柯。但是从此种情形来看,赫连柯显然已经是"三巨头"这边的人了,只是不明白他是何时加入的。

对杭一而言,赫连柯并非敌人,起码之前他们同时被困"异空间"的时候,曾并肩作战过。当然直到现在,他都不知道赫连柯的超能力是什么,因为当时赫连柯坚持不愿透露。当然,杭一更不可能知道,赫连柯其实是"旧神"那边的人。

但陆晋鹏、侯波、赵又玲和方丽芙是知道的。他们从未见过"旧神"本人,可他们知道,唯一见过"旧神"真面目的,就是赫连柯和闻佩儿。对他们而言,这两个人几乎就是"旧神"的代言人。然而,他们却在"三巨头"的地盘见到了赫连柯,心中的震撼可想而知。但他们不敢表露出来,甚至不敢在心中揣度这到底是怎么回事。他们时刻提防着孙雨辰的读心术,着实是件很累的事。

赫连柯就不用说了，在这里见到任何"三巨头"势力之外的人，都足以令他震惊。他怔怔地张着嘴，半天没说出一句话来。然而，他的目光突然扫到了一个人，脸色倏然变得苍白如蜡。

不过，他的目光很快就移开了，并尽量让自己恢复平静。刚才那零点几秒的失态，几乎没有引起太多人的注意。他们只觉得赫连柯见到这群人后很吃惊，没有意识到他其实对其中一个人特别敏感，甚至是惊恐，那一瞬间的表情确实不易捕捉。

但是，洛星辰却似乎看懂了什么。他的目光也在那个特殊的人身上停留了片刻，只是，没有露出声色。

赫连柯走向众人，有些心神不定地说道："杭一、陆华，还有孙雨辰……你们怎么会在这里？"

"这也是我想问的问题。"陆华说。

赫连柯有些心不在焉地说："呃……这个，一言难尽。"

洛星辰替他解释道："赫连柯是被我'邀请'到'异世界'来的，他的能力'强化'对我们大有裨益。当然，可能我一开始没有征得他的同意。不过，我想他不会怪我的。"

杭一等人听了洛星辰这番话，才知道赫连柯的能力是"强化"。他们望向赫连柯，发现他好像根本没听洛星辰在说什么，魂不守舍地坐下，明显有些心神恍惚。

这个时候大家都发现赫连柯的态度和神情有些异常了，但他们最多能想到的，就是赫连柯曾充当过"三巨头"的帮凶，与他们为敌，根本没有往更深层次的方面想。

"人都到齐了，我们开始进餐吧。"伊芳拍了拍手，示意可以上菜了。

侍者们鱼贯而入，分别为每位客人上菜。这些"异世界"的食物都是由无任何污染的食材烹制的，并且保持着最大程度的原生态风味，堪称真正的美味。可惜绝大多数菜都叫不出来名字，只知道有野菜沙拉、鱼子酱、烤肉、煎熏鱼、蘑菇汤等美食。饮品是苹果酒和白葡萄酒。这些食物好吃到令人发指，仿佛人生都因此而变得充实而圆满了。

用餐结束后，侍者又端来了甜点和浓香扑鼻的红茶。所以众人暂时没有离开餐桌。伊芳小酌一口茶，说道："咱们谈谈正事，好吗？"

季凯瑞摊了下手，说："等着呢。"

伊芳："洛星辰肯定已经跟你们说过我们的想法了，那么，我再说点具体的吧。如果你们接受我们的邀请，成为我们的同伴的话，可以享有以下内容：在这个世界仅次于连恩、我和洛星辰的地位；个人的领地；建立在风景如画之地的豪宅；贵族的生活；等等。当然还有纯净的空气、食物和水。对了，你们还可以把自己的亲人、爱人接到这里来一起居住。简单地说，你们可以在一夜之间拥有现实世界中亿万富豪都难以企及的优质生活。

"反过来说，如果你们拒绝这个提议，我们当然也不会为难你们。你们可以回到现实世界，继续陷入那场竞争和厮杀，呼吸布满雾霾的空气，担心食品安全问题或者饮用水是否遭到污染。当然这些可能都不重要，因为你们根本不确定自己还能活多久。"

伊芳的话让所有人陷入了长久的沉默。她说的这一切，诱惑力实在是太大了，几乎让人找不到拒绝的理由。自从"旧神"降临之后，杭一他们几乎没有一天不是在危险和争斗中度过的，他们早就疲惫、厌倦了。如果真的能在这个世外桃源中安逸、祥和地度过一生，谁能不愿意呢？特别是那句"你们还可以把自己的亲人、爱人接到这里来一起居住"，简直说到了每个人的心坎上。杭一最先想到的自然是辛娜，还有他的父母。其他人也沉溺于各自的沉思中，久久不能自拔。

三十二　化解

打破沉默的是季凯瑞，他说："听起来真不错。那么，条件是什么？"

伊芳说："这个世界也有这个世界的规则和法度。其实你们只要能同意和遵守以下两条就行了：第一，承认连恩、洛星辰和我是这个世界绝对的领导者，服从我们的安排；第二，尽释前嫌，和平共处，不要把那场竞争带到这个世界来。"

"和平共处"的思想，倒是跟"守护者同盟"的宗旨是契合的。但陆华提出一个疑问："距离'旧神'说的'一年期限'，只有最后四个月了。我们躲在'异空间'里什么都不做，如果世界末日真的降临，又该如何？"

伊芳说："首先，你们知道，'异空间'里的时间流逝比现实世界要快得多。外面的四个月，恐怕都够你们在这里度过一生了。当然如果你们获得了连恩的信任，他还可能延长你们的生命，这个另说。其次，'旧神'说的世界末日，应该是只针对现实世界的，未必会影响到'异空间'。再说了，'旧神'的预言一定就是真的吗？"

佟佳音笑了一下："就算到时候真的什么都毁灭了，咱们能在'异世界'里度过如此漫长而美好的时光，也不枉此生了。"

杭一思忖许久，说道："既然你们提出尽释前嫌，那么就应该坦诚相对。有一点我始终想不通，也希望你们说实话——你们为什么会突然愿意跟我们化敌为友？"

洛星辰说："原因我已经解释过了，我们厌倦了之前的游戏，也不想永远与你们为敌。并且，我们的世界需要发展，也需要你们的能力。"

杭一说："这恐怕不是唯一的理由吧？"

伊芳沉吟一下，说道："好吧，确实还有另一个理由。既然你们非知道不可，那我就直说了，希望你们听了之后不要介意。"

众人都注视着她。

伊芳说："我们不想杀死你们，真的。"

此话一出，气氛倏然紧张起来，雷傲带着愠怒的口吻说道："什么意思？你说得好像我们的生杀大权掌握在你们手里一样！"

"抱歉，就是这样，是你们逼我说实话的。"伊芳温和地指出，"海琳被我们抓回来之后，我们就猜到洛奇会带你们进入'异空间'。你知道，我们有充足的时间来商量和准备，怎样'迎接'你们。坦白地说，我们也考虑过在你们可能出现的地方设置陷阱，让你们在踏入'异空间'的第一秒就命丧黄泉。但这太残酷了，对我们所有人都没有好处。"

她略微停顿了一下，叹息道："会有很多人伤心的，包括我。"说完这句话，她不自觉地瞄了孙雨辰一眼。孙雨辰心中为之一震。

对于伊芳的这番话，杭一没有怀疑的余地。他知道，"三巨头"确实有能力这样做。他现在只觉得很后怕。幸亏"三巨头"没有泯灭人性，幸亏他们也有理智和情感。也许正如洛星辰所说，他们并非十恶不赦之徒，只是曾经玩过头，犯过错而已。他不得不承认，"三巨头"如今拿出的诚意是一个值得他们好好把握的机会。

众人沉默了一刻。雷傲站起来说道："就算我们能做到不计前嫌，但是刘雨嘉和井小冉呢？她们能原谅你们吗？"

伊芳说："过去的事已无法挽回。除了抱歉，我真的不知道该说什么。但不管怎么说，世界上没有永远的敌人，我们始终是要往前看的，对吗？"

雷傲："一句'抱歉'，就够了吗？"

伊芳："那你打算怎么样呢？让我们一命抵一命吗？或者我们恢复敌对的立场，把现实世界当成战场，继续厮杀下去？"

"那倒不必。我只是觉得你们除了嘴上说说，还应该有更实际的表现。"雷傲说，"刚才吃饭时喝的白葡萄酒，还有吗？"

"当然。"

雷傲直接对站在一旁的侍者说道："去拿几瓶来，要度数最高的。"

侍者迟疑地望向伊芳和洛星辰。伊芳顿了几秒，点了点头。

侍者很快端来了六瓶白葡萄酒和十多个高脚杯。雷傲让他把酒全部打开，然后亲自倒了满满一杯，递给伊芳："杭一他们我不管，但是你把这杯酒干了，我就原谅你。"

伊芳并没有接过杯子："可能你也注意到了，刚才吃饭的时候，我就一口酒都没喝。我向来是滴酒不沾的。"

"别说那么多废话，你就说喝不喝吧。"

洛星辰站起来说道："雷傲，伊芳是从来不喝酒的，你不要为难她。这杯酒我来喝。"

雷傲望都不望洛星辰："我找的是伊芳，关你什么事。这杯酒谁都代替不了。"

气氛僵硬起来。洛星辰尽量克制住情绪，说道："我们已经拿出了最大的诚意，如果你们不领情，非得要得寸进尺为难我们的话……"

雷傲冷哼了一声："什么叫'诚意'？我有我的标准。你们杀死了我们的同伴，我只是要伊芳喝一杯酒而已。难道她们俩的命连这杯酒都不值？"

他猛地一拍桌子，指着洛星辰和伊芳说："如果是这样，还有什么好谈的？！"

雷傲这一声吼，外面立刻拥进来二十几个人，全是"异世界"的二代超能力者。杭一等人倏然起立，做好战斗的准备，气氛顿时剑拔弩张、一触即发。

伊芳伸手示意自己的人勿要轻举妄动。她吸了一口气，缓缓吐出，说道："你们都退下。"

二代超能力者们迟疑着，并未立刻离开宴会大厅。伊芳瞪了一眼，加重语气说道："听不懂我说的话吗？"这些人才纷纷退下了。

伊芳伸出手来，从雷傲手中接过这杯葡萄酒。洛星辰蹙眉道："伊芳……"海琳也喊了一声"母亲"。伊芳摆了摆手，沉声道："这杯酒我喝了。"

说完，她当着众人的面，将整杯红酒一饮而尽，一张脸立刻就红了。

雷傲说了声"痛快"，给自己也倒了满满一杯酒，一仰脖子干了。然后，他抹了抹嘴，望向杭一他们。

杭一刚才其实有点担心雷傲一时冲动，造成无法挽回的结果。"世界上没有永远的敌人，人总是要往前看的"——伊芳说的这句话是有道理的。他是"守护者同盟"的领导者，必须为大家的性命和未来负责。当然不能再不识抬举了。

杭一亲自往每一个酒杯里倒上酒。伊芳的酒杯里，他只象征性地倒了一点点，然后举起酒杯说道："希望我们能有一个新的开始。我提议大家一起干一杯，好吗？"

事情发展至此，如果再有谁提出异议，那就真的是不识趣了。何况赵又玲、方丽芙等人本来就跟"三巨头"没有什么旧怨，对他们提出的优厚条件自然没有拒绝的理由。众人一起端起酒杯，喝下这杯"和解酒"。

伊芳之前所言非虚，她确实不胜酒力。刚才那满满一杯下去，整个人已经是飘飘忽忽了。理性支撑着她没有在众人面前失态，但她也确实撑不下去了，说道："以后的安排，我们改天再聊。今天我要回房休息了，抱歉。"

海琳说："妈妈，我扶你回房吧。"

伊芳不置可否，眼睛却望向了孙雨辰。孙雨辰和海琳都会读心术，他们同时听到了伊芳心里的声音："你扶我回房间，好吗？"

孙雨辰的心脏狂跳起来，脸上泛起红晕。他确实想跟伊芳好好谈谈，但没有想到是在酒后，也没想过是在伊芳的卧室。这似乎暧昧了些。

旁边的人即便没有读心术，也看懂这是怎么一回事了。这一整天发生的事不少，大家也都疲倦了。众人离开宴会大厅，回各自的房间。孙雨辰扶着伊芳的手臂，送她回卧室。

三十三 "旧神"的身份

杭一进入自己的房间不久,门外传来轻轻的叩门声。杭一说了一声:"进来吧。"

陆华走进房间,把门关好,说道:"刚才上楼的时候,你冲我使了个眼色,是暗示我到你的房间来,对吧?"

"没错,我想跟你谈谈。"

"我也是。"

他们俩坐在宽阔、舒适的真皮沙发上。陆华说:"杭一,你真的打算在这个'异世界'隐居一辈子,度过余生吗?"

杭一反问道:"你是怎么想的呢,陆华?"

陆华沉默良久,摇头道:"老实说,我既迷茫,又矛盾,我也不知道怎样才是最好的选择。回到现实世界,等于又回到那场残酷的竞争之中,每天与危险相伴。但现实世界再不好,那里也有我们的故乡、家园和父母、亲人。这一切,岂是轻易能舍弃的?"

杭一低声道:"伊芳说,我们可以把自己的父母,以及我们爱的人接到这里来。"

"我们不可能把所有亲朋好友都接到'异世界'来。"陆华说,"况且现实世界还有很多我们割舍不下的东西。"

杭一黯然道:"没错。但我们必须有所取舍。"他注视着好朋友的眼睛,"陆华，我明白你的意思。但经历了这么多，我渐渐开始质疑自己——我成立'守护者同盟'，号召大家团结起来，共同应对此事。但实际上，距离'旧神'所说的一年期限，只剩最后的四个月了。我们找到解决此事的方法了吗？没有！而另一个事实是，因为信任我们而选择加入我们的伙伴们已经死去好几个了！——刘雨嘉、井小冉、裴裴，还有我们最好的兄弟韩枫！你知道吗，我常常想，如果他们没有加入我们，而是选择保护好自己，他们未必会死！"

陆华打断杭一的话："这不是你的错。你不用为此感到愧疚。"

杭一深吸一口气，叹息道："我真的不愿再看到任何人死去了。不管是咱们的伙伴，还是'旧神'或者'三巨头'这边的人。这件事情之前，咱们都是一个班的同学呀！可是因为这场该死的竞争，让我们变成了敌人，互相厮杀。陆华，我真的厌倦这一切了！我知道，只要我们回到现实世界，这场争斗就无法避免。"

"我本来以为，已经没有任何办法能改变这一切了。直到我再次来到'异空间'，看到这个全新的世界。我意识到，这是停止这场竞争唯一的办法！'异空间'里缓慢的时间流逝可以巧妙地规避掉'一年期限'这个设定，让所有人不再具备互相厮杀的理由。我们可以在这里和平共处，度过一生。当然，我们也会因此失去一些东西。但这已经是我能想到的，我们这群被残酷命运牵绊的人所能拥有的最好的结局了。"

陆华凝视着杭一，深深地感受到他的悲哀和无奈："可是我们这样做，会不会太自私了一点？现实世界的一切，包括地球上的这么多人，我们都不管了吗？如果'旧神'的预言是真的，我们就眼睁睁地看着世界迎来末日？"

杭一不说话了，他们陷入了长久的沉默。

另一个房间里，陆晋鹏、侯波、方丽芙和赵又玲聚集在一起。他们也要对目前的状况进行分析和商议。

"你们是怎么想的？"陆晋鹏问另外三个人，"真实想法。"

"我不知道你们是怎么想的，"赵又玲说，"但我觉得，这是个好机会，我们可以避免这场厮杀，也可以借此摆脱'旧神'的掌控。"

侯波立刻附和道："没错，仔细想起来，我们只不过是'旧神'手中的几颗棋子而已。况且我们跟杭一他们本来就没有什么过节，跟'三巨头'也没有。如果能够一直待在'异空间'里，我们就不必再听命于'旧神'了。"

"但是这样，我们就等于是背叛了'旧神'。"方丽芙提醒道。

"我们在'异空间'里，'旧神'进不来，他应该不具备'空间转移'能力。"侯波说，"我们待在这里等于是得到了'三巨头'的庇护。况且还有杭一他们。'旧神'再强，也不敢小觑这么多超能力者。你说呢，陆晋鹏？"

陆晋鹏沉思着，过了一会儿，说道："你们是不是忽略了一个人——赫连柯——他怎么会出现在这里？"

侯波说："按照洛星辰的说法，赫连柯是被他绑架或者挟持到这里来的。我猜这也许并不是赫连柯的本意吧。"

陆晋鹏思忖着说："不管是不是这样，有件事都引起了我的注意——赫连柯并不知道我们来到了'异空间'。他走进宴会大厅，看到我们，显得很吃惊，这个反应并不奇怪。但怪异的是，他之后的某个细微神情。"

"他好像看到了某个令他格外吃惊的人。"赵又玲说，她也注意到这个细节了。

"对！我指的就是这个！有那么一瞬间，他明显流露出了一种近乎惊恐的表情。但他迅速控制住了，试图让自己的表情恢复自然，却很难办到。后来吃饭的过程中，他一直缄口不语，显得魂不守舍。你们觉得他这种反应，有可能代表什么？"陆晋鹏问。

侯波三人面面相觑，想不出答案。方丽芙说："他会不会就是看到我们几个人，才会这么吃惊？"

"不，不可能。"陆晋鹏说，"我清楚地看到了他脸上的表情。他的目光接触到我们的时候，只是吃惊。但是当他看到'那个人'的时候，整张脸一下就白了，仿佛见到鬼一样。我实在是想不出来，杭一他们那边有谁会让他惊恐成这样。可惜的是，赫连柯很聪明，他的目光根本就没在那个人身上多停留。所以我无法判断'那个人'是谁。"

"别绕弯子了，你就直说吧。你觉得这个让赫连柯惶恐的人到底是谁？"赵又玲问。

陆晋鹏压低声音："我们知道，赫连柯和闻佩儿是'旧神'的代言人。只有他们两个人见过'旧神'的真面目，知道'旧神'是谁。一开始都是赫连柯向我们传达'旧神'的指示，后来才换成了闻佩儿。现在看来，显然就是因为赫连柯被洛星辰劫持到了'异空间'。等于说，赫连柯可能很久都没见到过'旧神'了。那么想想看，能令赫连柯震惊和惶恐成这样的人……"

"啊……"赵又玲倏然捂住了嘴，猜到陆晋鹏的意思了，她脱口而出，"难道他看到了'旧神'本人？！"

"嘘！小声点！"陆晋鹏瞪了她一眼。

陆晋鹏的这个推测太惊人了。房间里的温度都仿佛降低了几度。侯波他们张着嘴半天说不出话来。片刻后，陆晋鹏补充道：

"如果真是这样，那么有一点是可以肯定的——'旧神'不可能是我们四个人当中的任何一个，而只会是杭一他们那边的某个人。'旧神'为什么一直要隐藏自己的真实身份呢？可能就是因为他混进了杭一他们的队伍中！赫连柯在没有任何心理准备的情况下，倏然看到'旧神'本人，自然惊骇无比。这是我能想到的最合理的推断了。"

"如果真是这样，那岂不等于说，我们其实一直处于'旧神'的监视之中？"侯波惶恐地说，"那我们要是选择留在'异世界'……"

陆晋鹏说："当然，我也只是猜测，不一定就是这样。"他顿了一下，"不过，我到底有没有猜对，应该很快就能得到验证了。"

"为什么？"方丽芙问。

"想想看，如果'旧神'发现大家都准备放弃争斗，待在'异空间'享福，会不采取措施吗？"陆晋鹏注视着他们三个人的眼睛，阴沉地说道，"如果我没猜错的话，很快就会出事了。"

三十四 爱恋

作为这座宫殿的女主人，伊芳的卧室是客人房间的三倍那么大。装饰和布置的华美程度，更不必浪费笔墨描述了。可惜孙雨辰毫无心思欣赏这女皇寝宫般的华室。他本想把伊芳扶到床上躺下，伊芳却勾住了他的肩膀，向后仰去，两个人在重力的作用下一起倾倒在床上。

孙雨辰赶紧双手撑在床上，不让自己整个身体的重量压在伊芳娇柔的身上。但他们的身体还是发生了碰触，随即是眼神，接着是嘴唇。

当然孙雨辰是被动的。但他的整个身子都酥麻了，无法抗拒这炽热而温润的吻。这就像一场美梦，只是比梦更加真实。他快要融化在梦中了，理性却提醒他这一切其实很荒唐。孙雨辰努力直起身子，暂时逃离了温柔乡，面红耳赤地坐在床边。

伊芳轻柔的声音从背后传来："你讨厌我吗？"

孙雨辰不知道该如何回答。他是个正常男人，某些方面的欲求甚至超越了普通男人。伊芳是他这辈子见过的最美的女人之一。他们俩现在坐在散发幽香的柔软的床上。他知道他可以对她做任何事。但唯一的问题是，他需要一个理由，无论如何都要。否则他不可能安心，也不可能相信这一切是真的，即便已经发生了。

"这不公平，你能读到我的心思，我却不知道你在想什么。"伊芳说。

孙雨辰缓缓转过身，望着她，尽量控制自己的欲念。"我不用超能力，"他说，"这样我们就可以平等地谈谈了，好吗？"

伊芳从床上坐起来，身子倚靠在床头的靠背上，淡然道："我知道你想问什么，但我不习惯直接说出全部，你还是一个问题一个问题地问我吧。如果你非知道不可的话。"

孙雨辰心里有一百个问题，此刻却不知该从何开口。因为每个问题都是令人尴尬的。思忖良久，他打算从根源入手："伊芳，你真的喜欢我吗？"

伊芳默默地点了点头。

"为什么？"

"情感的事，一定需要理由吗？"

孙雨辰愣了几秒，说："如果我们是青梅竹马，或者是多年的同学、朋友，我相信不需要特别的理由。但事实是，我们之前在明德的补习班上，几乎话都没说过几句。我也很清楚自己不是什么魅力十足的大帅哥，所以，我觉得还是需要一个理由的。"

"对，你不是什么大帅哥，但是可能你自己并不知道，你很可爱，也很……"伊芳轻抿嘴唇，面色潮红，"性感。"

"……性感？"孙雨辰有些哭笑不得，他活了二十多年第一次听到有人这样评价自己。他完全想不到自己身上有什么特点能挑起女性的荷尔蒙。

伊芳说："我出身在一个富裕的家庭，受到严格的家教和管束。20岁以前，父母不允许我跟任何异性接触。我从没谈过恋爱，过着修女般禁欲的生活。说得直白和可笑一点，身边的好些女生都初尝禁果了，我却连成年男性的身体都没看过一次，这方面完全是一片空白。直到，我无意间看到了你……的身体，呃，好吧，准确地说是裸体。仿佛为我打开了一扇通往神秘园的小窗。"

"什……什么？！"孙雨辰面红耳赤，舌头都快捋不直了，导致语无伦次，"我什么时候让你看到……这，这怎么可能？"

"别紧张，也别害羞，是你非要知道不可的，我又不想骗你，就只有说实话了。"伊芳像大姐姐安慰小弟弟一样拍着孙雨辰的肩膀，随后，她沉默了几秒钟，好像她的思想在几万米以外遨游了一趟又回到了现实，"你家在江北区湖滨小区，对吧？"

孙雨辰惊悚地点了点头。

"让我来帮你回忆一下。你卧室的窗口，对着的是人工湖。湖对岸的高地，是琼州市的一片别墅区，对吗？"

"……对。但那些别墅距离我家很远，至少有一千米以上的距离。你不可能……"

伊芳吃吃地笑了起来："所以这就是你可爱的地方。正常情况下肉眼当然是看不到这么远的，但你忽略了世界上有望远镜这种事物的存在。不过话说清楚，这副高倍望远镜是我朋友从英国带回来送给我的礼物，可不是为了偷看你才准备的。我只不过是在无意中看到了你，发现你家居然就在我家对面。而你似乎长期都是一个人在家，并且不习惯拉上窗帘。你有时洗完澡会裸体出来，然后坐在电脑前……"

"别说了……"孙雨辰全身都僵硬了，脸红到了脖子根，羞臊得无地自容。他做梦都没想到自己居然被一个女孩长期偷窥。而且看到的是他自慰的情景。

伊芳说："我知道，我这样做很不道德，并且是羞耻的。但我控制不住，每到晚上我就会忍不住偷看你。我中了毒，上了瘾，无法自拔。这种偷窥的快感竟然渐渐发展成对你的依恋和爱慕。有时你也会关上窗帘，你无法想象这种时候，我有多么失落和难受……我惊恐地意识到，我已经无可救药地爱上你了。"

孙雨辰缓缓扭过头，望着她："你不觉得，以这种方式爱上一个男生，很不正常吗？"

伊芳摇头道："爱就是爱，至于是怎么产生的，由不得我。"

"然后呢，你对我做了什么？"孙雨辰问，其实他大概能猜到了。

"然后我们就分别获得了超能力。你加入杭一他们的同盟后，不再住在自己的家里了。我也因为跟洛星辰和连恩联手,成了'异世界'的'三巨头'。我们渐行渐远,终究发展成敌人。但在我内心深处,一直都爱着你。可由于我们立场不同,导致我无法大大方方地出现在你面前,只能苦苦压抑自己的情感。直到连恩他们想到用俞璟雯来替换你们当中的某个人的计划。我立刻提出,把你替换到我这里来。

"至于具体过程,你应该不难猜到。拥有隐身和空间转移能力的二代超能力者,可以轻松潜入你的住所,用迷药让你昏迷,然后带到'异世界'来。确切地说,是我的房间。"

都讲到了这一步,孙雨辰也没什么好难为情的了,他说:"可是我处于昏迷状态,怎么可能跟你……发生关系?"

"你一定要了解得如此详细吗?"伊芳不太情愿地说,"'异世界'有一种奇花,香味具有挑起性欲和致幻的作用,能让你在无意识状态中……好了,别逼我讲出细节。"

孙雨辰也不想再探讨这让人难堪的话题了。他话锋一转,问出一个至关重要的问题:"我是怎么升级的?"

伊芳回忆了一下,好像她已经忘了这件事情了。片刻后,她说道:"哦,这是一个意外。"

"意外?"孙雨辰不懂。

"对,这是我预料之外的事情。"伊芳说,"我见到了你,并和你发生了亲密关系,完成了我的夙愿。之后,我让人把你送回现实世界,当然不是你们的大本营,而是另一个地方。当时你仍处于昏迷状态,而你的同伴们都没有在身边,我不能把昏迷的你一个人丢在房间。所以,为了你的安全考虑,我让几个二代超能力者暂时守护在你身边,确保你的安全。

"现在看来,幸好我这样做了。因为你确实被竞争对手——也就是13班的一个超能力者盯上了。我不知道他是怎么发现你的,如果我没猜错的话,这个刺客可能是'旧神'那边的人。"

"是谁？"孙雨辰问。

"宛东鹏（男44号）。"

"什么，宛东鹏，他想要暗杀我？"孙雨辰想起了13班这个八字眉的男生。

"对，他的能力就跟他的个性一样，十分阴险，根本不用露面，就能杀死对手。被杀的人可能连怎么死的都不知道。我的人替你们解决了他，你们真该感谢我。"

"他的能力到底是什么？"

"温度。"伊芳说，"这个能力可以改变指定范围内的气温或温度。听我的人说，当时是晚上，他们突然感受到一股不正常的恶寒，气温仿佛瞬间下降了二三十摄氏度，温热的咖啡在几秒之内凝结成冰块，整个人仿佛坠入零下十几摄氏度的冰窖。如果不是他们反应极快，并且恰好具有瞬间转移的能力，恐怕会活生生被冻成冰棍。"

"他们用瞬间移动离开房子，然后找到了这个袭击者？"孙雨辰猜测。

"没错，宛东鹏可能根本没想到居然有人能瞬间逃出来。他当时就站在房屋门口。我的人毫不费力就发现了他，然后，杀了他。"

"可是，为什么升级的是我？"孙雨辰问。

伊芳大笑起来："因为二代超能力者不是50个竞争者之一，他们是不会升级的。而当时距离宛东鹏最近的，具备'继承资格'的人，就只有你了，当然你就升级了呀。昏迷之中都能升级，捡这样一个大便宜，你没想到吧，哈哈哈哈。"

孙雨辰没觉得这有什么好笑的，思忖着说："但我醒来后感觉，我好像不止升了1级……"

"因为你不是宛东鹏的第一个袭击对象。我后来调查得知，他之前就对乔琳娜（女16号）出手了。乔琳娜的能力是什么来着……哦，是'文字'，这能力具体怎么运用，现在已经不重要了。总之，宛东鹏袭击你的时候就是2级。而你继承了他的能力，所以现在应该是3级了。其实你能阴差阳错地升级，我挺高兴的。你的能力变得强大了，才能更好地保护自己。"

所有的疑问都解开了。孙雨辰心情复杂，他不知道该对伊芳说谢谢还是什么。起码没法去责怪她。他突然意识到一个问题，不管他是否情愿，他跟伊芳已经具有夫妻之实了，他们还有一个叫孙海琳的女儿。这一切虽然荒唐，但他不得不接受现实。

伊芳虽然没有读心术，此刻却能准确地看穿孙雨辰的心思。她说："我知道你需要时间来消化这一切。我也知道我之前做的事是错误而疯狂的，我没有尊重你……但是请你相信，我对你的心意是真的。海琳也非常希望我们三个人能在一起生活。所以……我希望你能好好考虑一下。"

孙雨辰凝视着伊芳美丽的眼睛和睫毛，伊芳也满怀深情地望着他。他们默默对视了很久，孙雨辰认真而慎重地点了下头。伊芳露出欣喜的神情，她尝试着去解开孙雨辰衬衫的纽扣，孙雨辰没有拒绝……

三十五　祸起

第二天一早，杭一等人起床洗漱后，来到一楼的宴会厅。用人们已经备好了清爽的早餐。百香果和西番莲混合的果汁，小米粥搭配新鲜腌渍的萝卜和青瓜，还有芝士三明治和肉酱意面等选择。每一样食物都美味可口，令人心旷神怡。

雷傲坐到杭一和陆华的身边，一脸坏笑地说："我刚才去孙雨辰的房间叫他，发现他没在房间里。你们猜他昨晚在哪里过的夜？"

杭一和陆华当然明白他的意思。杭一说："你羡慕吗？"

"说实话，还真有点儿。伊芳可不是那种随随便便就能搞到手的女孩，孙雨辰这家伙还真是艳福不……"

"喀喀……"陆华瞥见孙雨辰和伊芳一前一后地进入餐厅，赶紧咳嗽示意，雷傲立即住嘴。

伊芳带着一脸幸福的红晕，看起来就像洞房过后的新娘。当然每个人都明白她和孙雨辰之间发生了什么。海琳和洛奇相视而笑，了然于心。

伊芳以女主人的身份询问众人："早餐合口味吗？"

雷傲忍不住想要调侃他们一下，说道："早餐不错，不过我觉得，可能孙雨辰的味道更加可口……"

伊芳羞红了脸，扭过头去。孙雨辰瞪了雷傲一眼，说了声："吃你的吧！"

用意念操控餐桌上的一个小圆面包,手指一画,面包不偏不倚地飞向雷傲,堵住了他的嘴,隔空移物的技术真是高明而精湛,引得众人哈哈大笑。

此刻餐厅里的人有伊芳、孙雨辰、杭一、陆华、季凯瑞、雷傲、宋琪、陆晋鹏、侯波、赵又玲、方丽芙、范宁、穆修杰、海琳和洛奇。洛星辰、赫连柯和佟佳音昨晚没有留在伊芳的府邸,回自己住所去了。杭一没有刻意统计人数,但是不一会儿,他发现少了一个人——舒菲,于是问道:"舒菲呢,怎么没到餐厅来吃早饭?"

经他这么一说,大家才发现果然缺了一个人。宋琪说:"她不会还在睡吧?"

杭一本想说现在都几点了,却想起"异空间"根本就没有固定的时间概念。但照常理来说,舒菲不该睡到这个时候还没醒吧。他对宋琪说:"要不你去叫她一声可以吗?"

"行。"宋琪起身。范宁也吃完了,说道:"我跟你一起去吧。"

两个人沿木质楼梯来到二楼。舒菲的房间就在范宁的隔壁。范宁叩门,喊道:"舒菲。"

里面没有回应。范宁又重重地敲了敲门,还是无人应答。她和宋琪狐疑地对视了一眼,然后握住门的把手一转,门没有锁,直接被打开了。

她们俩走进屋内,径直来到舒菲的床前,发现舒菲侧躺在床上,背对着她们。宋琪讷讷道:"睡得这么沉?"

范宁却本能地感觉到不对劲。她叫了一声"舒菲!"然后伸手去抓舒菲的手臂,冰凉的触感令她心中一惊。她把舒菲的身体翻过来,发现舒菲睁着一双空洞的眼睛,瞳孔散大,已经停止了呼吸,变成一具冰冷而僵硬的尸体了。

范宁倒吸一口凉气,头皮瞬间就炸了。宋琪也失声尖叫起来。楼下的人听到这声尖叫,立刻意识到出事了。十几个人迅速冲出餐厅,跑上楼来。他们一起拥进舒菲的房间,看到范宁和宋琪惊骇欲绝的神情。杭一心中"咯噔"一声,暗叫不妙,他走到舒菲的床前,看到舒菲的尸体,顿时感到天旋地转。

其他人也全都惊呆了,雷傲似乎不敢相信,他上前试探舒菲的鼻息,又翻了一下舒菲的眼皮，确定她已经没有任何生命体征了。雷傲的眼泪倏然落下，他呆立几秒，猛然回头，瞪视着伊芳，大喝一声："这是怎么回事！"

这句话居然伴随着一阵狂风袭向伊芳。伊芳猝不及防，被狂风吹得站立不稳，踉跄着连退几步，差点撞到墙上。孙雨辰赶紧扶住伊芳，吼道："你冷静点，雷傲！"

雷傲没有再使用超能力，却仍然瞪视着伊芳。伊芳冲孙雨辰摆了摆手，示意自己没事，她捋了一下被风吹乱的头发，迎着雷傲的目光说道："你以为这是我干的？或者我指使人干的？如果我真的要暗杀你们的话，之前有一万次机会！"

确实，这是不合逻辑的。雷傲冷静下来，却无法抑制愤怒，他愤恨地说道："那舒菲是怎么死的？！"

他说这话的时候，范宁已经仔细检查了舒菲的尸体，说道："舒菲身上没有任何外伤，起码表面上看不出来。从尸体僵硬的程度来看，她已经死去好几个小时了，显然是在夜里遇害的。"她对雷傲说，"与其毫无根据地指责和怀疑，不如冷静地想想，谁能用这种丝毫不留痕迹的方式杀人吧！"

范宁能保持清醒的头脑和冷静的判断，陆华却无法自持，眼泪扑簌簌地从他的眼眶中滚落下来。他跟舒菲是高中同学，也是好朋友，当初更是他向杭一提议，拉拢舒菲到守护者同盟的。如今，他面对舒菲冰冷的尸体，感到痛苦万分，哭着说："为什么……为什么是舒菲呢？为什么有人会选择对她下手？！"

杭一紧闭着双眼，他虽然没有流下泪来，但心中的悲伤难过丝毫不亚于陆华。又一个同伴死去了，而且死得毫无征兆，毫无道理。他不确定是不是自己的一些决定害死了舒菲。不管事实究竟怎样，他之前居然真的相信，待在"异空间"就能让大家平安地度过一生。他真是太傻了，太天真了。

季凯瑞看出，杭一处于深深的自责和悔恨中，一时之间难以自拔。他心里也很难过，但眼前最重要的，是判断形势，分析出舒菲被杀的原因，找出凶手。他说道："我希望大家都冷静下来。舒菲遇害，有两点值得我们注意，第一，为什么凶手会选择对舒菲下手？第二，凶手是用什么方式杀了她？这两个问题至关重要，是找出凶手的关键。"

穆修杰说："假如凶手不是疯子，也不是随机杀人的话，他杀死舒菲自然是有某种理由的。我们都是超能力者，最容易让人想到的理由就是，凶手认为舒菲的能力对他构成了某种威胁，所以才要除掉她。"

范宁点头道："有道理。舒菲的能力是'追踪'，能感应到某人的行踪和所在位置。凶手会不会就是对此有所忌惮，才将她杀害的？"

"可是谁会这么害怕暴露位置？"穆修杰问。

范宁答不出来了。

"要说凶手杀人的方式——"雷傲冷哼一声，"'三巨头'这边的人，能力无非就是'元素''生命''空间''隐形''基因''动物'这几个罢了。只要采取排除法，不难猜到凶手会是谁！"

伊芳说："雷傲，不是我要有意挑拨什么。但我必须提醒你一句——你就这么确定凶手一定是我们这边的人吗？你别忘了，按照'旧神'定下的游戏规则，所有超能力者都是竞争对手。所以理论上说，这里的每一个人都具备动机！"

"你——！"雷傲瞪圆了眼睛，却一时无法反驳，片刻后，他说道，"就算我们当中出了'内奸'，这个人为什么要到'异空间'来才下手？"

伊芳说："原因不是明摆着的吗？就是想嫁祸给我们！"

雷傲吃了一惊，嘴上虽然没说，心里却不得不承认确实有这种可能性。他扫视了众人一圈，目光落到侯波身上，张了张嘴，最后还是克制住了，没把怀疑的话说出口。

但侯波却读懂了雷傲眼神中的意味，他大吃一惊："雷傲，你望着我是什么意思？该不会是怀疑我杀了舒菲吧？"

雷傲不置可否。范宁却说道："侯波，你先别激动。我也不是针对你，只是就事论事。舒菲的房间在我隔壁，我昨天晚上一直很警醒，却并没有听到任何声响。可见凶手是悄悄潜入舒菲的房间，在神不知鬼不觉的情况下将她杀死的。仔细想起来，我们其他人要想做到这一点，都有些难。可你不同，如果你让时间暂停,然后潜入舒菲的房间,只要捏住她的鼻子,就能让她窒息而亡了,不是吗?"

侯波涨红了脸,气呼呼地说:"非要这么说的话,你的能力'操控'也不是不能做到。就算隔着一堵墙,你也能操纵舒菲捏住自己的口鼻,把自己憋死吧?"

范宁没想到他居然立刻就能反唇相讥,瞪大了眼睛,一时说不出话来。

雷傲这时又想到了新的可能性:"我记得以前在某本书上看过,当通过人体的电流达到90~100毫安,作用3秒以上时,就会让人心脏停搏。这种方法,也能不留任何外伤地杀死一个人。"

赵又玲为之一怔,没想到雷傲居然又怀疑到了她的头上。她恼怒地说:"雷傲,你别像疯狗一样乱咬人好不好?我就算能用电流杀人,也要能进入舒菲的房间才行。我不相信她昨晚会连房门都不锁,我隔着门怎么把她电死?不过,既然话都说到这份儿上了,我也就直说了。要想在不破坏门锁的情况下进入舒菲的房间,将她暗杀,除了能自由进行空间转换的洛星辰——当然还包括跟他拥有一样超能力的二代超能力者——还有谁能办到?"

洛奇赶紧说:"我爸爸不可能这么做,我更不可能!我相信他是真心希望你们能留在这里的!"

话音未落,众人身后传来一个声音:"你们在议论我什么?"

大家回头一看,发现洛星辰和赫连柯恰好在这时走进了这个房间。洛星辰面色严峻,环视众人之后,目光接触到了床上舒菲的尸体,露出惊愕的神情,快步走过来,说道:"什么……舒菲也死了?!"

杭一一震,问道:"你说'也'是什么意思?"

洛星辰脸色铁青地说道:"今天早上,佟佳音府中的用人告诉我,佟佳音死在了自己的床上,身上没有任何外伤,看起来,跟舒菲的死法一模一样。"

女45号,舒菲,能力"追踪"——死亡。

女37号,佟佳音,能力"基因"——死亡。

三十六　异变

洛星辰的话震惊了所有人。伊芳问道："这是怎么回事？"

洛星辰摇头道："我不知道，但是看起来，某个人打算大开杀戒了。"

伊芳又问："连恩知道吗？"

洛星辰望了杭一等人一眼，犹豫了一下，最后还是选择不隐瞒他们，说道："这件事情有些奇怪，我得知佟佳音死亡后，立刻转移到连恩的府邸，想跟他汇报此事，却发现他不在府中，并且去向不明。"他稍微停顿了一下，说，"董曼妮也是。"

"你是说，连恩和董曼妮在佟佳音和舒菲被害后，就行踪不明了？"伊芳愕然。

"看起来就是这样。"洛星辰说，"还好赫连柯没有一起失踪，我找到了他，和他一起转移到这里来了。"

"母亲……"洛奇担心地问，"她会去哪儿？"

洛星辰摇头道："我不知道。"

雷傲打断他们的对话，问道："佟佳音真的死了？"

洛星辰诧异地望着他："你以为我在骗你们？抱歉，我现在还真没心思开玩笑。事态十分严重，我们遭受了共同的威胁。显然有人不愿看到我们联合。"

范宁突然说:"连恩和董曼妮的能力是'生命'和'隐形'。会不会是他们联手杀死了舒菲和佟佳音?"

洛星辰:"怎么做得到?"

范宁:"连恩既然能延长人的生命,就不能让人的生命提前终结吗?"

"你是说,连恩用超能力让她们俩提前寿终正寝了?"洛星辰连连摇头,"相信我,连恩的能力做不到这一点。况且他疯了吗?为什么要杀佟佳音?"

众人无话可说,事情确实扑朔迷离。只有陆晋鹏他们四个人大概能猜到这是怎么回事。但他们不敢思考这个问题,怕被孙雨辰或海琳探听到心里的秘密。而赫连柯,始终一言不发,面无表情,令人难以捉摸。

"那我们现在该怎么办?"宋琪问出一个关键的问题。

伊芳也望向洛星辰,看来她也迷茫了。

洛星辰说:"我建议现在所有人都待在一楼的会客大厅,尽量不要单独行动,避免出现下一个牺牲者。然后,杭一,我想单独跟你谈谈。"

杭一愣了一下,不由自主地说:"谈什么?"

洛星辰靠近他,在他耳边悄声说道:"我说过,你忘了问我最重要的一个问题。现在,你想到这个问题是什么了吗?"

杭一愣愣地望着洛星辰,一开始并未明白他的意思。但是几秒钟过后,他脑子里像通过了一道电流,令他浑身痉挛了一下。他知道洛星辰在暗示什么了。

事实上,洛星辰刚才就暗示过了,他说了一句"显然有人不愿看到我们联合"。

当时杭一没怎么听懂这句话,但现在,他倏然明白了。

"守护者同盟"和"三巨头"联合的话,对谁最不利呢?

"旧神"。

杭一想起了更令他心惊的事——孙雨辰和海琳曾告诉过他,"旧神"已经混入了"守护者同盟",就是他们现在这些人当中的一个。

而且,有某个"神秘人"留下字条,提醒杭一"当心最不可能的人"。

这里面肯定隐藏着某个圈套,杭一恨自己不够聪明,暂时没法识破这个局。

难道洛星辰知道什么，并且急于告诉自己？或者说，洛星辰知道"旧神"是谁？

不管洛星辰是不是完全值得信任，杭一也必须听听他到底会说什么。他对洛星辰点了点头。

洛星辰似乎十分谨慎，他对杭一说："你先跟大家一起到一楼会客厅。我会在你的房间等你。"

杭一明白他的意思——其他人都在一楼大厅，可以互相监督。这样可以确保他们的谈话不被人探听。

下楼的时候，孙雨辰靠近杭一，在他脸颊旁耳语道："我刚才听到了洛星辰心里的声音。他好像想把他心中一直怀疑的某个人告诉你，而这个人，就是'旧神'！"

杭一说："我猜他也是打算告诉我这件事。"

孙雨辰低声提醒道："但是洛星辰说的话未必是真的，或者这也可能是他自己的判断罢了，总之你先听听他会说什么，再告诉我们吧。"

杭一默默颔首。

一楼会客厅，伊芳安排大家坐下。杭一抬头看到洛星辰走进了自己的房间，他心情急迫，打算上楼去找洛星辰，范宁叫了他一声，走到他身边提醒了一句："杭一，小心点。"

杭一说："小心什么？洛星辰？"

范宁说："小心有诈。"她具体也说不上来应该提防什么，只是又叮嘱了一句，"总之当心点吧。"

杭一沉吟一下，点了下头，快步朝楼上走去。

房间的门是虚掩着的，杭一直接推门进去了。然而，出现在他眼前的一幕，却让他仿佛遭受迎头重击。

洛星辰倒在地上，一动不动，看起来已经停止了呼吸。他浑身没有任何伤口，跟舒菲和佟佳音的死法一模一样。

杭一的脑袋"嗡"的一下炸了。最多一分钟前，他亲眼看到洛星辰走进这个房间，怎么可能这么快就遇害了？他很想上前去试探洛星辰是否真的完全断气了，却猛然意识到凶手可能还在这间屋内。他暴喝一声："是谁？！"

楼下的人刚刚坐下，听到杭一这一声大喝，料想上面又出事了，赶紧又朝楼上跑去。洛奇心脏狂跳，有一种不祥的预感，他冲在最前面，闯进杭一的房间，见到父亲倒在地上，他大叫一声，上前去扶起父亲，摇晃他的身体。然而，洛星辰的身体虽然还是温热的，呼吸却已经停止了。过了好一会儿，洛奇终于意识到父亲是真的死去了，眼泪簌然而下。

伊芳捂着嘴，骇然道："这是怎么回事……洛星辰刚才不是还好好的吗？怎么突然就……"

杭一说："我推开房门，就看到他倒在地上了。他就是在我们下楼的这一分多钟内遇害的！"

"舒菲、佟佳音，现在又是洛星辰……"孙雨辰严峻地说，"这个凶手就潜伏在我们身边！"

陆华面色惊慌地说："我们所有人刚才都在楼下，不可能是我们当中的任何一个，凶手必然另有其人！"

雷傲再次望向侯波，说道："除非有人暂停了时间！"

侯波大怒，吼道："你到底要怀疑我多少次？我还怀疑有人对我出手了呢！刚才我坐在楼下的会客厅，有那么一瞬间头脑一片空白，就像……"

"就像被人操控了一般，对吧？"范宁接着他的话说，然后望向众人，"你们不用怀疑侯波，不是他干的。因为刚才我短暂地操控了他，只是没让你们任何人察觉到罢了。"

"你——"侯波怒视范宁，"凭什么对我使用超能力？！"

"因为你的能力确实让人怀疑。但是从刚才发生的事来看，我能证明你绝对不是杀死洛星辰的凶手。"范宁说。

侯波一时无语，闷哼了一声。

"这么说凶手是我们之外的人，那么能做到来去自如，又不被我们发现踪迹，除了拥有'空间'和'隐形'这两种能力的人，谁又能办到呢？"孙雨辰说。

伊芳茫然地说："你认为是我们这边的人干的？连恩，或者董曼妮？可他们为什么要这么做，没有理由呀！"

季凯瑞说："这件事绝不简单，原因我们恐怕一时半会儿是猜不出来的。"

这时，宋琪突然感觉到了什么，她望着杭一房间里的一杯水，发现水的波纹有节奏地微微颤动着。她惊呼一声："你们感觉到了吗？"

众人静下来，几秒钟过后，所有人都感觉到了——大地在微微震动，并且振幅在逐渐增强。他们惊愕地对视在一起。雷傲冲到窗前，从打开的窗户中飞了出去。

十多秒钟后，雷傲飞了回来。他的脸色一片煞白，神情从未显得这般惊慌，他失控地大骂道："该死！你们这里到底养了多少怪物？！"

"怎么了？"伊芳问。

雷傲气急败坏地说："我刚才飞到空中去侦察了，你们的怪物大军正在朝这座府邸进发！"

伊芳吃了一惊："他们打算对付我？"

"恐怕是'我们'吧。"杭一问雷傲，"怪物大军的数量有多少？"

雷傲说："黑压压的一片，像海潮一般涌过来，我飞在空中，竟然一眼望不到边际！"

伊芳惊呆了："难道……他们调动了所有的怪物军团？"

杭一问："能调动所有怪物军团的，只可能是连恩吧？"

伊芳说："对，连恩是'异世界'地位最高的领导者。没得到他的许可，任何人——包括我和洛星辰都不得擅自调动怪物军团。他疯了，他要杀掉我们所有人！"

"那我们现在该怎么办？"海琳焦急地问。

"还能怎么办，做好战斗准备！"季凯瑞说。

"等一下，听我说，"雷傲咽了口唾沫，"你们没有看到怪物的数量有多么庞大……我从来没惧怕过任何一场战斗。但这一次,我可以百分之百肯定地说,我们没有胜算,丝毫的胜算都没有!我们全部联手都不可能是这些怪物的对手。记得广场上的一战吗?这次的怪物数量,可能是上次的一百倍!"

伊芳面如土色地说:"没错,我知道怪物大军的数量有多少,雷傲的估计和判断是对的。我们如果硬拼,只会是死路一条。"

所有人的心都凉了。赵又玲倏然望向洛奇,说道:"现在只有一个办法了,你带我们离开'异空间',回到现实世界!"

洛奇没有表态,他还沉浸在父亲遇害、母亲失踪的双重打击之中。赵又玲急了,上前去抓住他的肩膀,摇晃着:"别发呆了,怪物大军马上就到门口了!只有你能救我们!"

没等洛奇开口,杭一说道:"逃到现实世界,就是解决问题的办法吗?别忘了,连恩这边也有空间转移者。如果他真的完全丧失理智,非置我们于死地不可的话,他会让整个怪物大军入侵现实世界的。到时候死伤的就不只我们这些人了,后果不堪设想!"

形势突然严峻至此,所有人都感到措手不及。而这时,他们已经能通过窗口看到怪物军团了。果然如雷傲所说,一眼望不到边的怪物大军呈弧形将伊芳的宅邸包围,并且怪物不局限于地面上,还有飞在空中的怪鸟。铺天盖地的怪物遮云蔽日,像乌云和海啸般掩至。这场景足以让任何人心惊胆寒,双腿发软。杭一等人即便经历过各种大场面,像这样的情形,他们也是头一回遇到。

杭一明白,逃是不可能了,躲也不是办法。事实上,他已经想不出任何可以全身而退的办法了。现在唯一能做的,就是跟怪物军团拼尽全力一战。就算没有胜算,就算他们最终会力竭而亡,或者在拼杀中牺牲,但始终能消灭一部分怪物。杭一悲哀地意识到,这是他们能为这个世界做的最后一件事了。

男 1 号,洛星辰,能力"空间"——死亡。

三十七　交锋

大家从杭一决然的表情中看出了他的决定。雷傲一咬牙，说道："妈的，拼了！大不了就是一死！"

"不……"赵又玲突然哭了出来，浑身发抖，"我还不想死，我为什么要死在这里？早知道结局是这样，我就不该……"

陆晋鹏怕她失控后说出他们是"旧神"那边的人，情况已经非常糟糕了，他不想让局面更加恶化，赶紧打断道："赵又玲，还没到山穷水尽的地步。怪物军团虽然把我们包围了，但连恩现在还没有下达攻击的指令，事情也许还有转机！"

"没错，"伊芳说，"我不相信连恩真的疯了。无论如何，我都要亲自跟他谈谈！"

说完，伊芳转身朝楼下走去。众人一时没有更好的主意，只有跟她一起下楼。

管家战战兢兢地打开大门，伊芳率先走了出去。她环顾四周，看到她的宅邸果然被密密麻麻的怪兽包围了，距离他们不过一百米左右的距离。她只是大概扫了一眼，已然从怪物的数量和种类中得知，连恩果然调动了"异世界"的全部兵力。变异的豺狼虎豹是打头阵的A级怪物，而连恩和能力是控制动物的二代超能力者坐在十几头体形庞大的S级猛犸象背上（没有看到董曼妮）。连恩乘坐的猛犸象是体形最大的,在怪兽军团的正中间。象背上绑着宽大而华丽的"龙椅",座椅上的人透露出王者般的霸气。

杭一等人终于见到了这个"异世界"的王者,连恩的模样跟他们记忆中的一样,但他散发出的气场却让人感觉无比陌生。伊芳朝连恩走过去,海琳想要一同上前,孙雨辰也跟着跨出几步,但伊芳摆手示意他们不要跟来。她要跟连恩单独交谈。

周围的怪兽虎视眈眈地注视着伊芳,没有主人的命令,他们不敢贸然发动攻击。杭一心里捏了一把汗,而孙雨辰自己都没有察觉到,他的背心已经被汗水浸透了。

伊芳走到距离连恩只有五十米的距离,直视着他,问道:"连恩,告诉我,这是为什么?"

连恩冷漠地注视着伊芳,眼神之中看不到任何的感情。他缓缓抬起一只手,手指指向伊芳,眼睛倏然瞪大了,口中迸出三个字:"我恨你!"

"什么?"伊芳诧异莫名。她还没说出下一句话,两支箭矢从斜前方的两个方向疾射而出。伊芳来不及躲避,甚至来不及做出反应,就被这两支利箭穿透了胸膛。射出利箭的,是连恩身旁的两个弓弩手。

一瞬间,时间仿佛凝滞了。孙雨辰的眼前出现一层红幕,他和海琳一起发出撕心裂肺的喊叫:"不——!!!"

其他人也全都惊呆了。其实他们当中很多人的能力都能救得了伊芳,但出现这样的情形,有两个原因:

第一,事情发生得太快了,几乎所有人都没有反应过来,也来不及启动超能力;

第二,众人提防的,都是四周凶神恶煞的怪物们,没人想到连恩手下的人会突然使出弓弩这样的攻击手段。

此刻,伊芳摇晃了两下。她用仅余的力气艰难地转过身,最后看了孙雨辰和海琳一眼,倒在地上,死去了。

孙雨辰的体内涌起一股能量。他升级了，伊芳在临死之前选择了让他继承自己的能力。

孙雨辰悲愤地暴喝一声，向怪兽军团和连恩冲去，双手猛地向前一推，一股强大的念力像无形的巨墙一般撞向正前方的敌人，这股力量之大，竟然像狂风刮过麦田一般，将前方数千只怪兽尽数吹飞，撞击到后面的怪兽，倒下大片。中小体形的怪兽，死伤无数，就连体重十几吨的猛犸象，都被这股力量推飞到几米之外。连恩差点从座椅上跌落下来，大惊失色，稳住身形后，喝道："进攻！"

随着这声令下，怪兽大军像一个急速收拢的圆一样狂拥向杭一等人。速度之快，令人心胆俱裂。陆华大喊一声："圆形防御壁！"生成一个迄今为止最大直径的透明防御壁，将宅邸门口的十几个人全部笼罩其中。但孙雨辰刚才丧失理智，冲到了前面，身处陆华的防御壁之外。而他刚才那一击，几乎耗费了大半体力，眼看就要被扑面而来的怪兽撕碎了。

突然，时间暂停了——侯波使出了超能力。他在短暂定格的十几秒内，冲到孙雨辰身旁，将他扛在肩上，然后迅速回到陆华的防御壁中，并解除超能力。最前方的怪兽们，在时间恢复的同时撞到了防御壁上。所幸全部人都在"玻璃球"中，暂时安全。

杭一知道，生成如此巨大的一个防御壁，显然是陆华能力的极限了，而且他绝对坚持不了太久。果然，陆华大汗淋漓地喊道："你们快想办法，我最多只能撑两分钟！"

杭一大吼一声："伙伴们，开战！"

圆形防御壁里的超能力者，意识到他们没有别的选择了，所有人都毫无保留地使出了最强能力，展开无比壮烈的一战。

雷傲的风刃像进行割草般的大范围斩杀；海琳发射威力强大的火球；方丽芙的激光穿透整条直线上的怪物；陆晋鹏用拳头轰爆怪物的脑袋；赵又玲将紧贴防御壁的怪物们尽数电毙；洛奇在防御壁外制造出空间裂缝，将接近的怪物们转移到别的地方；范宁仍旧跟穆修杰配合，操控金属化的大型怪兽进行反击……

杭一的"游戏"具有多种运用方式。他也深知这个能力的矛盾之处——如果将游戏中具有强大战斗力的事物召唤出来，势必具有最大的杀伤力，但弊端是，太过耗费体力，只能维持很短的时间。而怪物军团似乎杀之不尽。假如他和陆华同时耗尽体力，其他人绝对撑不过十秒钟。所以，他必须有所保留，尽量延长自己使用超能力的时间。此刻，他只是化身箭神黄忠，使出"万箭齐发"的绝技。

宋琪是目前最无法发挥作用的人。她虽然能减缓怪物们的动作和攻击速度。但面对源源不绝的怪物，这招失去了意义。

而赫连柯能做的，无非是强化陆华的能力，让他能多支持一些时间。但他清楚怪物军团的数量有多少，知道这只不过是将死亡的时间推迟几分钟而已。这是场残酷的消耗战。杭一等人的能力固然强大，但问题是他们坚持不了太久，无法持续作战。怪物军团的数量太庞大了，并且在超能力的操控下，这些变异生物全部无惧死亡，一拨又一拨地踩踏着同类的尸体发了疯一样地冲上来，等待的只是防御壁消失的一刻。赫连柯知道，只要陆华的防御壁一崩溃，潮水般的怪物就会顷刻将他们吞没、撕裂。就算他们当中有些人凭着自身的能力还能苦苦支撑一阵（比如穆修杰），但随着体力的透支，迎接他们的仍然是死亡。

赫连柯悲观绝望之时，有人在他身边说道："赫连柯，你知道我们撑不下去，对吧？"

赫连柯扭过头来，发现说这句话的人是季凯瑞。他这才发现，季凯瑞居然没有发动任何攻击。他的等级和战斗能力是不亚于杭一的，这实在是很反常。

"是的，怪物军团的猛烈攻势能持续半个小时以上，但我猜陆华最多只能再撑一分钟了。"赫连柯望了一眼陆华，从他的状态中得出判断。

季凯瑞点了下头，用让人难以理解的沉静口吻说道："嗯，跟我的判断差不多。"

赫连柯看出季凯瑞似乎有所计划，问道："你有解围的办法吗？"

"有。"季凯瑞说，"但是需要你的配合。"

赫连柯问："怎么配合？"

季凯瑞："我现在的能力是 3 级，如果经过你的强化，能提升多少？"

赫连柯："大概 10 级左右吧。"

季凯瑞："好，那就可以了。"

陆华艰难地支撑防御壁的同时，听到了他们的对话。他想起了来到"异空间"之前，季凯瑞单独跟他说的话，心中升起不祥的预感，问道："季凯瑞，你想干吗？"

季凯瑞并没有回答这个问题，他拍了杭一的肩膀一下，示意他暂时停止战斗，对杭一说道："不管任何时候，你都不能放弃希望。守护好这个世界，还有你爱的人。"

杭一愣愣地望着季凯瑞，从他的话中听出了诀别的意味，他问："季凯瑞，你想干什么？"

季凯瑞仍然没有回答，只是对赫连柯说："现在，提升我的能力。"

杭一一把抓住季凯瑞的手臂，吼道："说清楚，你到底要干吗？！"

季凯瑞把杭一的手挪开，望着他说："我的能力'武器'，有一种极端的运用方式，就是将自己化身为'核武器'。我没有时间跟你具体解释了，总之这是唯一能让你们活下来的方式。"

杭一的心一下攥紧了，他明白了季凯瑞的意思："核武器……你想自爆吗？不行，你不能这么做！"

"那你是打算让我们所有人都一起死在这里？或者让怪物大军闯进现实世界，带来末日浩劫？"季凯瑞严厉地望着他。杭一张着嘴，哑口无言了。

此时，豆大的汗珠从陆华的头上滴落下来，巨大的体力消耗让他的脸都憋成酱紫色了："我……我快撑不住了！"

季凯瑞重重地拍了杭一的肩膀一下，最后望了他一眼，仿佛将千斤重担托付给杭一。然后，他对赫连柯点点头，毅然冲出圆形防御壁。伙伴们全都惊呆了，雷傲狂喊道："季凯瑞，你疯了吗？"

季凯瑞已经无法回答任何问题了。冲出防御壁的瞬间，他的身体爆射出刺眼的光芒。杭一的眼睛被泪水模糊了，他大吼道："大家闭上眼睛！"

所有人都捂住或闭上了眼睛。身在远处，坐在猛犸象背上的连恩看到怪兽大军中爆射出的灼眼白光后，露出惊恐的神情，他知道完了。

伴随着震耳欲聋的巨响和巨大的能量冲击，圆形防御壁外的怪物军团和连恩，以及化身核弹的季凯瑞一起，灰飞烟灭了。巨大的蘑菇云在"异世界"中升腾到几百千米之上……

杭一在泪眼模糊中再次睁开眼睛，发现自己已经身处琼州市国安局五楼的大本营了。同伴们也在身边。他知道，是洛奇将他们转移到了现实世界。同时，杭一感觉到一股前所未有的巨大力量涌入身体。他意识到自己升级了，季凯瑞选择了他作为继承者，他现在起码达到了8级（还有连恩的等级）。

辛娜欣喜地看到，杭一等人出现在了眼前。对她来说，他们只不过离开了几分钟而已。但这几分钟有几十个小时那么漫长。她扑到杭一的怀中，却发现杭一并没有高兴地搂住她，而是泪流满面。陆华和雷傲他们也是。辛娜骇然发现，她没有看到季凯瑞。虽然不知道发生了什么事情，但她却猜到了，眼泪一下就涌了出来。杭一伸出手，将辛娜揽入怀中，两人紧紧相拥，滚烫的热泪交汇在一起。

女18号，伊芳，能力"元素"——死亡。

男14号，连恩，能力"生命"——死亡。

男10号，季凯瑞，能力"武器"——死亡。

三十八 426 个数字

三天后。

众人集中在大本营内，洛奇和海琳手牵着手，向大家告别。

孙雨辰有些难过地问："海琳，你真的要回去吗？你知道，你和洛奇都可以留在我们的世界。"

海琳淡淡笑了一下："爸爸，就像你不可能放弃自己的世界一样，我和洛奇也无法遗弃自己的故乡。我们在那里出生、长大，那里有太多我们共同的记忆。而且我相信，'异世界'里的人们和动物，也需要我和洛奇。我们会把它建设成一个美丽家园的。"

孙雨辰知道，他没法改变海琳的决定。就像当初背着伊芳来找寻他一样，这姑娘有着强烈的个性和自我主张。孙雨辰伸开双臂，跟海琳深深拥抱，对女儿说："记得来看我。"

"我会的，爸爸。"

海琳深吸一口气，仰起头，把泪水憋了回去。她和洛奇一起向众人挥手，说道："再见了。"

"再见。"洛奇说完这两个字，进行时空转换，和海琳一起消失了。

他们俩走后，雷傲说："不管怎样，'三巨头事件'总算是彻底解决了。杭一老大，我们现在又该做什么呢？"

杭一说："这两天，我想了很多。有些事情，我需要单独找你们当中的一些人谈谈。"

范宁说："那我们就分别回自己的房间吧。你想找谁谈，去那个人的房间就行了。"

杭一点头道："我也是这么想的。"

于是众人分别回房。这件事情之后，赫连柯也暂时留在了国安局的大本营。

季凯瑞的死，让"守护者同盟"的成员们悲伤不能自已。这是"守护者同盟"目前遭受的最大的打击。不只是杭一他们，就连赫连柯等人也为之动容，他们清楚，季凯瑞的牺牲救了他们所有人。不管立场如何，这个理由都足以让任何人对他肃然起敬。

杭一和辛娜是在足足三天后才振作起来的。他们坚强起来的唯一理由，就是季凯瑞的临终嘱托——守护好这个世界，还有他们所爱的人。杭一知道，他只有做到这一点，季凯瑞的牺牲才是有价值的。

擦干眼泪之后，还有很多重要的事情等待着他们去做。

杭一和辛娜一起，找到了陆华，不过，他们并未在陆华的房间谈话。为了避免隔墙有耳，他们来到了-2层的一个机密场所，这里没有其他的人。

陆华问："什么事这么重要，要到这么隐秘的地方来说？"

杭一把辛娜告诉他的事情向陆华转述，陆华听完后大吃一惊："原来国安局在我们每个人的房间里都安了纳米摄像头！陆晋鹏、侯波、方丽芙和赵又玲全是'旧神'那边的人。"

杭一说："我和辛娜已经看过监控录像了，他们之间的对话毫无疑问地暴露了他们是'旧神'派到我们这边的卧底。"

"那么……"

杭一用手势打断陆华的话，示意他继续听自己说："我知道你想问什么——'旧神'究竟是谁，对吗？但是很遗憾，陆晋鹏他们四个人并不知道。'旧神'非常狡猾，从未在他们面前露过面。一直都是让闻佩儿作为代言人跟陆晋鹏等人沟通的。"

"闻佩儿……她也是'旧神'那边的人？"陆华蹙眉，继而问道，"那我们既然已经知道了陆晋鹏他们是'旧神'的人，要采取什么措施？"

杭一和辛娜对视一眼，然后说道："我们打算用反间计。"

陆华立刻明白了："你是想抓住这条线索，看能不能顺藤摸瓜追查到'旧神'的身份？"

"没错，就是这样。"

陆华担忧地说："可是，明知他们居心叵测，还把他们留在身边，不等于埋下祸患吗？"

杭一说："从目前的状况来看，他们暂时不会对我们出手。陆华，我知道这样做的确有些冒险，但这是一个查出'旧神'身份的绝佳机会，我实在不想轻易放弃。"

辛娜补充道："而且，他们四个人直到现在都不知道房间里安了摄像头，等于说，他们一直处在国安局的严密监视中。"

陆华想了想："我明白了。但你们说了，他们并不知道'旧神'是谁。"

杭一说："现在不知道，不等于永远都不知道。相信我，陆晋鹏他们跟我们一样，也非常想得知'旧神'究竟是谁。"

陆华略略点头。

"总之我们注意提防他们就是了。"杭一说，"这件事暂且不谈。还有一件事，我想听听你的看法。"

陆华问："什么事？"

杭一说："你觉得'异空间'发生的这些事，到底是怎么回事？连恩为什么像突然发了疯似的，要杀掉舒菲、佟佳音、洛星辰和伊芳？"

陆华蹙眉道："这件事我也觉得非常奇怪。唯一能想到的解释就是，这是'三巨头'之间的内部矛盾引起的。也许连恩并不赞成让我们留在'异空间'，洛星辰和伊芳却执意要这么做，所以引发了连恩的不满；或者连恩丧心病狂，想借这个机会杀掉我们所有人，起码能一次性升到 30 级以上。"

杭一："你觉得还有其他可能性吗？"

陆华思忖了一会儿："我暂时想不到了。"

杭一沉吟许久，张了张口，又摇头道："算了，没什么。"

辛娜和陆华都明显感觉到他欲言又止，一齐问道："你想说什么？"

杭一迟疑了很久，说："我一直在想，为什么第一个被害的人是舒菲？还有一件事我也很介意，连恩杀死伊芳之前，说了一句'我恨你'……不知道为什么，这让我产生了一种可怕的猜测……"

他没有继续说下去了。陆华催促道："你到底想说什么，直说吧。"

然而，杭一脸上却流露出一种难以名状的复杂神情，面色也变得苍白了，他摇晃着脑袋，仿佛想把这个可怕的念头从脑子里强行甩出去。他自语道："不，不可能……一定是我想多了。"

他像做出某个决定似的，对陆华说："好了，我们不说这件事了。我还需要你陪我去找两个人，有重要的事情要办。我们先上去吧。"

辛娜和陆华无奈地对视了一下，跟杭一一起乘坐电梯返回五楼。

杭一的房间里，现在坐着四个人：陆华、赫连柯、侯波和他自己。他开门见山地说道："我想请你们帮我一个忙。需要用到你们三个人的能力。"

陆华、赫连柯和侯波彼此望了一眼。陆华说："什么事，说吧。"

杭一拿起桌子上的一张纸和一支笔，在纸的两端分别画了两个小点，分别标注"A 点"和"B 点"，说道："A 点代表过去的时间，B 点代表现在的时间。"然后，他把纸对折起来，两个点重合在了一起。

侯波愣愣地望着杭一，陆华和赫连柯却立刻就懂了，几乎异口同声地说道："时间跳跃。"

"对，"杭一注视着侯波，"你明白我想让你帮的忙是什么了吗？"

"你想让我进行时间跳跃，回到过去的某一天？"侯波吃惊地说，"这不可能，我目前的能力办不到。"

杭一摊开右手，指向赫连柯："所以我才请赫连柯帮忙。假如他能强化你的能力，让你暂时达到7级左右，你就有可能做到！"

侯波望向赫连柯，赫连柯却注视着杭一，问道："你总得告诉我们，你为什么想要回到过去吧。"

杭一说："今年年初，福溪森林公园发生的那起神秘的森林大火，你们肯定还记得吧？"

听到"福溪森林公园"这几个字，赫连柯的心脏仿佛被重击了一下。这件事他何止"记得"，根本就是最直接的参与者和目击者。只是他直到现在都没弄清楚这件事的真相。那天晚上发生的事，就像一场梦。他应卢平（男7号，能力"沟通"）的邀约，前往福溪森林公园，做一件看似疯狂的事——尝试跟宇宙中的外星人取得联系。结果，能力被强化数倍的卢平，居然真的将一艘飞碟召唤到了森林中。之后的事情彻底是一个谜：卢平离奇地死去；森林中瞬间燃起熊熊大火……赫连柯认为自己必将命丧于此的时候，洛星辰使用空间转移将他带到了"异世界"……（*参见第二季）

侯波的话打断了赫连柯的思绪："当然记得，当时电视台进行了报道，却没有向民众展示火灾后森林内部的任何画面，似乎当局在试图隐瞒某些事情，可谓疑雾重重。"说到这里，他大叫一声，"杭一，你不会是想让我回到事发当天的晚上，去探明真相吧？"

"不，我不会让你去冒险，况且就算当时我们在现场，也未必就一定能接触真相。这件事可没那么简单。"杭一说。

没错，正是如此。赫连柯在心中说道。

杭一继续道："事实上，火灾后的第二天，雷傲就飞到空中去侦察过了，还从高空拍摄了一些照片回来。这些照片非常惊人，显示了火灾后留下'神秘印记'——就像用激光在钢板上刻字一样，一千多公顷的福溪森林公园被烙上了

426 个数字。"

赫连柯和侯波听呆了，这些事情他们第一次听说。侯波赶紧问道："这些数字代表什么意思？"

"我们也非常想知道。"杭一说，"当时裴裴是我们同盟的成员，她的能力是'数字'，能感应到一切跟数字有关的信息。但是，这些神秘印记大概是外星人留下的，所以即便拥有超能力，裴裴也没能立即破解。

"但她没有放弃，打算回家后结合电脑进行破译。大概一个星期后，我清楚地记得那天的日期——1月27号，凌晨2:20，我接到了裴裴打来的电话，她的声音蕴含着无穷无尽的惊恐。她让我立刻赶到她家，亲眼看电脑屏幕上显示的破译结果，说若非亲眼看到，我不会相信这是真的。"

陆华回忆起了这件事："对，当时是我、你、韩枫和孙雨辰四个人一起去的。但是……"

说到这里，他停了下来，脸上露出难过的神色。赫连柯和侯波不明就里，问道："怎么了？"

杭一叹息道："我们仅用半个小时就赶到了裴裴的公寓，却发现她已经遭到暗杀了，电脑也被破坏了，显然在她跟我打完电话之后，有某个神秘的杀手潜入她的房间，杀害了她。"

侯波问："是13班的某个人干的吗？"

"不，虽然我们不知道凶手是谁，但唯一可以肯定的就是，凶手不是13班的人。"陆华说，"因为当我靠近裴裴的时候，居然升级了。说明凶手只是普通人，不具备'继承等级'的资格。"

"那凶手会是谁？"侯波脱口而出，马上意识到这正是杭一他们想要弄清的事情。他明白了："你希望我跟赫连柯配合，进行时间跳跃，回到1月27号凌晨两点左右，获知那天夜里到底发生了什么，对吗？"

"正是如此。"杭一说，"还要带上我和陆华，我们四个人一起去。"

陆华问："我能起到什么作用？"

杭一说："你忘了吗，当时孙雨辰用读心术听到了房间里某个人心里的声音，说明当时房间里藏着某个人，可能就是还未来得及离去的凶手！"

侯波打了个冷战，对他们描述的情景感到毛骨悚然。

赫连柯问："你们当时没把这个人找出来？"

杭一懊恼地说："我们当时非常恐惧，并且此人在暗处，我们在明处，也不了解他的能力，所以不敢轻举妄动，便选择了逃避，迅速离开了裴裴的家……现在想起来，我很后悔，就算冒着风险，我们也应该搜查屋子，把这个人揪出来！"

沉默了一刻，陆华说："你认为，我们回到过去，也可能再度面临危险，所以需要我的保护。"

"对。"杭一点头，然后望向侯波，"你愿意帮忙吗？"

侯波没有拒绝的理由，事实上他自己也很想揭开这个谜底。但他担心的是一些技术问题："我不确定我是否能办到。另外，就算我们能穿越时间回到过去，也有一些问题值得考虑。比如，我们回到过去后，算是一种怎样的存在？我们会遇到那个时间点上的自己吗？最关键的一点是，我们如果发现了凶手，该采取什么措施？"

赫连柯蹙眉道："没错，这个问题很关键。假如我们出手救了裴裴，或者找出凶手并发生后续的事情，就等于改变了历史，也许会引发难以预料的后果；但是如果让我们眼睁睁看着裴裴被杀，恐怕情感上很难做到吧。"

陆华望向杭一。杭一思忖许久，对侯波说道："这样，你先试试能不能进行时间跳跃再说吧。"

侯波点了下头，像做出重大决定般地深吸一口气，对赫连柯说："你提升我的能力吧。"

赫连柯说："我已经这样做了。"

四个人一起站起来。侯波再次确认时间点："1月27号，凌晨2:00，对吗？"

杭一估算时间，裴裴应该是在夜里2:20到2:50这个时段内遇害的。他们在凌晨2:00到达裴裴的住所,时间上来得及,点了下头。

杭一、陆华和赫连柯的手都搭在侯波的肩膀或背上。侯波看起来有些紧张,他首次尝试这样运用自己的超能力,在心中反复默念这个时间点,然后喊道:"时间,跳跃!"

一瞬间,他们四个人感觉四周一黑,仿佛坠入某个无底深渊。但仅仅一秒钟后,他们眼前就重现光明,然后,他们看到了周围的场景,并看到了彼此,大吃一惊。

场景仍然是国安局五楼的房间里,但是布置却不一样了,跟刚才相比有明显的不同。但真正让人吃惊的,是他们的身体——此刻,他们四个人居然呈现半透明状态,看上去就像幽灵。

侯波惶惑地说:"我们……回到过去了吗?"

陆华第一个反应过来:"没错,这应该是三个月前的国安局!侯波的能力确实能做到空间跳跃,却不能像洛星辰那样进行空间转移,所以我们来到了1月27号的凌晨,却还是在这间屋里!"

"为什么我们的身体是半透明的?"侯波问。

"因为你的能力虽然能带我们回到过去,但我们却并非实体。"赫连柯非常聪明,已经想到答案了,"看来我们不用担心会改变历史了,我们根本做不了任何事情,最多只能目击事件的发生。"

为了验证这一点,杭一朝关着的门走去。果然,他像鬼魂一样穿过了门,手和身体根本无法碰触到任何事物。他知道赫连柯的分析是对的,回到屋内,对侯波说:"试验成功了,咱们回到原来的时间点吧。"

侯波点了下头,一秒钟后,他们以实体的形态站在了之前的房间里。

侯波兴奋异常,满脸通红地说:"我真的做到了,利用时间跳跃回到过去!"

赫连柯说:"可我们改变不了任何事情的结果。甚至那个时间点上的人都看不到我们,也感受不到我们的存在。杭一,你确定要亲眼看到裴裴被杀死吗?"

确实,这太残酷了。但杭一知道,他必须这么做。那天晚上发生的事,实在是太重要了。外星人留下的神秘暗示,到底是什么意思?裴裴是被什么人暗杀的?躲在她屋里的人,又是谁?揭开这些谜团,也许是决定最后四个月该采取何种行动的关键!

"我们必须回到那天晚上。"杭一沉重地说,"既然裴裴的死是无法改变的事实,我们更不能让她之前的努力白费。我相信她研究出的结果至关重要!"

陆华难过地点着头。他们不再迟疑,一起离开国安局。走到街上打了辆车,前往裴裴曾经的住所。杭一清楚地记得那个地址:东山路33号的公寓楼。

三十九　末日预言

上午 11:00，杭一、陆华、赫连柯和侯波乘车来到裴裴住所的楼下。由于之前已经成功进行了时间跳跃，第二次的穿越，侯波操控得更加熟稔了。一眨眼，他们就回到了 1 月 27 号凌晨 2:00，再次成为"幽灵"状态。

马路上空无一人，只有伫立在路边的白玉兰路灯照耀着空旷的街道。杭一朝裴裴的家所在的楼层望去，看到从窗口透露出的微光。此时她还活着，但是十多分钟后，她就会被杀害。杭一克制住内心的悲伤，对陆华他们说："走吧，我们上楼去。"

身为"幽灵"的他们，没法使用电梯，只能沿楼梯上到 11 楼。由于并非实体，他们倒是没有任何累的感觉。来到裴裴居住的单身公寓面前，四个人穿过防盗门，进入屋内。在卧室里，见到了坐在电脑桌前，正专心研究数字之谜的裴裴。

杭一和陆华的心同时揪紧了，他们再次见到了裴裴。这个短发、戴着圆框眼镜的女生，曾经是他们的伙伴。杭一多想喊她一声，和她亲切地交谈，但他知道，这是不可能的。他来此的目的是揭开谜底。

杭一等人从背后靠近裴裴，看到了裴裴面前的电脑屏幕。屏幕上显示的是那 426 个"谜之数字"——

5，5，6；3，1，7，1，4；2，1，9，1，3；2，1，9，1，3；2，1，8，1，4；2，1，1，3，2，3，4；2，2，3，2，2，1，4；3，3，3，2，5；4，1，5，1，5；5，1，3，1，6……

这些数字被裴裴输入了某个专门破译各种密码的英文软件。陆华和赫连柯都是理科高手，但他们没有使用过这款软件，无法在短时间内看懂其运行原理。不过这款软件显然没有达到能够直接破译结果的人工智能水平，需要由人输入某个指令，才会根据这个运算规律显示相应结果。如果指令不对，系统会提示有误，无法生成具有规律性的结果。

裴裴埋头在一沓白纸上专注地写着什么。桌上的时钟走到 2:16 的时候，裴裴自言自语道："每组由分号隔开的数字，相加起来的和都是 16。如果用 16×16 的阵列将数字用黑点和白点表示出来……'5，5，6'代表的是 5 个白点、5 个黑点、6 个白点，这样一行一行排列下去……"

她一边说，一边在电脑上输入相应的指令。计算机开始按照这个规律进行运算，并在屏幕上显示出一条代表运算成功的末尾带惊叹号的英文提示。裴裴惊呼一声："我的天哪！"随即捂住了嘴，因为她看到屏幕上出现一幅计算机成功破解数字密码后显示出的图像。杭一他们当然也看到了，倏然睁大了眼睛。

一个代表死亡和毁灭的骷髅头标志，下方是一个英文单词："Apophis"，单词下面是一个代表日期的阿拉伯数字："8.14"。

图像并不复杂，含义近乎一目了然——某个名称为"Apophis"的事物，会为地球带来毁灭性的灾难，而这一天的降临的时间，是 8 月 14 日。

裴裴惊呆了，张着嘴巴，杭一他们也跟她一样。

他们或许暂时不懂"Apophis"是什么意思，但是"8 月 14 日"这个日期，他们谁都忘不了。因为那天正是"旧神"降临 13 班，赐予他们超能力的日子。

换句话说，也是"旧神"说的"一年期限的最后一天"。

这一天，真的会发生毁灭世界的事情？

杭一震撼之际，看到裴裴颤抖着抓起桌上的手机，拨通了一个电话号码，电话很快就接通了。在这个安静的环境下，杭一听到了自己的声音。

"喂，裴裴吗？"

"是的……杭一，是我。你在哪儿？"

"我们就在大本营，什么事？"

"你必须马上到我家来一趟，立刻。"

"好的，你家在哪儿？"

……

没错。杭一在心里说，每一句话，每一个字都没错。当时他跟裴裴的对话就是如此。

裴裴挂了电话，坐在电脑前，望着屏幕上的图像，身体瑟瑟发抖。

杭一知道，这个时间的"他自己"，正和陆华、韩枫和孙雨辰一起赶往这里。

他突然紧张起来，即便并非实体，他也能感觉到自己的心脏在怦怦狂跳。他知道，裴裴活不了多久了，杀手正在向她逼近。

陆华猛然想到了什么，对杭一说道："电话……裴裴的电话被监听了！她刚跟你打完电话，杀手就出现了。唯一的解释就是她的手机遭到了监听。而杀手的目的，显然是不想让我们或任何人得知外星人留下的数字暗号的含义！"

赫连柯不觉紧张起来："凶手马上就会出现吗？"

时间一分一秒地过去，感觉漫长极了。杭一他们什么都做不了，只能等待着事件发生。

凌晨 2:34 的时候，杭一听到门外传来微小的声音，仿佛有人在开锁。他的呼吸急促起来，整个胃都缩紧了。

裴裴坐在电脑桌前，仍然沉浸在她的惊人发现之中，思考着这个图像所代表的意义，没有听到门外的细微声响。

门开了。

杭一的呼吸暂停了。

他看到了悄悄潜入屋内的，像鬼魅一样的两个男人。

这两个人杭一完全不认识，一身黑衣黑裤看上去像职业杀手。他们悄无声息地走进裴裴的卧室，穿过四个"幽灵"的身体，靠近背对着他们的裴裴。

可怜的裴裴，死到临头，她都浑然不觉。

其中一个男人从外套中摸出一把装了消声器的手枪，伸向裴裴的脑袋，对准她的太阳穴。

死亡前的一秒，裴裴在潜意识的作用下，仿佛猛然感觉到了什么，倏然回头。

"砰"。

一声沉闷的声音。消声手枪射出的子弹中了裴裴的太阳穴。她甚至没能看清杀手的脸，就偏向一侧，死去了。

"不——！！"亲眼看见这残酷的一幕，杭一的泪水奔涌而出，发出失控的喊叫。然而，他此刻只是一个来自未来的鬼魂，除了发出痛苦的悲鸣，什么也改变不了。

陆华背过脸去，不愿看到刚才的一幕。直到他再次听到消音手枪的闷响，才回过头来，看到两个杀手正在破坏裴裴的电脑主机和屏幕。电脑中的所有资料和信息都遭到了彻底的毁灭。

做完这件事，其中一个人摸出手机，用低沉而沙哑的嗓音说道："Boss，任务完成。"

电话那头是一个女人的声音，这个声音冷得像冰，却又有几分耳熟："好的，你们马上离开，即将赶来的几个超能力者，你们对付不了。"

杀手说了句"是"，便收起手机，迅速撤离了。

虽然电话里的女人只说了一句话，但四周十分安静，杭一和陆华清楚地听到了她的声音。这个音色真的太熟悉了，一定是他们认识的某个人……

突然，杭一和陆华的目光碰撞在一起，同时想起了这个声音的主人是谁，他们一齐喊了出来："贺静怡？！"

赫连柯和侯波听到他们喊出这个名字，同时呆住了。

这次暗杀任务，是贺静怡指使的？

杭一全身的血都涌到了头顶。他想不通这是怎么回事。

十分钟后，"轰"的一声响。杭一知道，房门是被孙雨辰用强大的意念力推开的。这个时间点的真实的"他们"，赶到了。

接下来的一切，就像一场看过的，已经知道情节的电影。杭一和陆华见到了当时的自己。他们跟韩枫和孙雨辰一起小心地朝屋内迈进，踏入卧室，发现坐在电脑椅上裴裴的尸体，露出惊骇异常的表情。随即，"陆华"发现自己升级了……

接着，杭一听到了当时的"他们"所做的各种猜测。他注意到孙雨辰在使用超能力，突然想到一个问题：普通人感觉不到他们几个人的存在，可是超能力者呢？会不会发现这个房间里其实还有"别人"存在？

这时，孙雨辰突然瞪大了双眼，脸色变得苍白，悚然道："这个房间里除了我们，还有别人。"

另外三个人一起望向他，杭一问道："你怎么知道？"

"我听到一个人内心的声音，他正在思考如何不被我们发现。"

杭一战栗了一下，一边后退，一边压低声音说："我们，立刻离开这里。"

他们最后看了裴裴的尸体一眼，退出了这间屋，迅速离开这所公寓。

当时的他们离开了，此刻的杭一等人，却像雕塑般凝固了。最后一个谜也揭开了——当时孙雨辰用读心术听到的"某人内心的声音"，竟然不是别人，就是来自未来的他们！

这是一个讽刺的事实，不过，这次时间跳跃，已经解开了最关键的两个谜。不过，也带来了新的谜团。

"Apophis"究竟代表的是什么？它将在"一年期限的最后一天"如何毁灭世界？

贺静怡，那个通过打杂来换取免费上课机会的穷姑娘，怎么变成"Boss"了？她怎么会监听了裴裴的电话？最让人无法理解的是，她为什么会派职业杀手暗杀裴裴？外星人的秘密跟她有什么关系，需要她以如此方式来守护？！

难道继"三巨头"之后，另一个更可怕的对手出现了吗？"旧神"究竟是隐藏在他们当中的谁，有什么办法能让他露出马脚，揭开他的真面目？

杭一对侯波说了一声"回去吧"。他心里非常清楚，时间一刻都不容耽搁了。一年期限，还有最后的四个月。他必须在仅剩的时间内，解开所有的谜。

同时，他的心中也充满了迷惘——8月14号，这场残酷的竞争和禁忌的游戏，究竟会迎来怎样的结局呢？

目前结果统计

♀ 女 41 号　　贺静怡　　能力"金钱"　　等级 1 级；

♂ 男 19 号　　孙雨辰　　能力"意念"　　等级 4 级；

♂ 男 5 号　　陆晋鹏　　能力"力量"　　等级 1 级；

♂ 男 12 号　　杭　一　　能力"游戏"　　等级 8 级；

♂ 男 49 号　　米小路　　能力"情感"　　等级 2 级；

♂ 男 9 号　　陆　华　　能力"防御"　　等级 3 级；

♂ 男 15 号　　雷　傲　　能力"气流"　　等级 2 级；

♀ 女 35 号　　宋　琪　　能力"速度"　　等级 4 级；

♀ 女 47 号　　赵又玲　　能力"电"　　　等级 1 级；

♂ 男 6 号　　赫连柯　　能力"强化"　　等级 2 级；

♀ 女 38 号　　倪娅楠　　能力"记忆"　　等级 1 级；

♂ 男 22 号　　巩新宇　　能力"概率"　　等级 1 级；

♀ 女 20 号　　范　宁　　能力"操控"　　等级 1 级；

♂ 男 43 号　　穆修杰　　能力"金属"　　等级 1 级；

♂ 男 33 号　　侯　波　　能力"时间"　　等级 1 级；

♀ 女 48 号　　方丽芙　　能力"光"　　　等级 1 级；

♀ 女 46 号　　董曼妮　　能力"隐形"　　等级 1 级；

♂	男42号	蒋立轩	能力"重力"	——死亡；
♀	女40号	房　琳	能力"疾病"	——死亡；
♀	女32号	谭瑞希	能力"平衡"	——死亡；
♀	女30号	刘雨嘉	能力"预知"	——死亡；
♀	女21号	魏　薇	能力"密度"	——死亡；
♂	男7号	卢　平	能力"沟通"	——死亡；
♀	女28号	井小冉	能力"治疗"	——死亡；
♀	女24号	俞璟雯	能力"外形"	——死亡；
♂	男31号	阮俊熙	能力"动物"	——死亡；
♀	女39号	裴　裴	能力"数字"	——死亡；
♂	男50号	段里达	能力"惩戒"	——死亡；
♀	女25号	冯亚茹	能力"规律"	——死亡；
♂	男13号	向　北	能力"死亡"	——死亡；
♀	女11号	夏丽欣	能力"声音"	——死亡；
♀	女26号	聂思雨	能力"植物"	——死亡；
♂	男8号	纪海超	能力"转移"	——死亡；
♂	男27号	韩　枫	能力"灾难"	——死亡；
♀	女45号	舒　菲	能力"追踪"	——死亡；
♀	女37号	佟佳音	能力"基因"	——死亡；
♀	女16号	乔琳娜	能力"文字"	——死亡；
♂	男44号	宛东鹏	能力"温度"	——死亡；
♂	男1号	洛星辰	能力"空间"	——死亡；
♀	女18号	伊　芳	能力"元素"	——死亡；
♂	男14号	连　恩	能力"生命"	——死亡；
♂	男10号	季凯瑞	能力"武器"	——死亡。

残存人数：未知。